バチカン奇跡調査官
月を呑む氷狼

藤木 稟

角川ホラー文庫
18781

目次

おお、私は見る
王なる巨人達のことを
私達の上に君臨した神々の運命を
スクルド（必然）が司《つかさど》るその日
アウンの城から二匹の狼は走り出る
父の仇《あだ》を討つために
その一匹は月を呑《の》み込む――

さる巫女《みこ》が語るラグナロクより

プロローグ　ニーベルングの指輪（春の凍死体）

1

ＦＢＩ（米連邦捜査局）捜査官ビル・サスキンスは虚脱していた。

デンバーで遭遇した先の事件の衝撃が、彼の信じていた美しい世界を打ち砕き、粉々にしてしまったからだ。

例えば、国家。

故郷。

仕事。

家族。

信念。

善と悪。

ビルの目にそれまでくっきりと映っていた確かなものたちは皆、形を失い、意味を無くして、指の間から滑り落ちた。

余りに突然それが起こったので、彼はまるで知らない星にたった一人で放り出された異星人になった気がしていた。

もし彼の心身がもっと脆弱《ぜいじゃく》であったなら、彼は壊れていたかも知れない。

夢見がちな人間であれば、全てを無かったことにしてしまえた。

器用で抜け目のない人間なら、利口に立ち回る方法を模索しただろう。

だが、彼にはいずれの方法もとれなかった。

ひたすら現実を嚙《か》み締め、立ち止まることしかできなかった。

ともかく彼はＦＢＩに戻り、報告書を上司に提出した。

『内密に探っていたゴーストハウスは何者かに破壊されました。その混乱に乗じて、手配犯のハリソン・オンサーガも、何者かに連れ去られました』

それは任務の明らかな不成功を意味していた。加えて彼は、事件の核心部分について「何も見ていない」し「分からない」と報告したのだ。

職務怠慢を指摘され、彼は何枚もの始末書を書いた。公聴会にも引き出された。

だが、彼は頑として真実を語ろうとしなかった。

というより、何と答えればいいか分からなくなった、と言うべきかも知れない。

何を聞かれても「分からない」と首を振るビルは、精神科医によって過労による一時的な神経衰弱と診断された。

上司のルコントは、ビルに二週間の休暇を命じた。

私はこのままFBIをクビになるのか
いやいや、それが一番いいのかも知れない……

最早《もはや》自分で何かを決めることもできず、ただ指定された期日に出勤すると、国家安全保障局の大物、ホワイト副長から呼び出しがかかった。

そして、ビルは突然の昇進を告げられたのである。

「君の休暇中、テロ対策部に独立した課が新設されたのだよ。『テロ再発防止及び予防課』という。サスキンス君には課のリーダーとなって活躍してもらいたい。なお、別途任務があるまで部屋で待機してくれ給え」

ホワイトは顎髭《あごひげ》を撫《な》でながら、そう言った。

意味も分からぬまま辞令を受け取り、ビルは与えられた一室に引っ越した。

そこは彼の以前の職場とは、まるで違う空間であった。

倉庫のようにがらんと広い部屋の中央に、コの字形に並んだデスクがぽつりと三台置かれているだけのオフィス。壁際には塗装の剝《は》げたキャビネット。その前には、埃《ほこり》にまみれた段ボールの資料の山が積まれていたのである。

呆気《あっけ》に取られたビルの目の前に、今度はデスクからぴょこんと立ち上がった男が駆け寄ってきた。

妙に手足が長くて機敏な、東洋系の青年だ。

「サスキンス課長、本日付で貴方《あなた》の部下に配属されました、周弥貝《ジョウ・ミーベイ》といいます」

彼は、くるりとした瞳《ひとみ》でビルを見た。茶目っ気のある笑顔だ。

「僕の弥貝という名前は、とても目出度《めでた》いのです。貝がいつまでも衰えずに、永遠に沢山あるという意味です。貝は昔、お金でしたから、お金がどんどん増えてお金持ちになる願いを込めて、祖父が付けてくれました。でも、アメリカ人には少し発音、難しいので、友人は皆、ミシェルと呼びます。課長もミシェルと呼んで下さい。

僕は子供の頃からFBIに憧《あこが》れて、三年前に入ることができましたが、配置されたのは資材調達課で、夢見ていたFBIの活躍、全然できませんでした。これからは、国家のテロ対策に関われるかと思うと、とても嬉《うれ》しいです。一所懸命、頑張ります。サスキンス課長、宜《よろ》しくお願いします」

ミシェルは嬉しそうに言った。悪人ではなさそうだが、瞬《まばた》きもせず見開いたままの目が不気味である。身長はビルより頭一つ低く、華奢《きゃしゃ》だ。

東洋人は、ビルから見ると全員が華奢である。

これまでビルの部署にいたようなマッチョな男達とはまるで違うタイプだ。要するに捜査官らしくない。これではハードな任務はこなせないだろう。

「宜しく。私はビル・サスキンスだ」

ビルは短く答えた。

そしてホワイト副長から渡された資料で、ミシェルの経歴を確認した。

――周弥貝。台湾系二世のアメリカ人。筆記成績A、実技成績E。

明らかに事務系の適性だ。つまり……。

ビルは部屋に積まれた資料の山に目を遣《や》りながら確信した。

これは昇進などではない。閑職への左遷だ、と。

ろくに物も無い部屋と、古びた資料の山。資材調達課から追い払われたと思わしき新人の部下。全ての符合がそれを物語っていた。

そういえば、FBIは職員を解雇せずに自主退職へ追い込むことがあると、ビルは噂に聞いたことがある。

思わず溜息《ためいき》を吐いたビルを、ミシェルは不思議そうに見上げた。

「どうされました、ご気分でも？」

「いや、少し疲れただけだ」

「飲み物でもお淹《い》れしましょうか？」

「有り難う。コーヒーか何かを貰《もら》えるかな」

「分かりました」

ミシェルはいそいそと自席に引き返し、忙《せわ》しなく手を動かし始めた。陶器の触れ合う物騒がしい音がし、異臭が漂ってくる。

「何をしてるんだ？」

「阿里山《ありさん》茶を淹れてるんです。コーヒーより美味《おい》しいですよ」

見ると、彼の机の上の大半は、大きな魔法瓶と中国風の茶器のセットに占められていた。他にも太った男の人形やら、豚の顔をした柿の置物、三本足のヒキガエルといった得体の知れない代物が並んでいる。

ビルは長い溜息を吐いた。

別途任務があるまで、この男と部屋で待機……か
まともな任務が来れば良いが……

悪い予感は的中し、それから一年あまり経った今も、上司がビルに命じる任務は雑用ばかりであった。残りの時間はひたすら部屋で書類整理だ。

そうして、『テロ再発防止及び予防課』に、ミシェル以外の部下がやって来ることもなかったのである。

＊　＊　＊

週末の仕事帰り。

ビルは仕事のフラストレーションを解消するため、ストレートのバーボンを飲む。

彼のプライベートも大きく様変わりしていた。

「浮かない顔ね、ビル。またミシェルのことを考えてるの？」

甘い声に振り向くと、エリザベートが微笑んでいる。

スレンダーな身体にタイトなワンピース。ワインレッドの巻き毛、ターコイズブルーの瞳。薄暗い照明の中でもそれと分かる、飛び抜けた美貌《びぼう》の女性である。

「やあ、エリザベート」

ビルは紳士的な仕草でカウンター席を立ち、エリザベートがゆったりと着席するのを待った。

その間にも、バーの店内にいる男性客の視線がエリザベートに注がれ、こんな美女の相手はどんな奴かと、彼らの視線がビルに集まる。そして、ビルが逞《たくま》しいハンサムな男であると分かると、どこからともなく舌打ちが聞こえるのだった。

「どうぞ、ビルもお座りになって」

エリザベートに声をかけてもらい、改めてビルも隣に着席する。

「飲み物はマティーニで構わないかな？」

「ええ、いいわ。私の好みは誰より貴方が一番よく知ってる筈《はず》よ」

エリザベートは意味深に言い、ビルの左手をそっと撫でた。今、ビルの薬指には彼女とお揃いの婚約指輪が塡《は》められているのだ。

ビルは頷《うなず》き、バーテンダーにマティーニを注文した。

「あのねビル、今日は大事な相談に乗って欲しいの」

マティーニを一口飲み、エリザベートが言った。

「相談？　何だい？」

「私達の挙式の日取りについてよ」

エリザベートが答えた瞬間、動揺したビルは手元のチェイサーのグラスを倒しそうになった。

「あ……いや、そういう話は、どうかな、こんな場所では、一寸《ちょっと》……」

焦って言うビルに、エリザベートは目を細めた。

「ふふっ。ビルったら、早く二人だけの静かな場所に行きたいのね」

エリザベートがビルの腕を摑《つか》んで立ち上がる。

そのまま二人は腕を組んで店を出た。

玄関の扉が閉まった途端、ビルはエリザベートの耳元に口を寄せた。

「ああいう不意打ちはよしてくれ」

「あら。貴方が早くこの関係に慣れれば良いだけじゃない」

エリザベートはすげなく言うと、バッグからサングラスを取り出した。

――そんな彼女との出会いは、今から九カ月前に遡《さかのぼ》る。

閑職に押しやられ、進退に悩みあぐねていたビルは、当時、切実に誰かのアドバイスを欲していた。

だがそれができるのは、彼と同じ秘密を抱える人間しかいない。つまりバチカンのロベルト神父、平賀《ひらが》神父、ライジング・ベル研究所のマギー・ウオーカー博士の三人である。

彼が相談相手に選んだのは、FBIとも関係が深く、秘密結社やFBIの裏事情を知っていそうなウオーカー博士であった。

穢《けが》れ無き神父様をこれ以上危険な事情に巻き込みたくなかったという思いもある。

だが、博士に何度電話をかけても取り次ぎを断られ、伝言を託しても梨の礫《つぶて》。ようやく先方から電話がかかってきたかと思えば、相手は博士の秘書であった。

『マギー・ウオーカー博士からの伝言をお伝えします。

博士は大変ご多忙であり、正式な手続きもなしに、FBI職員と無駄話をするお時間は一切ありません。サスキンス捜査官に話すべき事項も見当たらない為、いくらご連絡を頂いても、時間の無駄とのご伝言です。それでは失礼します』

一方的にそう告げられ、電話は切られてしまった。

それから数日後のことだ。

職場の帰り道でホームレスから小銭をねだられ、ビルが何気なく十ドル札を渡すと、男はビルを引き留めた。

「旦那《だんな》、あんたがいい人なので、特別に良いことを教えてあげましょう。今夜十時、あそこに見えるバーに、あんたの待ち人が来ますぜ。モンロー・ウオークをする、すごい美人です」

意味の分からない台詞《せりふ》であったが、「モンロー・ウオーク」などという、不自然な言い回しが妙にひっかかった。

（ウオークとウオーカー……。似ているが、まさかだろう）

それでも気になり出かけてみると、声を掛けてきたのがエリザベートだ。

「貴方《あなた》ってサングラスが似合いそうね。かけてみて」

と言われ、渡されたサングラスをかけた途端、ビルの目の前の空間にテキストメッセージが浮き上がった。

『百二十四日と十一時間四十分ぶりですね、サスキンス捜査官』

その独特の言い回しは、マギー・ウオーカー博士本人に違いなかった。

『私の電話は監視されている為、メッセンジャーを介して連絡することにしました。貴方がこの先も、デンバーの事件に関する詮索《せんさく》や調査を続ける気なら、これぐらいの用心はすることね。貴方の行動は彼らに筒抜けで、正攻法ではとても敵《かな》わぬ相手と、くれぐれも肝に銘じなさい。

今後、貴方に私と連絡を取り合うつもりがあるなら、そこにいるエリザベートを使いなさい。二人が恋人同士になれば、誰も怪しまないでしょう』

驚きに絶句するビルの顔を、エリザベートが覗《のぞ》き込んだ。

「どうかしら、ビル。私と付き合わない？」

こうしてビルは彼女と『付き合う』ことになったのだ。

その後、端から見れば、二人の関係は順調に進展していったように見えただろう。

電話の回数が増え、二人で食事をし、ドライブに出かけるようになった。

『今は行動を起こす時ではありません。準備は密《ひそ》やかに、周到に。焦りは禁物です。貴方を監視している者達を油断させ、彼らが尻尾《しっぽ》を出す機会をじっと窺《うかが》うのです』

というウォーカー博士の指示に従ったのだ。

ただ一つ誤算があったのは、エリザベートが美人過ぎ、目立ち過ぎることだった。美貌の恋人の出現はビルの職場でたちまち噂となり、冷やかされたり揶揄《やゆ》されたりする。

「これではとても密やかとは言えません。もっと地味で普通の女性が良かったのでは」

ビルはサングラスのマイクを介して、博士に訴えたことがある。

『FBIきっての堅物で、仕事一筋、女に興味のない朴念仁の貴方が、突然恋に落ちた相手なのです。エリザベートぐらいのインパクトがなければ、誰も信用しません。

第一、彼女は優秀です。すぐにそれが分かるでしょう』

ウォーカー博士の言葉は、すぐに証明された。

何度かのデートの後、初めてビルの部屋を訪れたエリザベートは、たちまち四つの盗聴器と、寝室に仕掛けられた盗撮器を見つけ出したのだ。

無論、二人はそれを処分しなかった。そんなことをすれば、すぐに怪しまれる。

ビル達はその存在を逆手に取り、仲のよいカップルをアピールすることで、監視者を安心させるという作業をこなさねばならなかった。

そこで大切になるのが演技力だ。幸い、そうした才能の無いビルを補って余りある才能がエリザベートにはあった。

ビルの監視者がかなりの切れ者であったとしても、彼女の演技を見抜くのは困難だろう。ビルには「飛びきり美人の恋人が出来て舞い上がっている馬鹿」、「女に骨抜きにされ、セックスすることで頭がいっぱいの俗物」という評価が下されているはずだ。

そう思うと腹立たしいが、これも計画のうちである。

やがて二人は婚約指輪を交わした。無論、エリザベートが用意したものだ。

そこには愛の言葉でも、出会いの記念日でも、ビルの名前でもない文字『N』が刻まれていた。

『要するに、それはニーベルングの指輪です』

ウオーカー博士が語った。

「どういう意味でしょうか」

ビルが訊《たず》ねる。

『ニーベルングの指輪とは、簡単に言えば、この世の富と権力の象徴です。そして、それを不当に独占する輩《やから》から、人々の手へ奪い返すのが私達の目的です』

博士の答えは意味深であった。

今夜もビルとエリザベートはお揃いのサングラスをかけ、いかにも仲のよいカップルが談笑しているように演じながら、道行く人々には見えない文字列を読んでいた。

二人は同じメッセージを受信している。その特殊な周波数の受信機となっているのが、婚約指輪なのである。

「ビル、最近の仕事の調子はどう？」

エリザベートがそう言った時、二人の視界には『FBIの状況や貴方の課に、何か変化はありましたか？』という文字が映っていた。

「変化はありませんね。私の課は相変わらず、古い書類の整理と雑用を押しつけられています」

そう言いながら、ビルは少し苛立《いらだ》った息を吐いた。

「あまりに状況が動かなさすぎるので、最早《もはや》、自分が何をしているのか、分からなくなりそうです。

私は最近、思うのです。やはり私はデンバー事件の失態で、単に組織に見限られたのではないかと。つまり私は、貴方がたが戦力として期待するような重要人物ではなく、この先も、私の周りで何かが起こることもないと……」

『いいえ、サスキンス捜査官。その分析は私の摑んでいる情報と異なります。事実、貴方は今もＦＢＩにマークされています』

ウオーカー博士が答える。

「そんなことはないわ。貴方は大事なお仕事をしているのよ」

エリザベートも言った。

「でも、それも買いかぶりだとしたら？　マークといっても、せいぜいFBIの上層部は、私が余計なことに気付いていないか、それを外部に漏らさないか、警戒しているだけではないでしょうか。私が黙って去れば、それでいいと思っている。違いますか？」

するとビルの目の前に、めまぐるしく文字が現れた。

『サスキンス捜査官、焦りは禁物と言ったはずです。

貴方が退職するというなら止めはしませんが、そんなことをすれば、貴方は確実に消されます。少しは頭を使いなさい。

いいですか、私や貴方のような「組織の秘密」を抱える人間は、彼らにとってブラックメール……いいえ、それ以上の爆弾なのです。それが扱えるうちは、彼らも手出しはしない。けれど、下手に逆らえばそれまでです。

貴方の組織にいる上司達をよくご覧なさい。意図してか、あるいは意図せずにかは知りませんが、「秘密」を釣り上げた人間が沢山いると分かるでしょう。

例えば貴方の以前の上司もそう。若くして出世頭だったルコントとか言う人物。彼もFBIの秘密保持の為に地位と昇給を約束された人間です。組織からすれば、昇進は彼を囲い込み、縛り付ける為の作戦。それでお互いの利益が一致したという訳です。私もある意味、同類です。

どうにも貴方には、自分自身の使い方が分かっていないようですね。素朴なのは貴方の美点ではあるけれど、残念な点でもあるようね』

ビルにはウオーカー博士の呆《あき》れ顔が目に浮かぶようだった。

『それよりサスキンス捜査官、ご家族とは連絡を取り合っていますか？　エリザベートとの婚約について、彼らに何と言われました？』

博士の問いに、ビルの心臓はドキリと鳴った。

家族は今も彼のウィークポイントであった。未《いま》だに真実を認めたくないという気持ちがどこかにある。

「いえ、それはまだ……」

ビルは苦い顔で答えた。

『婚約者を家族に隠しておくのは不自然です。話しなさい』

ウオーカー博士が命じる。

「ビル、ご家族に私を紹介して」

エリザベートが繰り返した。

だが、この女性を今以上の危険に晒《さら》して、本当にいいのだろうか？

ビルが躊躇《ためら》っているうちに、ウオーカー博士からの通信は切れた。

そのままビルとエリザベートは、予約していたレストランへ行き、ディナーをとった。そしてビルの家へやって来た。こうして週に一度は、エリザベートがビルの家に泊まるというルーチンをこなしている。

勿論《もちろん》、二人に男女の関係はない。彼女はビルの部屋に異変がないか、調べる為にやって来るのだ。

ひとしきり室内を見回った後、エリザベートはビルをベッドへ誘い、音楽をかけて欲しいとせがんだ。

スピーカーは盗聴器の近くに置き直したので、音楽が始まれば些細《ささい》な物音を消すことができる。

エリザベートは着衣を脱ぎ捨て、ビルのシャツのボタンを外した。

女性経験の無いビルにとっては、緊張することこの上ないのだが、エリザベートは迫真の演技をする。大げさなあえぎ声を上げ、身体をくねらせる。

目の前の美女を見上げながら、ビルは不思議な気持ちになる。

彼女の本名はおろか、出身地も、小さな思い出話も、好きな映画や食べ物も、何一つ、本当のことを自分は知らない。

女性には珍しい口の堅さだ。いや、嘘を吐くという点においては、女の方が優れているということなのか。

彼女は一体、何者なのだろう？

わざわざこんな危険な仕事を引き受け、知らない男のベッドで裸になるのも辞さない覚悟とは？

ぼんやりと天を仰いだビルの耳元に、エリザベートが唇を寄せてきた。

（どうしたの。また聖書を暗唱でもしているの？）

（いや。君が何故、こんな真似をするんだろうと考えていた）

（それはね、私の人生や羞恥心《しゅうちしん》なんかより、ずっと大切なものを守る為よ）

（大切なもの？）

（ストップ、もう質問はやめて。ホットなセックスの最中よ。経験がないなら、太股《ふともも》を銃で撃ち抜かれて呻《うめ》いている犯人の真似をしなさいと教えたでしょう？）

ビルは我に返り、うめきながら身を捩《よじ》った。

（それでいいわ……）

エリザベートが髪をかきあげる。

その眼差《まなざ》しはどこまでも冷徹だが、同時に強い意志の光を放っていた。特別な使命を帯びた者だけが持つ眼差しだ。

ビルには彼女が酷《ひど》く眩《まぶ》しいものに感じられた。

2

週明け。ビルはホワイト副長に呼び出され、新たな任務を命じられた。

FBIがある研究機関に依頼して組ませたプログラムを引き取るため、ノルウェーのオーモットへ飛べというのだ。

「ノルウェー……ですか？」

任務が「荷物運び」であることは理解したが、ノルウェーの聞いたこともない田舎町にFBIがらみの研究機関があったのかと、ビルは驚いた。

「そういうことだ。意外かね？　オーモットというのは研究都市だよ。最近、とみに科学者コミュニティーの注目を集めているね。我々はいち早くそこに目を付けていたんだ。今回君に受け取って貰《もら》うのは、サンティ・ナントラボ研究所で開発された、画期的な理論に基づくテロ対策プログラムだよ。重要機密ゆえ、扱いは慎重にな……」

勿体《もったい》ぶって顎髭《あごひげ》を撫《な》でながら、副長が言った。

「はい、承知しております」

「では頼んだよ、サスキンス君。美人の恋人を置いていくのは辛《つら》いだろうが、明日の朝にはノルウェーに向かってくれたまえ」

副長は奇妙に含みを持った声で囁《ささや》いた。

翌朝、ビルは部下のミシェルを伴い、ノルウェー行きの飛行機に乗り込んだ。オスロで一泊し、翌日の国内便で一時間、そこからバスで三時間半、フェリーに乗り換え一時間。フィヨルド最奥部に位置するリンゲの町から、さらに山間部へと向かうバスに乗って一時間。いくつもの深い森と牧草地を越え、細い山道を登った先にオーモットはあった。

町外れでバスを降りると、既に時刻は午後八時である。深い藍色《あいいろ》の空に、先の尖《とが》ったトウヒ林のシルエットがジグザグの線を描いている。

オーモットはヨートゥンハイム山脈の中程に位置する盆地の町だ。町の四方を囲む高い山々の頂には万年雪が白く光っていた。だが地上の気温は十二度前後と、意外に暖かい。

林を抜けた先に広がる町の光景に、ビルは目を見張った。

銀色に聳《そび》える高層ビル。町を走る未来的なデザインのモノレール。真新しいマンション群。家々の窓からは豊かさを誇示するような明るい光が漏れている。

大きなスーパーマーケットやレストラン、オフィスビルや学校などもある。

「どうせ辺鄙《へんぴ》な町だろうと思っていたのに、これは驚いたな」

ビルは呟《つぶや》いた。

「まさにアメイジングですね。いやあ、人間というのはホント、どこにでも蔓延《はびこ》っちゃうものです」

ミシェルが楽しそうに言った。

「元々、オーモット自体はかなり古くからある町だそうですよ。ただ、ずっと人口二千人にも満たない過疎地域だったらしいですけど。

それが十年ほど前、サンティ・ナントラボが研究所を建てたのをきっかけに外資系企業が入ってきて、人も増え、町が整備されていったそうです。

でも、見て下さい課長。マーケットやお店は軒並み閉まっているでしょう？

ここの人達は働くのが嫌いなんですよ。ノルウェーは税金が高すぎる為に、仕事をすればするほど、損になるんです。なにしろ一定以上の所得があると、二十八％から最大五十五％の所得税がかかっちゃうんですから。

公共サービスの評判も悪いもんです。警察の窓口でさえ、月水金の九時から午後一時までしか開いてないとか……」

ミシェルはそこまで喋《しゃべ》ると、「何か聞こえませんか、課長」と言った。

耳を澄ますと、二人が進む道の前方から、ざわざわとした人の話し声や笑い声、音楽が風に乗って流れてくる。

そのまま道を進んだ先には、大勢の人々が集う町の中央広場があった。

木々には瞬くイルミネーションが取り付けられ、春だというのに、さながらクリスマスのような賑《にぎ》やかさだ。

木の下にはいくつもの屋台が出ていた。鉄板にサーモンを並べて焼いている店がある。赤い茹《ゆ》でエビを山盛りにして売っている店がある。隣の店の大鍋《おおなべ》では羊を煮ているのだろうか。中には缶詰を積み上げているだけの店もあった。

黄色いヒヨコやイースターバニーのぬいぐるみ、イースターエッグを売る店もある。

そうかと思えば、ヴァイキングの格好をした男達が勇ましい剣劇をしている。

色鮮やかな刺繍《ししゅう》の民族衣装《ブーナッド》を着けた女性達が踊っている。

広場の所々に美しい花が咲いていた。

「春分のお祭でしょうか。見られてラッキーです」

ミシェルがはしゃいだ声をあげた。

ビルはその時、喧噪《けんそう》の中を縫うようにして現れた一人の老女に目を奪われた。

ふくよかな身体に長いローブ。腰まで伸びた白い髪。

子供の頃に絵本で見た、不思議な魔法使いのような容貌《ようぼう》だ。

皺《しわ》深い顔立ちからすれば、年齢は八十歳ほどだろうか。

老女は毅然《きぜん》と背筋を伸ばし、悠々とした足取りで歩を進めていく。

するとブーナッドを着けた女達や、思い思いに遊んでいた子供達が、我先にと老女の許《もと》へ集まっていくのだった。

老女はビル達のいる場所からほど近い、大きな木の切り株に腰を下ろすと、空に浮かぶ白い満月をじっと見上げた。

そして手にしていた楽器《ランゲレイク》の弦を弾《はじ》き、厳かに歌い始めた。

すべての尊いやから、卑しいやからよ
自《おの》ずからの身分の上下を問わずして
ヘイムダルの子供達は、耳を澄まして聞きたまえ
語り継がれる古き古き物語
見事、語ってみせましょう
ギャラルの蜜《みつ》酒を飲めば
巫女《みこ》の耳は特別な音を聞き
目は未来と過去を見る
そして運命の営みを知る

私は、よくよく知っている
世界の始まりの日のことを
まさにそれは古き時
世の基は、ただ虚《うつ》ろな混沌《こんとん》のみ
その混沌の中心に
底知れぬ深淵《しんえん》が口開いた

ギンヌンガガプという深淵が
やがて深淵は
炎の力と氷の力をはき出した
二つの力は対極へとわかれ
その境で
力がまみえた場所で
ヘイムダルの霜の滴から、原初の命、そして意志
大いなる巨人、ユミルが生まれいでた
私はこの巨人のことをよく知っている
今の世界より千倍大きな身体を持ち
力強き声を持つ、その巨人のことを
金色の顎髭を蓄えた最初の王のことを

命の源たるユミルよ
彼は次々と巨人達を生み出した
ヘイムダルの地は大いなる力を持つ巨人達で満たされた
みな、人間より千倍賢く、死を知らぬ巨人

ヘイムダルの子らよ、誇りを忘るるなかれ
我らはその遠い血を引く者
先祖らの名前を魂に刻め

だが、悲しきかな常世の平和は終わりを告げた
それは『世界で最初の死』
第三の者達が、異端の者達が、こぞってユミルを殺したのだ
彼らはブルの息子達
その名をオーディン、ヴェ、ヴリーと言った
ユミルの流す血の洪水で、
ヘイムダルを荒れ地と化した

それでもブルの三人の息子達は王座を望む
彼らの王宮を造るため
土地を引き上げる前に
彼らは名高き砦《とりで》を築いた
誉れあるアースガルズを
オーディンはムスペルから炎を奪い

天に投げつけた
それは大きく弾け、太陽となり
月となり、星となった
世界は光を取り戻す、偽りの光を
太陽は南から輝き
石の上の軒並みに光を射した
その時、地面は覆われた
緑なすニラネギに……

ビルには異国の歌の意味など分からなかったが、奇妙な胸のざわつきを覚えた。
次第に弦の音が鋭くなり、老女の節回しが変化する。

おお、私は見る
王なる巨人達のことを
私達の上に君臨した神々の運命を
スクルド（必然）が司《つかさど》るその日
アウンの城から二匹の狼は走り出る
父の仇《あだ》を討つために

その一匹は月を呑《の》み込む
天からは、輝く月と星が消え去る
地表は氷に包まれる
また、他の一匹は太陽を呑み込む
太陽は失われ、大地は海に沈む
そしてスルトの軍勢の下
煙と火は猛威を揮《ふる》い
火炎は、天そのものを舐《な》め
空は、かつて無いほどの紅に染まる

今やフェンリルは勇ましく吼《ほ》える
先のとがった洞窟《どうくつ》の前にて
彼の足かせは壊れ、彼を縛るものは、もはや無い
彼は走る
かのオーディンを呑み込む為に
私はさらに見る
力ある者たちの黄昏《たそがれ》の時を
勝利の神々のむごい運命を

貴方《あなた》は、なおも知りたいか？
ならば語ろう
その運命の詳細を……

不思議な歌にビルが耳を傾けていた、その時だ。

どこからか、獣が低く唸《うな》るような声が聞こえてきた。

(何だ？　野犬か？)

ビルは周囲を見回した。

広場の人々も不思議そうに、あるいは不安げに互いの顔を見合わせている。

「見て下さい、あれ！」

ミシェルがビルの腕を引っ張った。

もう一方の手では空を指さしている。

ミシェルだけではない。大勢の人々が、震える手で空を指さしていた。

ビルも空を見上げた。

そこにはぽっかりと浮かぶ満月がある。

先程まで白く輝いていたその中心部から、血のような赤い染みがじわじわと湧き出したかと思うと、見る間にそれが周囲へと広がり、空を真っ赤に染め上げていく。

人々のどよめきが大きく広がっていった。

「ラグナロク……」

「ラグナロクだ……」

そんな囁《ささや》き声が聞こえてくる。

次の瞬間だ。

忽然《こつぜん》と、視界から月が消えた。

そして地上から、全ての光がかき消えた。

不意の暗闇と静寂に呑み込まれた町に、耳を貫く轟音《ごうおん》が響き渡る。

続いて、無数の赤い炎が空中に浮かび上がった。

人々は口々に悲鳴をあげた。

広場は一瞬にして、逃げ惑う人々の恐怖とパニックに包まれた。

その時、ビルはすぐ間近に得体の知れない気配を感じた。

姿は見えない。だが、落ち葉を踏む音が聞こえる。そして何者かが土埃《つちぼこり》を舞い上げながら、つむじ風のようにビルの直ぐ脇を駆け抜けていった。


なっ、何だ、何が起こっているんだ……！


緊迫の時が、どれほど続いただろう。

ふっ……と突然、街灯が輝きを取り戻し、イルミネーションが瞬き始めた。

咳《せ》き込むような音と共に、再びスピーカーから陽気な音楽が流れ出す。

明るさを取り戻した広場に、安堵《あんど》感《かん》が広がっていった。

「大丈夫ですか、課長。……あれ？」

ビルの許《もと》に駆け寄ってきたミシェルが、不思議そうな顔をした。

「どうしました？　なんだかあちこち汚れてますよ」

ミシェルの言うとおり、ビルの顔や服には黒ずんだ汚れがついていた。

彼だけではない。ミシェルの身体もすすけ、汚れている。

広場にいる人々も同じであった。彼らは互いの顔を見合わせ、夢から覚めたような表情になって笑い合いだした。

──それにしても、たった今、何が起こったというのだろうか。

ビルは空を見上げた。

月は何事もなかったかのように、元通りに白く輝いている。

その時、ビルの背後から、小さな嗚咽《おえつ》の声が聞こえてきた。

振り向くと、先程の白髪の老女がじっと俯《うつむ》き、肩を震わせている。

「大丈夫ですか？」

ビルは思わず老女に駆け寄った。

老女は地面に落とした何かを拾おうとしている。

ビルは代わりにそれを拾ってやり、老女に手渡した。それは不思議な文字が刻まれた、小さな木の板であった。

老女は険しい顔で木片を掌《てのひら》に握り込み、ノルウェー語でビルに何事かを呟《つぶや》いた。

意味は分からない。ただ、「ハティ」という言葉が何度か聞こえた。

「何と仰《おつしや》ってるんですか？　私にはノルウェー語がわからなくて……」

英語とラテン語で話しかけてみたが、老女の反応はない。

ビルが困っていると、ミシェルが二人分のスーツケースを引きながらやってきた。

「課長、そろそろホテルの方へ移動しませんと」

「ああ、そうだな」

ビルは老女に一礼をして立ち上がった。

広場を出て通り沿いに歩き出した二人は、人だかりに行く手を阻まれた。

見ると、通りに立つ高塀の一部がごっそりと壊れ、中から屋敷が顔を覗《のぞ》かせている。

人々はそれを指さし、ざわざわと話し合っている。

ビルとミシェルは顔を見合わせた。

「そういえば、さっき暗闇の中で、大きな音が聞こえましたね。トラックでも追突したんでしょうか？」

「いや、それなら車の破片でも派手に落ちているだろう」

「自然倒壊ですかね」

ミシェルが言った時、悲鳴と共に、屋敷の門から何者かが転がるように飛び出してきた。

3

メリッサ・エヴァンスは、夫の赴任と共にオーモットへやって来たことを死ぬほど後悔していた。

ハリウッドで知り合った夫ケヴィンは、実家が資産家で、フレデリック・メディカルサイエンス社勤務のエリートという超優良物件だったのに、まさかこんな地の果てに飛ばされるとは思いもよらなかった。

それでも当初は物珍しさもあり、ハリウッドの友人達からもロハスな生活を羨《うらや》ましがられていたが、一年も経つと退屈な生活にすっかり飽きてしまった。

転勤によって夫の年俸は上がったが、それで一体、何を買えというのだろう。ここで手に入る洒落《しゃれ》た品物といえば家具ぐらいで、ファッションは壊滅的だし、マーケットで買える最高級品はバターと鱈《たら》である。

パリから最新のブランド物を取り寄せたところで、着ていく社交界もない。この町でパーティといえば、大嫌いな魚発酵品を持ち寄るホームパーティしかありはしない。

町の人間は田舎者で話は合わないし、使用人は大雑把で気が利かない。雇い主に対する敬意も感じない。

そんな文句を言っても、夫は話を聞かない。

ないない尽くしで爆発しそうだ。

家のバルコニーから一望できる中央広場。最初は美しいと感じていたその眺めも、今では憎悪の対象である。

まして今夜は春祭とあって、大嫌いな田舎者が大騒ぎをしている。

すっかり気分を害したメリッサは、大量のスコッチをがぶ飲みし、早い時間からベッドに潜り込んでいた。

いい気分で夢を見ていた彼女を目覚めさせたのは、激しい衝撃音。続いて、幾重もの悲鳴が立て続けに聞こえてきた。

地震か？

家に爆弾でも投げ込まれたのだろうか？

慌てて枕元のライトに手を伸ばしたが、明かりが点《つ》かない。

ベッドを降り、手探りで部屋の照明スイッチを押しても、反応がない。

カーテンを開くと、外も漆黒の闇だ。

メリッサは狼狽《ろうばい》し、金切り声をあげて使用人を呼んだ。

「グスタフ、グスタフ、どこにいるの！　何があったか答えなさい！」

繰り返し叫んだが、返事はない。

メリッサは苦労しながら、クローゼットに隠した護身用の拳銃《けんじゅう》を取り出した。

そして銃を構えた瞬間、家の明かりが灯《とも》った。

思わず、ほっと溜息《ためいき》が漏れる。だが、まだ油断はできない。

銃を構え、怖々廊下に出ると、玄関ホールに使用人達が集まり、ノルウェー語でひそひそ話をしている。

「貴方《あなた》達、何を話してるの！　グスタフはどうしたの！」

メリッサは癇癪《かんしゃく》を起こしたが、誰もが首を横に振るばかりだ。

危うく殺意がこみ上げた時、玄関からグスタフが入ってきた。

「ああ、グスタフ！　何が起こったのか説明して頂戴《ちょうだい》」

メリッサは彼に駆け寄った。

「それが奥様、どうやらハティが現れたようでして」

グスタフは深刻な顔で言った。

「ハティって、誰？」

「アウン城に棲《す》む双子の魔獣の片割れです。月を呑《の》む氷狼《ひょうろう》です、奥様。先程、空の月が一呑みされたと思ったら、この世の終わりのような恐ろしい音が響いて、そいでもって表の塀が凄《すご》い力で壊されてるんです。庭の木がぐらぐらと揺れて、狼の鳴き声を聞いた者も大勢います。ハティの仕業に違いないと、皆が言ってます」

メリッサはふらりと眩暈《めまい》を覚えた。

「馬鹿ね！　塀を壊して強盗が入ったに決まってるじゃない。さっきの停電はセキュリティを切る為に起こしたのよ。グスタフ、不審者がいないか、早く調べなさい！」

「そこのところはお調べしました。出入り口はどこもきちんと鍵《かぎ》がかかっておりましたし、窓も壊されておりません。庭に不審な人影も見当たりません」

その言葉に、メリッサは取り敢《あ》えず安堵《あんど》した。

「そう……。誰かが侵入した形跡はないのね？」

「はい、それはもう」

「とにかく警察を——」

と言いかけて、メリッサは口を噤《つぐ》んだ。

ここがハリウッドなら警察を呼び、徹底的に調べてもらうところだが、ノルウェー警察はサボタージュが酷《ひど》いことで有名だ。

通報したところで、現場を確認に来るかも怪しい。それより以前に、彼らは夜には滅多に電話に出ない。祭の夜なら尚更《なおさら》だろう。

(全く。誰も彼も当てになりゃしない)

メリッサはうんざりとして溜息を吐いた。

「夫は？　ケヴィンは何処？」

「旦那《だんな》様はお部屋です。書斎の窓の明かりが点いておりましたので」

それを聞いてメリッサの頭に再びカッと血がのぼった。

これだけの騒ぎが起こり、妻が必死になっているというのに、頼りになるべき夫が書斎に籠《こ》もりきりだとは。

元々さほど社交的な男ではなかったが、オーモットへ来てますます悪化している。職場から帰っても、真っ直ぐ自室へ行ってしまう。メイドがそこに食事を運んで皿を下げ、翌朝はまた顔も見せずに出勤するのだから、暫《しばら》く夫の顔も見ていない。そんなこんなで夫婦仲は最悪だ。とうとう先週はグスタフと浮気までしてしまった。

それもこれも全てケヴィンが悪いのだ。今日こそ文句を言ってやる！

メリッサは勇ましく二階へ駆け上がり、奥の夫の部屋の扉を思い切り叩《たた》こうとして、ふと異変に気がついた。

寒いのだ。

ひんやりとした冷気が、みるみる身体に染み込んでくる。

そっとドアノブに触ると、骨まで凍りそうな寒さが伝わってきた。

「ケヴィン、いるの？　ねえ、そこにいるんでしょう？」

メリッサは扉に向かって訊《たず》ねた。だが、返事はない。

「ケヴィン、返事ぐらいして！」

やはり返答はなかった。

「ちょっと、グスタフ！　グスタフ！　この部屋を開けて頂戴！」

メリッサは大声で喚《わめ》いた。

あたふたとやって来たグスタフは、扉を叩いたり、体当たりを試みたりしてみたが、びくともしない。

「奥様、合い鍵はお持ちじゃないんで？」

「ないからお前を呼んだのよ。ああ、どうしましょう……」

「裏庭の窓の方へ回るのはどうです？」

「それもそうね。それなら窓から中の様子も見られるし、ケヴィンも気付くでしょう。いいこと、窓を叩き割っても構わないから、早くケヴィンを呼んできて頂戴」

そこでグスタフは庭に脚立を立て、金槌《かなづち》を持って登った。

だが、二重サッシの窓はやけに白く曇り、中の様子はよく見えなかった。

窓にはやはり鍵がかかっている。

ガラスを叩いても呼びかけても返事はなかったので、グスタフは金槌を振り上げた。

グスタフの馬鹿力をもってしても、二重の窓はなかなか手強《てごわ》かった。

ようやく開いた拳《こぶし》大の穴から腕を差し入れ、クレセント錠を開いて外窓を開ける。

瞬間、異様な冷気が彼の顔面に押し寄せて来た。

グスタフは訝《いぶか》りながらも、今度は内窓に向かって金槌を振り上げた。

何度かそうしているうち、窓の曇りが薄れ、結露しているのに彼は気付いた。

袖口《そでぐち》で水滴を拭《ぬぐ》ってみる。

室内の様子がぼんやりと見えてきたと思った瞬間、グスタフは悲鳴と共に脚立から滑り落ちた。

「ハティだ！　ハティが出た！」

グスタフは喚きながら夢中で逃げ出したが、たちまち足を縺《もつ》れさせて倒れ込んだ。

「どうした、大丈夫か？」

グスタフを抱え起こしたのは、ビルとミシェルであった。


およそ二十分後。ビルとミシェルは、ケヴィンの部屋の扉の前にいた。

問われるままに二人が身分を名乗ると、「助けて欲しい」と訴えられたのだ。

どうやらこの部屋の中に、家の主人が閉じ込められているらしい。

メリッサが縋《すが》るような目で見守る中、ビルが何度も何度も体当たりを繰り返すと、ようやく扉はミシミシと音をたてながら内側へと倒れた。

そこには目を疑うような氷の世界が広がっていた。

天井から無数の氷柱《つらら》が床まで垂れ下がり、壁や床の一面に白い霜がおりている。

まるで部屋全体が氷の林、いや氷の檻《おり》だ。

凍りついた部屋の中、ケヴィンはキラキラと輝く氷の粒を全身に纏《まと》い、デスクの上に突っ伏していた。

氷柱の先から一粒の雫《しずく》が、ケヴィンの頭上にぽたりと落ちた。

ケヴィンは全く動かない。

「……こっ、これは凄い。どうしてこんな……」

ミシェルが息を呑んだ。

ビルは氷柱の間を縫ってケヴィンの側に行き、そっと身体に触ったが、彼の体温は完全に失われていた。

ビルはケヴィンの瞼《まぶた》を開き、ペンライトの光を瞳孔《どうこう》に当てたが、収縮反応はない。脳神経機能が停止している。脈もなかった。

上下左右から遺体を観察する。外傷らしきものは見当たらない。

ケヴィンは凍死していた。

外気温が十度以上あるという日に、何故か氷漬けにされた密室の中で。

まるで訳が分からない。

「とにかく警察を呼ぶんだ、早く！　相手が電話に出るまでかけ続けろ！」

ビルの声に、グスタフが部屋を飛び出して行く。

ビルは改めて辺りを見回した。

ケヴィンのデスクの上には、読みかけの本と、空のコーヒーカップがある。

室内に争った形跡は見当たらない。

二重窓は白く凍りつき、誰かが開いた形跡はない。一つだけ開いている外窓は、グスタフによるものだ。

部屋の入り口には、先程自分が破った扉が倒れている。氷漬けになっているそれを見て、道理でなかなか開かなかった筈《はず》だと、ビルは思った。

メリッサは放心した様子で、ぶつぶつと独り言を呟《つぶや》いていた。

ミシェルはデジタルカメラを構えて部屋中を撮影している。

随分待たされてからやって来たのは救急車であった。ケヴィンの身体が担架に乗せられ、病院へ運ばれていく。メリッサと彼女に腕を掴《つか》まれたビルは、ケヴィンの遺体と共に病院へ付き添うことになった。

グスタフとミシェルは現場で警察の到着を待ったが、結局、警察がやって来たのは夜が明けてからのことだ。

鑑識がおざなりな捜査をするのを見届けた後、ミシェルはエヴァンス邸を後にした。

門を出ると、ちょうどやって来た清掃車が道路を綺麗《きれい》に磨き上げている。

(いいのかな、これ。事件現場の保全とかしなくても……)

ミシェルは思ったが、掃除を止めさせるような権限もない。

昨夜、彼らが不思議な月蝕《げっしょく》を見た広場にも清掃員達が彷徨《うろつ》いていて、地面についた煤《すす》のような汚れを箒《ほうき》で散らしていた。

汚れの跡は、まるで動物の足跡のように点々と、そして渦を描くように残っている。

ミシェルはその渦が、今自分のいるエヴァンス邸を中心にした形になっているのに気がついた。

4

午後一時。ビルとミシェルは昨夜の不可解な体験を語り合いながら、サンティ・ナントラボ研究所へ向かっていた。

「いやあ、こっちの警察は酷《ひど》いもんでしたよ、サスキンス課長。手際は悪いし、反応は鈍いし、もうお手上げって顔をして、『ハティの仕業だ』って言うだけなんです。あれじゃあ間違いなく『原因不明』で処理されちゃいますよ、この事件。

そりゃあ、僕も最初にあの部屋を見た時は固まっちゃいましたけどね……。でもですね、こういう時こそ正義の味方のFBIが颯爽《さっそう》と登場する場面じゃないんですか？　映画なんかではそう来るところです」

ミシェルは興奮気味に言った。

ビルは困り顔で唸《うな》った。

映画のようには行かないことは知っている。FBIが正義の味方かどうかも怪しい。

FBIが動くのは、テロやスパイなどアメリカの安全保障に係《かか》わる公安事件と重大事件、広域犯罪等と決まっている。

上司の命令もなければ、地元警察からの要請もない今、ケヴィンの事件はこちらの警察に一任するのが筋である。

第一、自分とミシェルは現在、他の任務を遂行中だ。無関係な事件に首を突っ込める状況ではない。

そうは思うのだが……。

ビルは昨夜一晩中、メリッサ夫人に泣きつかれ、どうか力になって欲しいと訴えられた。アメリカ市民を守る立場の者として、彼女をみすみす放ってもおけない。

葛藤《かっとう》しているビルの横で、ミシェルは話し続けている。

「グスタフさんから聞きましたが、この地方には昔から、ラグナロク（終末）の時に現れる灰色狼フェンリルと、その双子の息子の狼、ハティとスコルの伝説が伝わっているそうです。氷狼《ひょうろう》ハティは月を呑《の》み、双子の狼スコルは太陽を呑むと」

「月を呑む氷狼か。まさに事件そのままだ……」

忽然《こつぜん》と消えた月。そして闇の中、自分の側を駆け抜けた不可解な気配と冷気。氷漬けにされた部屋で凍死したケヴィン・エヴァンス——。

ビルはぞくりと身震いをした。

「ええ、そうなんです。ハティとスコルはあの山に建つ、アウン城に棲《す》んでいるといわれています。城主のアウン王は、ロキという神様と契約し、ハティとスコルを城に匿《かくま》う代わりに不死の命を得たといわれているそうです」

ミシェルはそう言いながら、町を囲む高い山の斜面を指さした。

そこには半ば森の木々に埋もれるようにして建つ、荒れ放題の古城があった。城の周囲の森は、まるで城の瘴気《しょうき》に蝕《むしば》まれたかのように黒く変色している。呪われたような森から、蔦《つた》がからみつく城壁と、鋭い槍《やり》に似た尖塔《せんとう》が突き出ていた。

確かに魔獣と魔物が潜んでいそうな不気味さだ。

「しかしね、課長。僕が思うに、それこそが犯人の心理誘導なのじゃありませんか？」

ミシェルは鋭く言った。

「真犯人はケヴィン・エヴァンスを狙っていた。そして、月蝕の混乱に乗じて彼を殺害したんです。それを伝説の魔獣のせいにした、罪を逃れる為にです。そのことは即ち、今ものうのうと真犯人がのさばっているということじゃありませんか？　社会を混乱させ、恐怖させる悪者を、僕達FBIが放っておいていいんでしょうか」

ミシェルの言葉は、燻《くすぶ》っていたビルの捜査官魂に小さな火を点《つ》けた。

信義・勇気をモットーとする捜査官に、やはり見て見ぬ振りは似合わない。

「だが問題は、何故ケヴィン・エヴァンスが狙われ、死ななければならなかったのか、どのようにして犯人はあの殺害方法を可能にしたのかだ」

「はあ……そこですよね。方法は見当もつきません。そこが全くわからないって点においては、結局、僕らもノルウェー警察と同レベルってことですねえ」

ミシェルは意気消沈して溜息《ためいき》を吐いた。

「いや、それは違う。たとえ今は同じでも、大切なのは、この後どうするかだ」

ビルはぐっと拳《こぶし》を握り、自分に言い聞かせるように呟いた。

この十三カ月間、彼は己の無力さをずっと痛感してきた。

心を挫《くじ》かれ、立ち上がれずにきた。

そして今こそ、彼は神に試されていると感じていた。

もし、ここで何も行動しないなら――悪を見逃し、女性を泣かせ、部下の期待に応《こた》えられず、自分自身を裏切るなら、もうその人間はビル・サスキンスではない。ビル・サスキンスの抜け殻だ。死んでいるのと変わらない。

だが、もう一度、信義と勇気の為に立ち上がるなら、主の望むことを行うならば、きっと主はそれに報いて下さるはずだ。

ビルは大きく深呼吸をし、ミシェルの方を見た。

「ミシェル、お前は神を信じるか?」

「はい、信じてます。もっとも僕、道教ですけど」

「そうか、それならいい。それで充分だ」

ビルはミシェルの背中をパシッと叩《たた》いた。

あれこれ悩んだり、逃げ回るのはもう止めだ。

気が済むまで正面からぶつかってやる。

今ある任務を済ませたら、ケヴィン・エヴァンス事件を担当したいと上司に願い出るのだ。とことんしつこく食い下がって、前線に復帰したいと申し出よう。

それで駄目ならFBIを辞め、私立探偵にでもなればいい。危険は覚悟の上だ。

身も心も軽くなった彼は、モノレールの駅の階段を勢いよく駆け上った。

サンティ・ナントラボ本社行きのモノレールに乗り込む。

そこで思いがけない人物に会うことになるとは、ビルにはまだ知る由もなかった。

＊　＊　＊

モノレールの駅を降りると、そこには博覧会のパビリオンを思わせる奇妙な建物がいくつも建っていた。

貝殻のような光沢を放つらせん状の建物、温室を連想させるドーム状の建物。艶《つや》のない漆黒の四角錐《かくすい》の高層ビルや、枝を広げた木に似た形の建物もある。

それらの中央に一際高く聳《そび》えている、銀色の骨格に大小のガラスブロックをはめ込んだクリスタル・タワー。

それがサンティ・ナントラボ本社であった。

二人は来客用の玄関から入り、セキュリティチェックを受けた。

二人の前に、ゴルフカートのような乗り物が滑り込んでくる。

『ビル・サスキンス様、周弥貝様、会議室へご案内致します。どうぞお乗り下さい』

カートのスピーカーから電子音声が聞こえる。

二人が乗り込むと、カートは動き出した。

それと同時にフロントガラスがスクリーンになり、賑《にぎ》やかなBGMと共に、企業PRの動画が目の前に流れ始める。

『ようこそ、サンティ・ナントラボ社へ。私共は皆様の豊かな暮らしをお手伝いする総合多国籍企業です。

人が安心と幸せを願う気持ちは、いつの時代も変わりません。

サンティ・ナントラボ社が初めてこのオーモットにやって来た時、この町はただ林檎《りんご》畑が広がるばかりの貧しい田舎町でした。人々は自然の脅威に怯《おび》え、健康で文化的な生活とはほど遠い、窮屈で、不安に満ちた不便な暮らしを強いられていたのです。

私共、サンティ・ナントラボ社は、このオーモットの地で、人々の生活に新たな活力をもたらすことを願い、快適で安全な、魅力溢《あふ》れる街作りに取り組んで参りました。

また私共、サンティ・ナントラボ社は、環境に優しいエコロジー企業を目標とし、町を取り囲む森林の保護、自然環境の保護に日々、努めております。

現在、私共、サンティ・ナントラボ社の傘下には、最先端の再生医療を研究するサンティ・ナントラボラトリー。優れたIT技術を開発するラールダール・テクノロジー。最新鋭の設備を備えたアルマウェル・ハンセン・メディカルセンター等がございます。

また、重要な提携企業と致しまして、全世界四十カ国に支社を持つ医薬品会社フレデリック・メディカルサイエンス社がございます。

私共サンティ・ナントラボ社は、これからも、高度な専門知識、高度な専門技能を持つスペシャリストとして、柔軟に社会のニーズに対応し、皆様によりよい暮らしをお届けするために、活動してまいります』

そしてスクリーンには3Dの企業ロゴが大写しになった。

「なんだか不思議な話ですよね。サンティ・ナントラボ社は何故わざわざ、このオーモットを選んでやって来たんでしょう？」

ミシェルが首を傾げた。

「さあ。分からんが、ラボの研究者には変わった人間が多いからな」

ビルが小声で答える。

『ビル・サスキンス様、周弥貝様、会議室に到着致しました』

スピーカーから電子音声が聞こえ、ガラスの扉の前でカートが停車した。

そして中から愛想のいい男が走り出てきた。

「ＦＢＩの方々、ようこそ、お待ちしておりました」

男は営業部のクリスチャンと名乗り、名刺を手渡してきた。

会議室には背広姿の男が二名と、白衣を着た研究者が二名、警備員が二名いる。

ビル達が席に座ると、警備員の男がアタッシェケースを運んできた。中を開き、書類とメディアが入っているのをビルに示す。

「ご依頼のソフトウェアはこちらです。契約書類の手続きをお願い致します」

クリスチャンが言った。

次に弁護士のハンスと名乗る男が、書類の束を差し出しながら、契約内容を読み上げ始める。

長々と続く読み上げの最中、ふとビルが視線を部屋の外へ向けたのは、もしかすると何かの予感を覚えたからかも知れない。

ミシェルの肩越しに、目の前の廊下を一人の男が颯爽《さっそう》と歩いて行くのが、ビルの視界にスローモーションのように映った。

ビルは瞠目《どうもく》した。

その男の白磁のような肌とエメラルドグリーンの瞳《ひとみ》、甘く整ったマスク、輝くようなプラチナブロンド。

スリーピース・スーツを着こなし、髪を短くしてはいるが、あの悪魔のような美貌《びぼう》を見間違える筈《はず》がない。秘密結社ガルドウネのジュリア司祭だ。

「ジュリア！」

ビルは咄嗟《とっさ》に椅子から立ち上がり、出口のドアへ駆け寄った。

異変を感じた警備員が「席にお戻り下さい」と、ビルを制する。

その騒ぎに気付いたのだろう、ジュリアはちらりとビルを見た。

だが、すぐに視線を逸《そ》らし、会社幹部と思われる男達を引き連れて歩き去って行く。

去り際に、ニッとジュリアの唇の端が吊《つ》り上がったのをビルは見た。

「待て！　待つんだ！」

ジュリアの背中を追いかけようとしたビルを、警備員が両脇から引き留めた。

「サスキンス捜査官、騒ぎは困ります。どなたと勘違いなさっているか存じませんが、人違いですよ」

クリスチャンは慌ててビルの前に回り込み、必死の形相で訴えた。

「人違いだって？　私がジュリアを見間違えるものか！」

ビルは叫んだ。

「誰です、それは？　あの方は当社の取締役、アシル・ドゥ・ゴール様です」

「取締役……？」

「は、はい……」

クリスチャンはビルの気迫に押され、おどおどと答えた。

名前など、偽名に決まっている。ジュリアがここにいるということは、ここでとんでもない企《たくら》みが動いているということだ
ケヴィン・エヴァンス事件も奴の仕業ということか！

ビルはクリスチャンの肩をぐっと掴《つか》んだ。

「クリスチャン、私には急用ができた。契約は少しの間、保留にして貰《もら》えないだろうか？　品物は必ず後で引き取りに来ると約束する」

「えっ⁉」

ビルの言葉に、クリスチャンとミシェルが同時に声をあげる。

「迷惑をかけてすまないが、宜《よろ》しく頼む。ミシェル、行くぞ」

鬼気迫る形相で部屋を出て行くビルを、ミシェルは慌てて追いかけた。

建物を出たビルは、ホワイト副長に連絡を入れた。

オーモットで奇怪な事件が起こり、恐ろしい陰謀が企まれていること。モンテ村で彼を殺そうとしたジュリアという男がそれに絡んでいること。以前の事件の雪辱を果たすために、前線へ復帰したいことなどを切々と訴えた。

ホワイト副長は最初、不機嫌そうにそれらを聞いていた。

「その上、デンバー事件の現場でも、私はジュリアによく似た人物を見たのです。奴はマリニー議員殺害にも関係しているに違いありません」

そこまで言った時、ホワイト副長の声色が変わった。

『デンバー事件の関係者だと……？　分かった、すぐに部下をそっちへ送る。明後日《あさって》には着くだろう。今ある君の任務は、その者達に引き継がせる』

「では私に、事件を担当させて下さるんですね」

『よく聞き給え、サスキンス君』

ホワイト副長は低い声で言った。

『デンバー事件は極めてデリケートな扱いを要する。FBIといえど、独断で動けん状況だ。私はお前に、あの関係者を調査しろとは言えん。だが、オーモットで起こっている事態をよく観察しておく必要はある。その任務にはお前が適任だ』

「観察……ですか？」

『そうだ、見るだけだ、手は出すな。それがデッドラインだ。そしてお前が見聞きしたことを全て私に報告しろ。FBI本部は一切の協力をしない。それが絶対条件だ』

ホワイトからの電話は切れた。

「あの……一体何がどうしちゃったんですか、課長？」

ミシェルは側でおろおろしている。

「たった今、副長から指示が出た。オーモットで起こっている事態を観察し、報告しろと言われた」

「観察といいますと、スパイみたいな事ですよね？　ケヴィン・エヴァンス事件の調査の許可は出たんでしょうか？」

「調べるのは構わん筈だ。ただしFBI本部の協力は一切なしだ。とにかくやるぞ。まずはメリッサ・エヴァンスから事情聴取だ」

(そしてエリザベートを通じて、ウォーカー博士に連絡だ)

ビルは携帯から『恋人』に電話をかけた。相手は留守番電話になっている。

「ビル・サスキンスだ。こちらで酷《ひど》く不可解な事件が起こってね、出張が長引きそうだ。相談したいこともあるので、都合のいい時に連絡をくれ」

ウォーカー博士への伝言としてはこれぐらいで良いだろう。

ビルは電話を切り、大股《おおまた》で歩き出した。

第一章　聖杯と騎士の謎

1

バチカン市国。

イタリアはローマ、テベレ川の西に位置する、面積・人口ともに世界最小の独立国家。

イエス・キリストより「天国の鍵《かぎ》」を授けられた聖ペテロの代理人たる、ローマ法王の住まう場所。

別名、「魂の国」とも呼ばれる其処《そこ》は、全世界に十二億人余りの信者を持つカソリックの総本山だ。三二四年にローマ皇帝コンスタンティヌスが、ペテロの埋葬地に最初の聖堂を建設して以来、キリスト教世界に多大なる影響を与え続けている。

先日カソリック世界を大いに震撼《しんかん》させたローマ法王の辞任劇は、新法王の誕生によって一応の収束を迎えた。だが、その余波はまだあちこちに及んでいる。

バチカンがマネーロンダリングの温床となっているという指摘から、バチカン国内のATM使用とクレジット電子決済が一時的に全面停止となる事態が発生。

また、「前法王の辞任は、法王とバチカン銀行（IOR）が共謀して行った不正摘発から逃れる為」という噂も後を絶たず、前法王の逮捕を声高に要求する抗議団体まで現れている。

聖職者による児童虐待疑惑に関しても「バチカンが犯罪を揉《も》み消そうとしている」と、世論の反発が続いていた。

これらの外圧を受け、新法王は身内の犯罪に対する断固とした対応、不正追放に向けて取り組む姿勢を積極的に提示することが求められている。

実際、バチカン内でも改革の試みはいくつか開始されたが、千七百年間もの長きに亘《わた》って盤石に築かれた組織構造、権力構造にメスを入れることは容易ではない。

バチカンは現在、難しい舵《かじ》取りを迫られている。

そんなバチカン内には、『聖徒の座』という秘密の部署が存在する。

バチカン市国中央行政機構の内、列福、列聖、聖遺物崇拝などを取り扱う『列聖省』に所属し、世界中から寄せられてくる『奇跡の申告』に対して、厳密な調査を行い、これを認めるかどうか判断して、十八人の枢機卿《すうききよう》からなる奇跡申告委員会にレポートを提出する部署である。

かつての『異端審問』が魔女などを摘発する異端弾劾の部署であったのに対し、『聖徒の座』は、法王自らが奇跡に祝福を与えるという目的で設立された経緯がある。

だが、バチカンにはドミニコ会、イエズス会、フランシスコ会の三大派閥のほか、カルメル会、トラピスト会、サレジオ会、シトー会などさまざまな会派があり、会の数だけの秘密と摩擦があった。

大抵の場合、奇跡申告がなされた教会の調査は、その教会の属する宗派が行うことになっている。そしてそこには、宗派ごとの決まりや事情や裏の歴史が絡んでいる。

故に、違う派閥の者同士は迂闊《うかつ》に会話すらできない。

奇跡調査官達は皆、某《なにがし》かのエキスパートであり、会派ごと、得意分野ごとにチームを組んでいる。そして日々、バチカンに報告されてくる様々な奇跡の調査に明け暮れ、世界中を飛び回っていた。

白手袋を着け、黒曜石のような目でつぶさに銀色の杯を観察しているフランシスコ会の神父、平賀・ヨゼフ・庚《こう》もその一人であった。

平賀は現在、リトアニアのヴィリニュス郊外に建つフランシスコ教会で、『聖杯』の科学的検証に熱中していた。

ヴィリニュスはかつて「北のエルサレム」とも呼ばれ、カソリックとユダヤ教の中心地として繁栄した。だが、十七世紀にロシア帝国軍に占領されると、放火・略奪・大虐殺の被害を受ける。第一次世界大戦中はドイツ占領下となり、その後ポーランド領、ソ連領を経、スターリン主義政権によって、市民四万人以上が殺害されるという悲劇に見舞われた。

ソ連政府に接収されたフランシスコ教会は長年放置されていたが、十五年前、ようやくフランシスコ会へ返還された。そして昨年修復作業が始まったところ、発掘された棺《ひつぎ》の中から『聖杯』と、古い教会史の文書が発見されたのだ。

聖杯とは、イエスが最後の晩餐《ばんさん》の際に使用したという聖遺物だ。また、磔刑《たっけい》にされたイエスの血を受けたともされ、その際に宿った神聖な力が、人々に不思議な力を授けるともいわれる。

平賀の目の前のそれは、装飾の無いシンプルなデザインに把手《とって》が二つついていた。ワイングラスを幅広にしたような形だ。

申告書によると、この聖杯に触れた信者三十二名もの病気が治り、癌に冒された者の命も救われたのだという。

その聖杯は一見すると銀製に見えたが、平賀は金属の光沢をつぶさに観察し、それが純粋な銀ではなく、鉛を含む合金であると判断した。

銀に鉛が含まれた考古遺物は数多くあり、そういうものはよく見ているのだ。例えば漁猟用の網や、錨《いかり》、イタリアの古い水道管、宝石や彫像などだ。

平賀は鞄《かばん》からハンディタイプの金属判別器を取り出すと、聖杯に向かってやおら引き金を引いた。

機械から赤いレーザー光が発せられる。

そして、平賀の手元には「銀三十二%、鉛六十一%」と簡易な分析結果が表示された。

平賀の予想通りである。

次に行うべきは年代鑑定であった。

平賀は、彼の側に不安そうな顔で立っている老年司教をくるりと振り返った。

「グジェゴジュ司教、この聖杯の一部をバチカンに持ち帰らせて下さい」

平賀はストレートに言い放った。

グジェゴジュ司教は目を剝《む》いた。

バチカンから聖遺物鑑定のプロである司祭が来ると聞いて以来、グジェゴジュ司教は教会の修復を急がせ、祭服を新調し、胸弾ませて今日という日を待っていたのだ。

ところがやって来た人物はグジェゴジュの予想に反し、小柄で見るからに頼りない、花売り娘のような東洋人神父であった。

しかも今、鞄から無骨な機械を取り出した神父は、聖杯に向かって何をした？

ごほん、とグジェゴジュは咳《せき》払いをした。

「バチカンから鑑定の玄人がお越しになると聞き、てっきりこの場で奇跡の認定を頂けるものと思っておりましたのに……。聖杯を持ち帰るですって？　しかもその一部を？　何故なのです？」

「簡単な話です。バチカン科学部の研究室で、ボルタンメトリーと呼ばれる年代測定方法を行うためです。

ボルタンメトリーとは一般的に、試料に対して正と負の電圧をかけ、酸化・還元反応が起こった金属に流れる電流を測定する方法をいいます。それを応用することで、何故、鉛の考古遺物の年代測定が行えるのかと言いますと、鉛は時間の経過とともに酸化鉛と二酸化鉛の要素が増加し、腐食していく性質を持つ金属ですから、試料にかけた電流、電圧、時間、生成された二つの電子の増加量を測定し、それらの数学的な関係を利用することで、年代測定も可能になるという仕組みなのです」

平賀は丁寧な説明によって司教の理解を求めたが、どうやら裏目に出たようだ。

グジェゴジュ司教の顔色が変わった。

「はあ？　電圧？　試料？　一体、何のことですかな。そのような行いは聖遺物に対する冒瀆《ぼうとく》ではありませんか。

現にこの教会では、万病を癒《い》やす奇跡が起こっています。治療不能と言われた病人が何人も救われているのです。平賀神父、貴方《あなた》は私達が提出した多数の医師の診断書や、本人達の陳述書をご覧になられたのでしょうか？」

「はい、ご安心下さい。それらについては医学班の監査も行われておりますし、私も引き続き、精査に努める所存です。必ずやその真贋《しんがん》を見極めることができるでしょう」

するとグジェゴジュ司教は真っ赤な顔をし、拳《こぶし》を震わせた。

「しっ、失敬な。私達や信者が嘘を言っているとでも仰《おつしや》るのか。実際にここで奇跡は起こっているのですぞ」

「はい。それは大変素晴らしく不思議なことですよね。ですから私は事象の適正さを明らかにする一連の手続きを厳……」

平賀の話を、司教は手を振って遮った。

「ああ、もう充分です。どうやら私共は少々、見込み違いをしていたようですな。平賀神父、申し訳ないが、今日の所はひとまずお部屋へお戻り願えませんかな。私共の方でも色々と、じっくり協議すべき事柄がございますので」

「ええ、分かりました。協議は大切です。それでは宜《よろ》しくご協議をお願い致します」

平賀はぺこりと頭を下げると、すたすたと聖堂を去った。

そして教会の修道施設に用意された居所へと戻った。

＊　＊　＊

「あっはっはっは！」

平賀が聖堂での出来事を話すと、ロベルト神父は大笑いした。

ロベルトは古文書や暗号解読のエキスパートで、平賀の奇跡調査の相棒だ。

「何がおかしいのですか、ロベルト神父」

平賀はむっとして言った。

「いや、ごめん。ただ君らしいなと思ってさ。それより、そのボル何とかの鑑定の為にはどれ位の『試料』が必要なんだい？」

「ボルタンメトリーですか？　数ナノグラム程度で鑑定可能です」

「分かった。じゃあ、後で僕がグジェゴジュ司教に会って来るよ。君は暫《しばら》く居所で診断書の精査に努めるといい。なに、二日もすれば彼らの気も変わるだろう」

ロベルトは魔法使いのようなことをさらりと言った。確かに彼は自分より、人を説得するのがずっと上手《うま》いと、平賀も知っている。

「分かりました」

平賀は頷《うなず》き、じっとロベルトを見た。

「どうしたんだい？」

「聖杯の真贋を確かめる為に、年代測定を行うのは必須《ひっす》です。ただ、あれがイエス様のご存命中に作られたものと鑑定された場合、私にはそれ以上、聖杯の真贋を確かめる術《すべ》がありません。何しろ本物を見たこともありませんし……。

こうした場合、ロベルト神父なら、どのように真贋を判断なさいます？　貴方は古美術品などにも詳しいですし、何かご存じであれば教えて頂きたいかと」

「そうだな。いいけど、一つ条件がある。今から食事に付き合ってくれないか。僕も夕べからやっていた教会史の解読に、一区切りついたところなんだ」

ロベルトはモノクルを目から外して立ち上がった。

二人は教会付近を少し彷徨《うろつ》き、こぢんまりとした木造のレストランに入った。漆喰《しっくい》の壁に十字架やイコンが飾られた、家庭的な店だ。

平賀が「何でも構いません」と言うので、ロベルトはワインを選び、黒パンとチーズ、羊肉のサラダ、ビーツのスープ、サーモンと温野菜の蒸し料理を注文した。

「パーチェ」

といつものように乾杯するなり、平賀が弾丸のように喋《しゃべ》り出した。

「聖杯についての私の知識はごく僅《わず》かです。

キリストと十二人の弟子達が過越《すぎこし》の食事、いわゆる『最後の晩餐』をしている時、主はパンを裂き、『これは私の体である』と言って弟子達に与え、次に杯を取り、弟子達にそれを渡して、『これは罪が赦《ゆる》されるように流される、私の血である』と言って、杯からワインを飲ませた。マタイ、マルコ、ルカの福音書にそのように記されている、まさにその杯である、ということ。この出来事に由来して、今も私達の聖体拝領の儀式では、聖杯（カリス）に水で薄めたワインを入れ、パンの代わりにホスチアを用いています。

そして現在、『聖杯』と呼ばれる三つの杯の所在が明らかであること。

一つは、一九一〇年にアンティオキアで発見され、メトロポリタン美術館が収蔵しているもの。外側は装飾された鋳物で、内は銀の二重構造の作りです。

二つ目は、一一〇一年にカイサリアで発見され、ジェノヴァ大聖堂にあるもの。緑色で六角形のガラス製です。

三つ目はローマからピレネー、スペインを転々とした後、バレンシア大聖堂に納められたもの。暗赤色のメノウでできています。

また、最も本物に近いと考えられているのは、七世紀頃、ガリアの僧がエルサレム近くの教会で見たとされる聖杯です。それは銀製で、形は把手が二つ対向して付いたものだったというのですが、現物の所在は不明です。

このように、聖杯候補といわれるものも、形や色がそれぞれ異なるわけです」

平賀は困ったように眉《まゆ》を寄せた。

「確かにね」

ロベルトは頷き、ぐっとワインを飲んだ。

「それに聖杯には、磔刑《たっけい》にされたキリストの血を受けたという伝説もあります。ですが、マタイ、マルコ、ルカの福音書には『アリマタヤ出身のヨセフというユダヤ人が、磔刑にされたイエスの遺体を引き取り、亜麻布で巻いて埋葬した』というくだりがあるだけで、主の血を受けた聖杯の有無には触れられていません。

ヨハネの福音書には『兵士の一人が槍《やり》でイエスのわき腹を刺した。すると、すぐ血と水とが流れ出た』とあるものの、杯で血を受けたという記述はないのです」

不思議な話ですよね、と平賀は同意を求めるようにロベルトを見た。

「まあ、アリマタヤのヨセフが、主の血を受けた聖杯をイギリスへ持ち去り、それを手にした者が不老不死の力を得た、とか、病んだ王を癒やす為に騎士が聖杯を探し求め、王が癒やされた、なんていう伝説は、十二世紀終わりに書かれた『ペルスヴァルまたは聖杯物語』、十三世紀の『聖杯の探索』辺りから広まったと言われるがね。

神殿騎士団の伝承によれば、聖杯は二つあるという」

「神殿騎士団というと、テンプル騎士団のことですか？」

「そう、テンプル騎士団だよ。正式名称は『キリストとソロモン神殿の貧しき戦友たち(Pauperes commilitones Christi Templique Solomonici)』だ。創設は一一一九年。第一回十字軍が確保したエルサレムへの巡礼者を守る為、ヤッファの港とエルサレムを結ぶ道を警備する貧しき修道会として生まれた組織だ。

彼らの伝説の多くは騎士団の最初の本部が置かれたエルサレム神殿に関係しているのだが、彼らが神殿跡地付近から聖杯を発見し、持ち帰ったという話はあまりに有名だ」

「私はまた、それは映画などのファンタジーかと思っていましたが……」

「君、ヘンリー・リンカーンの『レンヌ＝ル＝シャトーの謎』は観たかい。あれは『聖杯(Saint-Graal)』を『本当の血＝王家の血脈(sang réal)』に由来すると考えた所が面白かった。だけど『聖杯』を表す言葉は、古い順にGraalからSaint Graal、そしてSangrealへ変化していったことが知られている。

ともあれ、テンプル騎士団の闇の書とされる『区別された者の聖なる書』によれば、聖杯は二つある。

一つは最後の晩餐《ばんさん》で使用された小さなカップ。変わった形で、三角錐《かくすい》をしているらしい。テーブルに置くと倒れそうな形だね。

もう一つは、キリストが磔刑に処せられた時、その身体から流れた血を受けた器だ。翡《ひ》翠《すい》で出来た球をくりぬいたような器で、その聖杯は現地で『グアラルー』と呼ばれていたと書かれている。

『グアラルー』の意味は分からないんだが、ギリシャ語の『器』を意味する『クアラール』から由来したという説が有力だ。

テンプル騎士団が聖杯を発見した時、キリストの血を混ぜて造ったワインも存在していたそうだ。それを聖杯に注いで飲めば、信仰のある者は不老不死になるが、本当の信仰を持つ者以外はその大いなる力を受け入れることはできないと言われていた。そこで騎士団の中でも信仰深い者が何人か試してみたが、彼らはことごとく死んでしまったそうだ。

どうやって死んだと思う？

ある者は精霊を見、ある者は悪魔を見て、取り乱すようになり、精神疾患らしき症状が出て、日に日に衰え、短期間で命を落としたというよ」

「恐ろしい話ですね。毒物の関与も疑われます。是非この目で調べてみたいところですが、テンプル騎士団がもはや存在していない今、聖杯の行方も不明ということですね」

するとロベルトは大袈裟《おおげさ》に肩を竦《すく》めた。

「テンプル騎士団が存在していない、だって？

それは間違いさ。彼らが騎士団であると同時に、金融集団でもあったのは知っているかい？　今もその資金は、世界に影響力を持つといわれているんだ。

テンプル騎士団はね、当初、たった九人の貧しい騎士の集まりだった。

だが、シトー会の聖ベルナルドゥスの保護下に入ると、大きな変質を遂げるんだ。

ベルナルドゥスは騎士達に、厳しい戒律と殉教精神、城館での共同生活などを課し、総長、賢者、従軍司祭、蹄鉄《ていてつ》従士、歩卒からなる序列を与え、さらに秘密の儀式を共有させることによって、厳格な規律を誇りとする修道騎士団を作り上げた。

それを気に入ったローマ教皇が、騎士団の納税義務を免除すると、貴族達からみるみる多額の寄付金や土地、貴重品などが寄進されるようになったんだ。

膨大な資産を管理するため、テンプル騎士団は、財務システムを高度に発達させていった。ヨーロッパ全域にネットワークを張り巡らせ、土地や財産を管理し、お金を聖地へ届ける仕組みを整えたんだ。預かり証と引き替えに金貸しを行ったり、通帳や為替《かわせ》を発行したりと、世界で初の国際銀行のようなシステムを作り上げたのさ」

それを聞いた平賀は目を丸くした。

「そんな話……初めて知りました」

「だろうね。でも事実さ。パリにあった騎士団の支部などは、フランス王家の金を預かる非公式な国庫だった。フィリップ二世の時代には、各地の王領から徴収した金はすべてテンプル騎士団の金庫に預けられていたと聞く。ここまで規模が大きいと、騎士団のいいなりにならざるを得なかった王室もヨーロッパには沢山あっただろうね。

そうした体制はフィリップ四世まで続くのだが、フィリップ四世の策略によって騎士団は壊滅状態になり、異端審問の形式による訴訟を受け、解体された——と、表向きには言われている」

「ですが、そうではないと？」

「ないと思うね。最近のバチカンは『テンプル騎士団に対する異端の疑いは完全な冤罪《えんざい》であり、裁判はフランス王の意図を含んだ不公正なものであった』と公式見解を出したり、法王庁がテンプル騎士団の裁判資料である『テンプル騎士団弾劾の過程』を公開・頒布しているんだ。わざわざ彼らの汚名をそそぐ為だけに……。何故だと思う？」

「法王庁の動きは事実ですが、そこに特別な理由があるんですか？」

「あるとも。それは現在のシトー会が、テンプル騎士団由来の資金力をバックにバチカンの地位を維持しているからさ。

フリーメーソンロッジの中にも、自らのルーツをテンプル騎士団だと称する輩《やから》が多数いる。フリーメーソンとシトー会が手を結び、テンプル騎士団を再び日の当たる世界へ復活させようとしているんだ」

「えっ。シトー会が……ですか？」

平賀は眉を顰《ひそ》めた。

ロベルトは真顔で頷《うなず》き、声を落とした。

「そうさ、平賀。本物の聖杯はね、実はバチカンにあるんだよ。

テンプル騎士団の壊滅と共に行方不明になったとされた聖杯は、実際はシトー会が隠し持っている。本来、聖遺物は法王が手にすべきものだ。だが、シトー会は天国への鍵《かぎ》とペテロの座を狙って、聖杯を手放さないんだ。

……なんていう噂話があるんだけれど、平賀はどう思う？」

平賀は目を瞬《しばたた》き、ニヤニヤと笑うロベルトの顔を見た。

「ロベルト、私をからかったんですね！」

「まあ、最後の部分だけはね」

ロベルトは運ばれた料理の皿から、チーズ、羊肉、レタスを適当に取って黒パン二枚にはさみ、サンドイッチにして平賀に差し出した。

平賀はそれを奪い取り、怒った顔でパンに齧《かじ》り付いた。

「ねえ、平賀。君も知っているように、今の『聖徒の座』では、会派を越えた調査はできない。会派ごとの秘密を、垣根を越えて探ることは赦《ゆる》されていないよね。だけど今、バチカンは世界中から、情報開示と、開かれた組織作りを求められている。

そこでサウロ大司教は、バチカンの古書室に封印されている『危険な書物』を解読するため、会派を超越した『禁忌文書研究部』を作ろうとしてる……という噂がある。

もし仮に、僕がそのメンバーに選ばれたら、シトー会の秘密にだって本当に迫れるかも知れないよ。そう思わないかい？」

平賀は何も答えなかった。結構怒っているようだ。

ロベルトはチーズとワインを堪能《たんのう》した後、徐《おもむろ》に咳《せき》払いをした。

2

「今から『最後の晩餐《ばんさん》』について忠実に、歴史的背景から考察してみようと思うんだが、話を続けていいかな？」

「今度こそ真面目にお願いします」

「分かってる。まず、『最後の晩餐』は、いつ、どのような形式で行われたかだ。

当時のユダヤ人にとって、食事は儀式的意味合いを強く持っていた。いつ、どんなことを記念して食べるかによって、食器や食材まで取り決めがあったんだ。

キリストは、この世の人間としてはユダヤ人だったと考えるのが妥当だから、その習慣に従っていたと仮定したいのだけど、構わないかな？」

キリストはユダヤ教徒の中で生まれたユダヤ人であった。ごく素直に考えれば当然のことを否定するカソリックは、今も大勢いる。

そして、キリストは神なのだからどの人種でもない、とか、裏切り者のユダヤ人である筈《はず》がない、などと主張するのだ。

ロベルトとて迂闊《うかつ》に他人にこうした話をすることは慎んでいるが、平賀は別である。平賀は誰よりも信仰深いが、非合理的な人間ではない。

「はい、異論はありません」

平賀は、何一つ矛盾を感じていない様子で頷いた。

思った通りの反応だ。

「そして、キリストが『最後の晩餐』をした場所は、エルサレムの旧市街で、現在、聖マルコ教会が建つ場所だといわれている。

聖書によると、主・キリストと彼の使徒達は、多くの時をガリラヤ湖で過ごし、時にベサニーの村でラザルスと彼の姉妹、マリアとマルタの家に滞在した。また、彼らはエルサレムでは、マルコの家以外に泊まる場所がなかった、とされている。

そこで問題なのは、マルコなる人物は何者なのかということだよ」

「とても重要な箇所なのに、マルコに関しては余り説明されていないですね」

平賀は不思議そうに言った。

「そうなんだ。マルコという名は当時でも一般的なギリシャ名だ。ただし、ギリシャ名を名乗るユダヤ人も大勢いたから、マルコが実際に何人だったかは定かでない。

ただ、最後の晩餐を記した福音書《ほふ》に一寸《ちよつと》したヒントがある。

キリストは、『過越の小羊を屠るべき除酵祭の日が来た』、『行って過越の食事ができるように準備しなさい』と、ペテロとヨハネに言う。二人が『どこに用意いたしましょうか』と訊《たず》ねる。

キリストは、『都に入ると、水がめを運んでいる男に出会う。その人が入る家までついて行き、家の主人に言いなさい。「先生が、弟子たちと一緒に過越の食事をする部屋はどこかとあなたに言っています』。すると、席の整った二階の広間を見せてくれるから、そこに準備をしておきなさい』と答える。

　実際に行ってみるとその通りだったので、過越の食事を準備した、とある」

「ええ、そうですね。それがヒントなのですか？」

「そうさ。聖書では、マルコが見せた部屋を『席が整っている二階の大広間』、『席が整って用意ができた二階の広間』といい、『アナガイオン・メガ（ἀνάγαιον μέγα）』というギリシャ語が使われている。これは当時の中東の、中流階級の家の間取りの呼び方なんだ。つまり、マルコは大貴族なんかでなく、中流階級の人物だったと思われる。

当時の中流階級の家は、中二階のある三階建になっていた。一階はカタリュマと呼ばれ、旅人と動物が、荷や帯や履物をゆるめる場所だった。中二階の部屋は応接部屋で、パンドケイオンと呼ばれ、旅人などを泊める宿屋として使われていた。

　アナガイオンと呼ばれるのは、さらに上の二階部屋だ。家の中で最も私的で、最もよい部屋とされ、祭壇のある礼拝の部屋でもあった。

　そんな場所に、それも大きなアナガイオンに、見知らぬ人間を案内するはずはないんだ。そこに用意が出来ていた、席が出来ていたということは、最後の晩餐が行われたマルコの部屋は、すでに誰かによって予約されていたという事だよ。ただ、ペテロやヨハネはその事を知らなかったんだ」

「ああ……成る程。それなら実に自然な話になります。

私はまた、主が不思議な力によって、水がめを運ぶ男の存在や、その家の主のことを予測なさったのかと思っていました。ついつい主の物語として読んでしまう私には、気付かなかった見解です」

平賀はポンと手を打った。

「君はそれでいいし、神父としてはむしろその方が正しいよ」

ロベルトは笑って平賀を肯定し、話を継いだ。

「ところでバチカンの所有する古い資料には、当時のエルサレムが丘陵地帯であったことや、その最も高い場所にエルサレム神殿があったこと、『その南に大祭司カヤパの邸宅があり、最後の晩餐はそのすぐ側の家で行われた』とするものがある。また、古地図にも条件に該当する建物が描かれているものがある。

そして、その建物というのがね、実はユダヤ教のエッセネ派本部なんだ」

「エッセネ派……。紀元前二世紀から紀元一世紀頃に活動し、キリスト教に大きな影響を与えたといわれるグループですよね。

キリストがエッセネ派のユダヤ人だったという説は聞きますが、そのような地理的根拠まで実在するとは初耳です」

平賀は驚いた顔をした。

「エッセネ派は、俗世間から離れて自分たちだけの集団を作り、宗教的清浄さを徹底しようとしたところに特徴がある。共同の修行生活を通じて様々な教えを学び、審査を通過した者が教団員となるんだ。僕達の修道生活と似ているよね。

彼らはそうした共同体を『新しい神殿』とみなし、『エルサレム神殿に頼らずとも、神に仕えることができる』と主張した。まさにキリスト的だ。

ともあれ、ペテロが逮捕され、夜中に脱獄できた時に駆け込んだのがマルコの実家であったことも鑑《かんが》みれば、そこが役人の権力から匿《かくま》ってもらえる程度の力を持ったエッセネ派の集会所だったと考えるのも、あながち見当外れじゃないと思わないかい？

しかもだ。『マルコの家の南にはエッセネ派の居住地区があり、近くの城門はエッセネの門とも呼ばれていた』と書かれた古文献も存在する」

「ロベルト……貴方《あなた》って本当になんでもよくご存じなのですね」

平賀はほうっと感嘆の溜息《ためいき》を吐いた。

ロベルトは「君のほうこそ」と微笑んだ。

「さて、キリストがエッセネ派に属しており、エッセネ派のマルコの家で『過越の食事』を行ったとする。

では、次に考察すべきは、当時のエッセネ派の『過越の食事』は、どのようなものだったのかだ。

一般的なパターンとしては、まず皆が身体を寄り添うようにして座る。前菜を食べる。最初に一杯のワインを飲んで、家長が聖別の祈りをしたあと、青菜、苦菜、ジャムなどを食べる。そして、家長による過越の意義の解説があったあと、第二の杯を呑《の》む。次に家長による種無しパンについての祈禱《きとう》があって、過越の小羊、パン、苦菜を食べ、三杯目の杯を呑む。そして最後に、四杯目の杯を呑んで祝う。こんな感じだ」

「食事の形式ではなくて、私が知りたいのは食器の形です」

むきになって平賀が言った。

「まあ、そこの所を限定するのは一寸難しいんだが、僕が読んだ『聖地での発掘作業を行った過去の修道士らの報告書』によれば、当時のユダヤ人は貴金属の食器を使っていなかったという。陶器とガラスの技術が大変発達していてね、発掘すると、祭場と思われる場所からは、数多くの陶器製の水瓶《みずがめ》や大皿、ガラスの小さなコップや杯が出てきたということだ」

「では、本物の聖杯は、陶器かガラス製だと？」

「恐らくはね。そもそも銀食器というのは、アメリカから鉱山資源がどんどん流れ込んできたこと、毒殺に用いられるヒ素に銀が反応すること、この二つの背景がそろって初めて、ヨーロッパで流行し、重用された。食器といえば銀という常識が広まったのはその後のことで、それ以前に銀食器を使用できた者は、かなり高位の貴族に限られていた。

中流階級のマルコの家にそれがあった可能性はかなり低いと、僕には思われる」

「ここの聖杯は、銀と鉛の合金なのです。偽物ですね……」

平賀は絵に描いたようにがっくりと肩を落とした。

ロベルトは「それがそうでもないのさ」と、微笑んだ。

「ヴィリニュスの『聖杯伝説』にも根拠はあるんだよ。さっき僕が読んでいたここの教会史には、『聖人の血』に纏《まつ》わる逸話が二つ、綴《つづ》られていた。

一つは、こうだ。ルーシ人との戦いでヴァルダス王は傷つき病んだ。教会は秘術を行い、杯に入れた聖人の血を捧《ささ》げた。すると王は癒《い》やされた。

二つ目は、こうだ。リヴォニア帯剣騎士団が聖杯を求めてこの地に来たが、聖杯が彼らを拒絶したので、彼らは敗れ去った。

前者は十世紀、後者は十三世紀頃の出来事と思われるね」

「ヴァルダス王に施されたのは、輸血処置だったのかも知れませんね。血液が生命の根源だという考えは古くから存在しています。旧約聖書のレビ記にも『体の命は血の中にある』と書かれていますし。

ヴァルダス王に使われた聖人の血は、時代的に見て恐らくキリストの血ではなかったでしょうが、王を助けたその杯が『聖杯』としてこの地で信仰の対象になったという経緯には頷《うなず》けるものがあります」

平賀が言った。

「そうだね。王の復活の真偽はさておき、ともかくこの地に『聖杯伝説』はあったんだ。リヴォニア帯剣騎士団がこの地に来たのも史実だ。リヴォニア帯剣騎士団は、シトー会のアルベルト率いる北方十字軍で、この地の異教徒を排斥する使命を持っていた。

フランシスコ会は立場的に、彼らに協力する側だった筈《はず》だ。だが『聖杯が彼らを拒絶した』という。

リヴォニア帯剣騎士団といえば、異教徒への過酷な搾取、過度に残忍な戦いぶりや非道さがローマ教会でも問題になるほどだったから、フランシスコ会が協力を拒むにあたって『聖杯のお告げ』を利用したとも考えられるね。

あるいはこんな解釈もある。杯は『受容し授ける』という性格から、女性の存在を暗喩《あんゆ》したものだと。騎士達は女性を求めることを禁じられた代わりに『たった一人の騎士を待つ聖杯』を求めることが許された。騎士と聖杯の物語がロマンティシズムを刺激するのは、人々が無意識のうちにそのサインを読み取っているからだとね。

あるいは『予言を授ける聖杯』とは、女性預言者、すなわち巫女《みこ》の存在を示唆していた可能性もある。まあ、色々と想像は広がるわけだ」

その時ウエイターがスープとサーモンを運んできた。

それらを器用に取り分けるロベルトに、平賀が唐突に言った。

「聖徒の座に『禁忌文書研究部』なるものが本当に出来るとしたら、優秀な貴方はきっとメンバーに選ばれます、ロベルト」

「有り難う。もしそうなったら、僕は最高に嬉《うれ》しいと思っている」

ロベルトは微笑んだ。

バチカンの秘密文書は彼にとって宝の山だ。それを自分の目で見、隠された真実に触れることを、彼は長年願い続けてきた。

「ええ、分かります。でもその時は、貴方とこうして腹を割って話をするのも難しくなりそうですね」

「どうしてだい？」

「だって『禁忌文書研究部』でしょう？　そこで見た物は他言無用の筈です」

真面目な顔で言った平賀に、ロベルトは声を出して笑った。

「いや、僕のことだから話すに決まってる。君に隠し事なんて出来ないよ」

ロベルトは至極何気なく答えたが、その瞬間、ちくりと胸が痛むのを覚えた。

何を隠そう彼は今、平賀に大きな隠し事をしている。チャンドラ・シン博士と秘密の取引をしたことだ。

「そうですか。それなら良かったです」

安心したように食事を始めた平賀を前に、ロベルトの胸中は複雑であった。

3

今から一年あまり前、デンバー事件の直後、バチカン情報部からローレン・ディルーカという男が姿を消した。

ローレンはバチカンのサイバーネットワークを構築した天才プログラマーで、極度の人嫌いと噂されていた人物だ。だがその正体は、危険な性格を矯正する目的でバチカンに保護され、秘密裏に幽閉されていた犯罪者であった。

何故、彼が突然失踪《しっそう》したのか？

今、彼は何処にいるのか？

ローマ警察とICPOはローレンの失踪をテロリストの脱獄だと認定し、生死を問わず逮捕する方針を打ち出した。

一方、平賀はローレンの失踪には何らかの理由があった筈だと主張し、彼を安全に保護したいと願っていた。

バチカンはこの一件を情報部員の自主退職と発表したが、裏では対策部を設置して彼からのサイバー攻撃を警戒、セキュリティ対策に奔走することとなった。

そんなある日。情報部にアジメール・チャンドラ・シン博士という、ローレンの後任者がやって来た。シン博士は優秀なインド人数学者であり、着任後直ちにバチカンの情報システムの安定に大きく貢献した。

だが、そのシン博士も正体不明の人物であった。

ローレンが軟禁されていた部屋を自室として使用し、ローレンに並々ならぬ対抗意識を抱いている様子だ。ローレンを追う秘密警察の一員という疑いも強い。

極秘裏にローレンを保護することを誓った平賀とロベルトにとって、シン博士は警戒すべき敵であり、同時に奇跡調査の補佐役として協力すべき相手でもあった。

そして今から三カ月前。シン博士との初の奇跡調査を終えたロベルトの許《もと》に、博士から一通のメールが届いた。


単刀直入に言う。私はローレン・ディルーカを追っている。

暗号の専門家である貴殿に協力を要請したい。

協力の御意志があれば、ご連絡されたし。

チャンドラ・シン

ローレン・ディルーカの追跡にロベルトの協力を求めたい、というのだ。

そこでロベルトは単身、シン博士の許へ出向く決心をした。

シン博士に全面協力をすると見せかけて、逆に彼を探る為である。

シン博士が何者なのか。彼がローレンの情報をどこまで摑《つか》んでいるのかを。

そしてロベルトにはもう一つ、秘めた目的があった。

彼はローレンを直接知らない。平賀を介してしか、知ってはいない。

ローレンの天才ぶりは承知していたが、彼が本当に平賀の信頼に足る人物なのかどうか、
平賀というフィルターを一度外し、自ら見極めておく必要を感じていたのだ。

複雑な思いを胸に秘め、ロベルトがシン博士を訪ねた日。博士はいつもと同じ白装束を身に纏《まと》い、口元を白いマスクで覆っていた。

「私の部屋でお話ししましょう」

シン博士に誘われ、ロベルトは初めてローレンが長年幽閉されていた場所を目の当たりにすることとなった。

バチカン情報部の地下にある牢獄《ろうごく》のような檻《おり》の奥、厳重に閉ざされた扉の向こうに、シン博士の――かつてローレンが囚《とら》われていた――居室はあった。

「前任者が使っていた時から、室内にはほぼ手を加えていません」

シン博士がそう言いながら扉を磁気カードで解錠した。

中を見たロベルトは、少なからず驚いた。

コンクリートが打ちっ放しの壁、床、天井。剝《む》き出しの蛍光灯。

一切の装飾もなければ、無駄もない、殺風景そのものの空間が広がっている。

部屋の左手には広いデスクと十台ほどのパソコン。ハイバックのチェア。

大きな本棚は空だった。

デスクと対極の位置にベッドと一人掛けソファがある。

部屋の中央に作業机と椅子が一脚。机の上にコーヒーポットが一つ。置時計が一つ。

それだけだ。他には何もない。生活に必要な家電製品もなければ、絵や写真といった類《たぐ》いの装飾もない。

部屋の奥半分は大きなガラスで隔てられ、その向こうに実験室と思われる空間があった。

中には奇妙な装置がいくつか、そして工具らしきものが置かれていた。

ローレンが極めて合理的な人間であったことは明白だ。

同時に、やはり精神的に欠陥があったのでは、という疑いをも抱かせる。

長く人が住んだ部屋は、どこかにその人物の内面を投影してしまうものだ。

その部屋からロベルトが受けた第一印象は『空《くう》』だった。

「準備をしますので、少しここでお待ち下さい」

博士は腰に下げていた竹箒《たけぼうき》で用心深く床を掃き始めた。足下の小さな微生物や虫などを傷つけないようにするためのジャイナ教徒特有の風習だ。

「お待たせしました。どうぞ」

シン博士は作業机の椅子に座るよう、ロベルトに勧めた。

そして自分はパソコンチェアを移動して、ロベルトの正面に腰を下ろすと、徐《おもむろ》に口元のマスクを外した。

シャープな輪郭の、浅黒い肌をしたアーリア人の顔が露《あら》わになる。

漆黒の巻き毛。鷹《たか》のような鋭い光を放つ鉄色の瞳《ひとみ》。禁欲的に、きつく結ばれた唇。眉《まゆ》は太く濃く、鼻梁《びりょう》は高く突き出ている。

その整った容姿と少し色の浅い肌、ジャイナ教の信者であるという点から、彼がかなり裕福な階層の出身であることが強く窺《うかが》えた。

「ロベルト・ニコラス神父、こうして直《じか》にお会いするのは、赴任の時の挨拶《あいさつ》以来ですね。宜《よろ》しくお願いします。チャンドラ・シンです」

そう言って握手を求めてきたシン博士の印象は、悪いものではなかった。

風変わりではあるが、紳士的で、学者らしい知性を感じる。

「ロベルト・ニコラスです。先の調査ではご協力頂き、有り難うございました」

ロベルトもそつなく挨拶を返した。

「さて、こうして貴方《あなた》をお呼びしたのは他でもありません。私の前任者である男のことで、貴方にご協力を頂きたいからです」

シン博士は鉄を噛《か》んだような苦い顔をした。

「シン博士、貴方は僕に、ローレン・ディルーカを追っていると仰《おっしゃ》った。ですが、どうして僕に協力を求められたのです？　僕はローレンの相棒であった平賀とも親しい。あちら側の人間かも知れませんよ」

ロベルトはシン博士の表情を観察し、探りながら言った。

シン博士の眉はピクリ、と微《かす》かに痙攣《けいれん》するように動いた。

だが彼は冷静さを崩さず、膝《ひざ》にそっと手を置き、ロベルトを真摯《しんし》な目で見た。

「平賀神父とロベルト神父。貴方がたお二人のことは、入念に調べさせて頂きました。何しろあの男と接点を持つ、数少ない人物ですから。

その上で、私の見解を申しましょう。

ロベルト神父、貴方は柔軟な思考と視野の広さを持ち、バランス感覚に優れた御方です。

一方、平賀神父は一途《いちず》な正直者。つまりは騙《だま》されやすいタイプでもある。ローレン・ディルーカのような男にとって、平賀神父を謀《たばか》ることなど、赤子の手を捻《ひね》るが如くに容易だったでしょう。

平賀神父がローマ警察に対し、あの男を庇《かば》う証言をしていた調書にも、私は目を通しております。そして私は、平賀神父があの男に騙されていると確信しています。

ですから私は平賀神父には内密に、貴方とだけお話しする場を、こうして設ける必要がありました」

シン博士の強い語調に、ロベルトの心臓はドキリと鳴った。

「あの男は、およそ人間というものを悉《ことごと》く見下しています。自分の親にすら興味がないのです。そのことは、あの男の両親が面会を求めても、ただ『必要がない』という理由で拒否していることからも明らかです。自分を見捨てた両親に怒りを抱いているようなやりとりではありません。拒絶どころか、興味がない。それだけです。

平賀神父とはごく親しい友人のようなやりとりをしていたようですが、そこに人間らしい気持ちがあったなどとは、私は決して思いません。

ゲームです。あの男にとって全てはゲームに過ぎない。

あの男がバチカンに収監され、平賀神父に目をつけた理由をご存じでしょうか。『自分と対等に話をしてもいい人間』として平賀神父を選んだそうです。そして平賀神父を相手に何かと議論をふっかけていた。それがあの男の『知恵比べゲーム』だったのです。

奇跡調査に協力したのも、単に退屈を紛らわせる為のゲーム。調査対象と自分の知恵比べを楽しんでいたのでしょう。

そしてあの男はある時点から、ロベルト神父、貴方のこともバチカンの監視カメラで追跡し、観察していた。それは何故か？

あの男が次の新しいゲームを仕掛ける相手として、貴方を選んだからです」

「次のゲームの為に、ローレンが僕を観察していた……？」

ロベルトは平賀からも、ローレンが自分のことを調べていたという話は聞いていた。自分という人間に興味を持ってくれていたのだと、意外でもあり、少し嬉《うれ》しくも感じた。

だが、シン博士の見解は全く違うようだ。

「そうです」

シン博士は短く断言すると、ふっと笑いのような息を漏らした。

「どうしました、ロベルト神父。それは私の誤解だ、独断だとでもお疑いですか？

いいえ、違います。名だたる心理学者、犯罪捜査官らの見解も私と全く同じです。

ローレン・ディルーカという男は古いゲームに飽き、今度は『キャッチ・ミー（捕まえてご覧）』という類いのゲームを仕掛けているのだと。

ゲームであるからには、それを解くヒントも残されている筈《はず》です。ところが、いくら平賀神父を調べてもヒントらしき物は出てこなかった。

要するに、ローマ警察はこれまで勘違いをしていたのです。

その鍵《かぎ》を握っていたのは、あの男がこの世でもう一人、興味を覚えた人間。しかも暗号解読のプロである人間。

　未知の答えXを導き出す関係式の中に入っていたのは、貴方のほうだった。

　分かってみれば、実にシンプルなことだったのです」

「僕が暗号解読のプロだから、暗号ゲームの相手として彼に選ばれたと仰るのですね」

「それが私の出した結論です。またそうでなければ、あの男がバチカンから姿を消す理由がありませんし、平賀神父に何一つメッセージを残さなかった道理も通りません」

　シン博士は淡々と答えた。

「成る程」

　ロベルトは素直に頷《うなず》いてみせた。

　ローレンが失踪《しっそう》直前に平賀とのゲームで『妙な手』を打ったことも、『妙な映画の話』をしたことも、シン博士は知らないようだ。

　ローレンの失踪には何かの意味があると信じている平賀。

　意味などなく、ゲームだと言うシン博士。

　両者の見解が全く異なるのは、結局のところローレンの人間性を信じるか信じないかの違いなのだ。

　真実は、ローレンを捕まえてみるまで分からない……かロベルトは小さく深呼吸をした。

「シン博士、お話は分かりました。ローレンが僕を勝手に観察し、一方的にゲームに引き込もうとしているなど、腹立たしい話です。僕は暗号解読において、彼にひけを取るつもりもありません。そういうことなら、貴方にご協力しましょう。

ただその前に一つ、お聞きしたい。シン博士、貴方はローレンを捜し出して、どうするおつもりですか？」

それはロベルトが最も知りたい答えであった。

「私が、ですか？」

シン博士は一瞬、虚を突かれたようになり、動揺の色を目に走らせた。

「あの男を捜し出し、逮捕に協力することは、バチカンに雇われた私の職務の一つです。職務を果たすのは当然です。私がどうこうという問題ではありません。極悪人のテロリストが世に放たれていることは、社会にとって非常な害悪です」

「テロリスト？　ローレン・ディルーカはどのような悪事を働いたのです？　どうやら、ハッキングだけではなさそうだ」

ロベルトは、平賀には聞き辛《づら》い詳細を博士から聞き出そうと試みた。

「おや、ご存じありませんか？　あの男は金融機関、輸送、公安、情報通信等のネットワークを相手に何度もサイバーテロを起こし、壊滅的な打撃を与えてきました。企業や国家機関から情報を盗み、転売もする。さらには実験室で悪辣《あくらつ》な生物兵器を産み出し、第三国へ密売するといったことにも手を出していた。

逮捕された時、あの男は『全てはゲームだった』と笑って証言したそうです。あの男は、そんな理由にもならないような理由で、罪もない多くの人間を犠牲にする愉快犯のテロリスト、心のない化け物《モンスター》なのです」

シン博士の証言に、ロベルトは息を呑《の》んだ。そして、平賀の語るローレン像とのギャップに眩暈《めまい》を覚えた。

「……正直、驚きました。それにしても、博士はかなりの事情にお詳しいのですね」

「当然です。私はもう何年もあの男を追っていますから」

「何年も、ですか？」

やはりシン博士がバチカンに来たのは、ローレンを追ってのことだったのだ。

「そうです。何年も前、あの男はインド政府に対しても同様の行いをしたのです。何の目的もなく、ただ面白がる為だけに……」

シン博士は怒りを堪《こら》えた様子で言ったが、拳《こぶし》はわなわなと震えていた。

彼は嘘を吐いていない。それだけはよく分かる。

「それで博士はローレンを捕まえようと追い始めたのですね」

「犯罪者を捕まえることに、他の理由が必要でしょうか」

「いいえ。バチカンの神父という立場からも、僕が彼の逮捕に協力するのは当然の義務です。ましてや彼が冷酷なテロリストと知った今は、特に」

ロベルトは重々しい口調で言った。

シン博士の表情は動かなかった。

ここでもう少し食い付いておくか、それとも今日の所はこの辺で引き下がるか。

ロベルトが逡巡《しゅんじゅん》していると、シン博士が唐突に言った。

「ロベルト神父、貴方《あなた》はローレン・ディルーカと直接会ったことがありますか？」

「いえ、ないですね。顔も知らないぐらいです」

ロベルトが答えると、シン博士は頷いた。

「これから追う相手の姿も知らないのでは困るでしょう。この部屋の監視カメラの映像をお見せします。彼に纏《まつ》わるデータの大部分は消去されていたのですが、僅《わず》かに残ったものがあるのです」

シン博士はデスクにあったパソコンを立ち上げると、DVDを差し入れた。

暫《しばら》く暗い画面が続いたかと思うと、今いる部屋の様子が斜め上方から映し出された。

今と異なるのは、あちこちに本の山が築かれ、あるいは無造作に開かれていることだ。

画面中央に、パソコンに向かって座る青年の後ろ姿が映っている。

ロベルトが初めて見る、ローレンの姿であった。

それまでロベルトはローレンの風貌《ふうぼう》を何度か漠然と想像はしていた。

最初は平賀が見せてきた尊大なメールの調子から、五十代半ばの高慢な学者先生の姿を思い浮かべた。

彼のハッキングの才を知るにつれ、四十歳前後の、いわゆるナードと呼ばれる神経質なオタク男性を想像した。それとも、一日中PCの前でポテトチップスを食べている肥満タイプかも知れない、とも思った。

平賀から、ローレンが二十歳の青年だと聞いた時は、本当に驚いた。だが、その若さであのメールを書くとは、まさしく傲岸不遜《ごうがんふそん》な自信家タイプ。咥《くわ》え煙草に無精髭《ぶしょうひげ》など生やした、剣呑《けんのん》そうなインテリだろうと予想した。

だが、モニタの中のローレンは、どのイメージともかけ離れていた。

強めのウェーブのある淡い糖蜜《とうみつ》色の髪を無造作に束ねた後ろ姿。

上背ばかりが伸びた華奢《きゃしゃ》な体に白衣を着、下はスウェット、裸足《はだし》にサンダルを履いている。その細い左足に着けられた大きな足枷《あしかせ》が痛々しい。

ローレンはパソコンの前から立ち上がり、本棚から数冊の本を取って作業台に広げた。頬杖《ほおづえ》をついてそれらを眺めている。

その風貌は二十歳という年齢以上に若く見えた。それどころか端々に幼ささえ残した、繊麗な顔立ちだ。

長い地下生活のせいか、肌は透けるように白い。

聡明《そうめい》さを示す広い額。無機質なガラス玉を思わせる琥珀色《こはくいろ》の瞳《ひとみ》。憂いを帯びた表情は物柔らかで、儚《はかな》い音楽家か芸術家といった趣がある。

ふとロベルトは、その姿にミケランジェロのピエタの聖母を重ね合わせ、そんなことを思った自分自身に驚いた。

ローレンは何かを思いついた様子で顔を上げ、再びパソコンの前へ戻った。しなやかな手つきでキーボードを叩《たた》く。

その時、積まれた本の間から金色の小動物が現れ、ローレンの手から腕、肩へと駆け上った。どうやら長毛のマウスのようだ。

動画はそこでプツリと切れた。

「映像を見て、どう思われました？」

シン博士が訊《たず》ねてきた。

「少し驚きましたね。意外に若いなと思いました」

ロベルトはなるべく当たり障りなく答えた。

「外見に騙《だま》されてはなりません。中身は化け物だということを忘れずに」

「それは重々承知したつもりです」

「ならば結構です」

シン博士は納得したようだ。

「ところで、この部屋にはかなりの数の本があったようですが、それらはシン博士が処分されたのですか？」

ロベルトが訊ねると、シン博士は「ええ」と答えた。

「キリスト教神学の本など、私には無意味ですから。証拠品として保管はしてあります」

「神学の本が多かったのですね？」

「ええ。平賀神父やバチカンからの差し入れだったようです」

「彼はマウスを飼っていたんですか」

その点もロベルトには意外だった。

「実験に使うマウスでしょう」

シン博士はにべもなく答えた。

「成る程、そうですね」

ロベルトは相槌《あいづち》を打った。

だが、内心はローレンの正体を見極めようとした思いが行き場を失くし、迷子になった気分であった。

シン博士はそんなロベルトを窺《うかが》うようにじっと見詰めている。

ロベルトは自分の知っている情報をどのように博士に投げようかと、少し考えた。

「僕がローレンについて知っていることといえば、平賀から聞いた情報ばかりなのですが、そういえば、少し気になった点があります」

「何ですか？」

「平賀とローレンが、日本の囲碁を複雑にしたような『天使と悪魔のゲーム』というもので遊んでいたのはご存じですか？

ローレンが失踪《しっそう》する直前、奇妙な手を打ってきたと平賀は言っていました。平賀はその意味が分からないと。それを聞いた僕にも意味は分かりませんでした」

ロベルトは、平賀がローレンの失踪に関与していないことを印象づけようと発言した。

すると、シン博士の片眉《まゆ》が吊《つ》り上がった。

「どんな手です？」

「彼らは碁盤目にアルファベットと数字をつけ、メールで手を送りあっていたのですが、平賀がおかしいと思った手は『16A32H7』。確かそうだったと思います」

シン博士はそれを聞いて、数秒、考え込んでいた。

そして一言呟《つぶや》いた。

「テオレマ」

ロベルトは驚いた。

それはローレンが失踪直前、平賀に内容を話したという映画のタイトルだ。

「『テオレマ』？　映画ですか？　何故、それを思いついたんです？」

「私がこの部屋に初めて来た時、大量のレンタル映画と図書館の本が残されていました。どれもが返却期限を大きく過ぎておりましたので、私が隠しメッセージやデータ改竄《かいざん》等の仕掛けがないか検査した上で、まとめて送り返したのです。

その中にあった『テオレマ』という映画のEANコードナンバーが、貴方の今言った数字に当てはまります」

「EANコードの番号など、よく覚えておられましたね」

「数学者の癖ですよ。数字の打たれたものには自然に意識が向きます。そしてその数字に規則性や意味を見て安心するのです」

「もしや、ローレンの残した数字にも規則性があったのでは？」

ロベルトはシン博士が数式の暗号を解読したのではと鎌をかけた。

だが、シン博士はあっさりと首を振った。

「仮にそうであれば、一目見て私には分かります。貴方を此処《ここ》へ迎え入れる必要もありません」

「博士、僕にそれらの映画や本のリストを頂けませんか？」

「何故ですか？」

「僕は読書や映画が趣味です。僕がそれらを見たがるのは自然なことです。ローレンもそれを知っていた。彼の誘いに乗ることで、新たなヒントが摑《つか》めるかも知れません」

「理解しました」

シンは博士は少しの間、空中を見ていたかと思うと、ペンを握り、物凄《ものすご》い勢いで紙に英数字を羅列していった。

そして出来上がったものをロベルトに差し出した。

「本が二十三冊、映画七十本、音楽CDが十三枚分のコードナンバーです。レンタルショップと図書館の場所も書いておきました」

「有り難うございます。これらの作品によく目を通してみたいと思います」

「ええ、そうして下さい。それから、くれぐれも今日のことは平賀神父には内密に。こちらの動きを、あの男に漏らされたくはありませんので」

「ええ、そのつもりです。では、また何か分かればご連絡します」

ロベルトは立ち上がった。

「連絡をお待ちしています」

シン博士はそう言うなり、ロベルトに背中を向け、ぶつぶつと独り言を呟き始めた。

こういう行動はよく知っている。平賀が思考している時とそっくりだ。

シン博士の頭の中も、宇宙の神秘を紐解《ひもと》くための公式で溢《あふ》れかえっているのだろう。


それから三カ月間というもの、ロベルトは二十三冊の本と七十本の映画、十三枚のCDを視聴し続けてきた。

それとなく平賀に音楽を聴かせたり、映画の話題を出してもみた。

本の内容には統一性がなく、恋愛小説があったかと思うと童話があり、バルカン半島の伝統料理の本なども混じっていた。映画のジャンルもバラバラだ。アニメからホラーまである。音楽は子供の歌からオペラまで。

あの平賀に『万能の天才』と手放しの賛辞を送られるローレンが見るとはとても思えないようなセレクトだ。

唯一の共通点は『俗っぽさ』があることだろう。

映画のリストの最後にあったのは、古いサイレント映画で、チャーリー・チャップリンの『街の灯』であった。

ローレンの行方の手掛かりは、未《いま》だに見つからない。

4

ノルウェーのビル・サスキンスは、ミシェルと共にエヴァンス邸を訪ねていた。

すると門扉の近くにグスタフが仁王立ちし、壊れた塀の修復作業を見張っている。

ビルは驚き、彼に駆け寄った。

「何故、修理などさせているのです」

「これはこれはサスキンス捜査官。またお会いできて光栄です」

グスタフは妙に嬉《うれ》しげに言った。

「こんな事をされては、事件の手掛かりが一つ消えてしまう。警察から現場を保存するよう、指示されているのでは？」

ビルの言葉に、グスタフは頭を掻《か》いた。

「警察の方々はとっくに帰っちまいましたよ。旦那《だんな》様の死は原因不明の事故として処理されるだろうって話です。それを聞いた奥様はもうカンカンで……。

『さっさと塀を直しなさい！　泥棒が入っても警察は何もしちゃくれないんだから！』

……とまあ、そういう訳なんです」

ふう、とビルは溜息《ためいき》を吐いた。

「それよりサスキンス捜査官、是非、奥様に会って行かれて下さい。どうぞ」

グスタフはビル達を邸《やしき》のリビングへと招き入れた。

すると扉を開けるや否や、真っ赤に泣き腫《は》らした目をしたメリッサ・エヴァンスが、凄《すご》い力でビルの腕に縋《すが》り付いてきた。

「ああ、私を助けて頂戴《ちょうだい》、ビル・サスキンス捜査官！」

「どうか落ち着いて下さい。何かあったんですか？」

するとメリッサはぐずりと鼻を鳴らし、「聞いて下さいな」と話し始めた。

「今朝、夫の死亡を確認して下さったメディコス救急病院の先生が、死体検案書とやらを書いて下さるというから、ひとまず私は町の教会に立ち寄った後、家へ戻ったんです。すると、刑事達がやって来て、聞き取りとやらを始めました。でも、あいつ達ときたら私を夫殺しの犯人だと疑っているような尋問の仕方をするのよ。どうやって、私が夫を氷漬けにして殺すことなんてできたっていうの！　そんな魔女みたいな力があったら、こんな田舎で主婦業なんて、しているはずがないじゃない！」

メリッサは発作のようにわっと泣いた。

「結局、能無し刑事共は『原因不明の事故ですね。何か分かれば連絡します』なんて言って帰ってしまったんです。『表の塀の破損は、最寄りの派出所に被害届を出すように』とも言われましたから、派出所に行って被害届も出したのですけれど、『もし犯人を捕まえたら連絡します』と言われてお仕舞いで……。

私は泣きながら家に戻って、保険会社に連絡をしました。だって、頼りの夫が居なくなったのですから、早く保険金を下ろして貰《もら》いたかったんです。なのに……」

メリッサは指が白くなるほどハンカチを握りしめた。

「保険会社の担当者が言うには、ケヴィンが鍵《かぎ》のかかった密室で亡くなっている以上、自殺に違いないから、保険金は出せないって、そう言うのよ！」

メリッサにとってそこが一番重要なポイントだったらしい。彼女はブロンドの髪を掻きむしっておんおんと泣いた。

「ケヴィン氏が自殺だと言われたんですか？　いくら何でもそれはおかしい」

ビルは眉を顰《ひそ》めた。

「そうでしょう？　ですけれど、死亡が夫の故意ではないという証拠を出せと。死因がハッキリしないと保険金を渡せないっていうのよ。

彼らがそう主張するのには、理由があるんです。ケヴィンは以前に鬱病《うつびょう》を患ったことがあるんです。ですから死亡保険に入るのが難しくて。自殺の場合は保険金が下りず、他殺の場合は満額下りるという契約のものにしか入れなかったんです。それで……」

「保険金を下ろさない為に、自殺を主張しているという事ですか。酷《ひど》い話だ」

「そうなんです。それで今度はメディコス救急病院のお医者様に連絡をして、ケヴィンが自殺ではなかったと書類には明記して頂いているのかと、確認しました。そうしましたら、ケヴィンの遺体には外傷もありませんでしたし、極めて自然死に近い状態であったと言われました。皮膚が凍傷を起こしていたことは確認したが、それが直接の死因という断定はできず、そういう場合の死因は一般的に『不明』になると……」

するとと横からミシェルがぽつりと言った。

「保険会社が保険金を出し渋るトラブルっていうのは、ありますからね。僕の知っているご家族など、死因が不明だという理由で七年も揉《も》めていますよ」

「七年ですって！ 七年も待ってたら、私、お婆ちゃんになってしまうわよ。それより前に飢え死によ！ どうしたらいいのよ！」

メリッサはヒステリックに叫んだ。

「あの、どうか落ち着いて下さい。ケヴィン氏の死亡を確認した医師に、検視時の資料を見せて貰い、別の専門家に死因を見つけてもらうという手もありますから……」

ビルは、ウオーカー博士のことを思い浮かべながら言った。

「本当に……？」

「ええ。メリッサ夫人、私達はできる限り、貴方《あなた》のお力になりたいと思っています。その為にもう一度、事件の経緯を整理しておきたいのです」

するとメリッサは瞳《ひとみ》を潤ませて頷《うなず》いた。

「有り難うございます。何でもお話ししますわ」

「ケヴィン氏が自殺でないことは、私達には分かっています。つまりは誰かに狙われていた、あるいは事件に巻き込まれたと考えるのが妥当です。生前、彼の身辺に異変があったり、誰かとトラブル等はなかったでしょうか」

メリッサは長く溜息を吐いた。

「ケヴィンの異変については、言い尽くせないものがありますわ。ハリウッドからこちらへ転勤してきてから、彼は変わりました。社交性がなくなったというか、出不精になったというか……。会社と自室を往復する生活になってしまい、私ともほとんど話をしなくなったんです。ですから、彼の身の回りのことはあまり分からないのですけど、トラブルになるほど誰かと関わっていたとも思えません」

「でしたら、会社の方からもお話を伺う方がよさそうですね」

「分かりました。ケヴィンの上司に連絡して、会社で異変がなかったか聞いてみますわ」

メリッサは目の前で電話をかけ始めた。

『はい、フレデリック・メディカルサイエンス社です』

電話口から聞こえた声に、ビルとミシェルは顔を見合わせた。

（フレデリック・メディカルサイエンス社？）

（それって、サンティ・ナントラボ社の傘下企業ですよね）

二人が小声で話しているうちに、メリッサの電話はあっけなく終わった。

「駄目ですわ。ケヴィンは会社では大変熱心な社員で、人付き合いもなかったそうです。

優秀な社員を失って心痛の極みだと、通り一遍のお悔やみを言われました。ああ、もう私は一体、どうすればいいのかしら……」

「ケヴィン氏はフレデリック・メディカルサイエンス社にお勤めだったんですか？」

「ええ。それが何か？」

「確証はありませんが、会社関係のトラブルという線は濃厚と思われます」

ビルの酷く真剣な顔に、メリッサは考え込んだ。

「会社関係のトラブルですか？　私に心当たりがあればいいのですけど……」

メリッサは暫《しばら》く黙り込んでいたが、ハッと目を瞬《しばた》かせると、「少しお待ち下さい」と言って部屋を出て行った。

そして無地のプラスティックの瓶を持って戻ってきた。手書きのラベルで『レイズ(raise)』とだけ書かれたものだ。

「これです、これを調べて下さい。きっと夫の死因に関係していると思います。これは夫の会社が売りだそうとしていたサプリメントなんです。ケヴィンはこの薬の国際特許の取得と、製品化を任されていたんです。なんでも、やる気と集中力が出て、スマートドラッグのような効き目があるサプリだとか。夫自身気に入ったらしく、毎日欠かさず飲んでいたようです。もし、これが夫の死因だったら……」

メリッサはやけに興奮した様子で言い募った。

ビルは瓶からサプリメントを取り出して眺めた。

毒々しい赤色の錠剤だ。

見た目は確かに毒のようにも見える。だが、これを飲んだ人間が凍死し、しかも部屋中が氷漬けになるような現象が起こり得るのだろうか。

ビルには考えづらかった。

渋い顔をしているビルに、ミシェルが横からぽつりと言った。

「もしこの薬がケヴィン氏の死因に結びつけば、賠償責任、問えますかね」

するとメリッサはまるで勝ち誇ったかのように胸を張った。

「ええ、そうよ、私が気になったのもそこなんです。保険金が下りないなら、フレデリック・メディカルサイエンス社から、補償金をたんまり頂かないと。その為に必要なのは、えっと……私は何をすればいいのかしら？」

メリッサはじっとミシェルを見詰めた。

「このサプリメントの成分分析ですね。それで、有害成分がケヴィン氏の内臓なんかにダメージを与えていたと分かれば、裁判なり示談なりでそれなりの額が望めるんじゃないでしょうか。なので、ケヴィン氏の死因もよく調べる必要があります」

ミシェルは台湾系らしく現実的な発言をした。

「そうよね、そうよね」

メリッサは大きく頷いた。

「それとついでにですね、この錠剤にさしたる有害成分が認められなかった場合であっても、ケヴィン氏が非社交的になり、奥様とのコミュニケーションもなくなったのは、サプリの成分が彼の精神に与えた影響のせい、というような話の展開になれば、泥沼の裁判になるか、それを避けて示談になるか、といった展開も有り得るのではないかと」

「凄《すご》いわ。貴方、天才じゃないの？」

メリッサは弾んだ声で言うと立ち上がり、

「あら、私ったら、お客様にお茶もお出ししていなくてごめんなさい。使用人を呼んで来ますから、ゆっくりなさって。ついでに弁護士にも連絡しなくちゃね」

と、いそいそ部屋を出て行った。

「ミシェル」

ビルがじろりと隣を睨《にら》むと、ミシェルはビクリと身体を縮こまらせた。

「そんな怖い顔をしないで下さい。僕が言ったのは一般論です。それに、メリッサ夫人はああいう風に誰かに言ってもらいたがっていましたよ。

とにかくこれで彼女は夫の死因解明に積極的になったわけですし、あとは信頼できる監察医でも見つければ一歩前進です。前向きに考えましょうよ、課長」

「うむ……」

ビルは腕組みをした。

ケヴィンの死の真相に近づく為にも、ジュリアとサンティ・ナントラボ社の企《たくら》みに近づく為にも、最初の突破口はケヴィン・エヴァンスの死因を調べ直すことだ。

問題はそれを誰に依頼するか、である。

＊　＊　＊

夕刻、ビルの許《もと》へエリザベートから電話があった。

『メッセージを聞いたわ。そちらは随分大変そうね。私に相談したい事があると言っていたけど、貴方がワシントンに戻ってからゆっくり話し合った方がいいんじゃなくて？』

つまり、今は話し合えないというウォーカー博士からの伝言だ。

「そう冷たい事を言うなよ。今夜はそんなに忙しいのかい？」

どうしても協力してもらえないのか、とビルは念を押した。

『ええ。今日はとっても体調が悪くて、早く休みたいの』

体調が悪いとは、状況が悪いという意味だ。ＦＢＩの監視が厳しいのだろうか。

「そうか……困ったな」

ビルは溜息《ためいき》を吐いた。

『私の代わりに、貴方の《お友達》のミシェルさんにでも話し相手になってもらって頂戴《ちょうだい》。じゃあ、失礼するわ』

それはウォーカー博士の代わりに《友達》に相談しろということだ。

ビルは携帯のアドレス帳を開き、そこに表示された友人の名をじっと見た。

ロベルト・ニコラス神父。
デンバー事件の真相を知る人物で、FBIとは無関係な人物。
確かに今の状況で助けを求める相手は彼らしかいない。
あの二人の神父なら、どんな難事件も必ずや解決に導くことができるだろう。
ビルは緊張しつつ、一年ぶりにロベルトの名前をタップした。

第二章　霜の巨人の町で

1

翌日の夜、ビルはリトアニアのヴィリニュス空港へやって来た。

平賀とロベルトが彼を出迎える。

三人は再会を喜び合いながら、空港近くの静かなバーに腰を落ち着けた。

「本当にお久しぶりです、神父様方」

「デンバー以来ですね。そちらも色々と大変だったでしょう」

以前より目つきが鋭くなり、窶《やつ》れたビルを気遣いながら、ロベルトが言った。

「ええ、まあ。色々と変化はありました。『テロ再発防止及び予防課』の課長というものにもなりましたし」

「昇進ですね。おめでとうございます」

二人が言った。

「それに、他にもお目出度《めでた》いことがおありのようですね」

ロベルトがビルの左手の指輪を見て言うと、ビルは「その話はまた今度……」と言葉を濁した。

「それで、電話で話せないご用件というのは何ですか？」

平賀が訊《たず》ねる。

ビルはオーモットでの出来事を話し始めた。

任務でオーモットへ向かったこと、広場で月が消え町の灯が消える不思議な現象を見たこと。密室で怪死したケヴィン・エヴァンスと、オーモットに伝わる氷狼《ひょうろう》の伝承。そしてサンティ・ナントラボ社でジュリアを見たこと……。

「サンティ・ナントラボといいますと、再生医療の基礎研究分野で科学雑誌でも注目されている研究所なんです。そこにジュリア司祭がいるなんて……」

平賀は複雑な顔で呟《つぶや》いた。

「私も奴を見た時は、我が目を疑いました。

私がこの事件を捜査したいと訴えると、上司の反応は奇妙なもので、『デンバー事件の関係者への捜査は禁ずる。だが、観察と報告はせよ。ただし、FBI本部は一切協力しない』と。

どうしたものかと悩み、ウオーカー博士に助言を求めたところ、貴方《あなた》がたに相談してはどうかと言われたのです」

「サスキンス捜査官、ウオーカー博士と連絡を取り合っているのですか？」

ロベルトは驚いた。

「ええ、そうなのです。デンバー事件以降、私の電話や自宅が見張られていますので、特別な方法で連絡しています」

「成る程……。それにしても、北欧神話に纏《まつ》わる怪死事件にジュリア司祭が絡んでいるとあっては、僕にはとても見逃せない事件です」

「北欧神話といいますと？」

「氷狼ハティとスコル、ロキやオーディンなどが登場する神話ですよ。キリスト教化される以前のゲルマン人の伝承で、解釈不明な部分も多いのです。そうした物語が未《いま》だにオーモットに根付いているとは興味深い。ことにこの町はヨートゥンハイム（霜の巨人族が住む場所）の近くになりますしね。

サスキンス捜査官、僕はこの一件に協力しますよ。幸い、僕の調査は終了した所です。上司に行動の許可を願い出ますが、出なければ休暇を取って動きます」

「有り難うございます。助かります。本来ならＦＢＩから正式に依頼をすべきところですのに、ご迷惑をおかけします」

ビルは深々と頭を下げた。

「いえ、友人の力になるのは当然です。それに僕達もジュリア司祭には随分、煮え湯を飲まされていますから。

それで、サスキンス捜査官はどのように動くおつもりですか？」

するとビルはコホンと咳《せき》払いをした。

「私の一番の望みはジュリア司祭の逮捕です。そして、ガルドウネやイルミナティを一網打尽にしたいと思っています」

ロベルトは目を丸くした。

「まさか貴方がそんなことをお考えとは驚きました」

ビルは頭を掻《か》いた。

「デンバーでは散々、振り回されましたからね。動かぬ証拠を突きつけ、逮捕してやりたいと思っています。いえ、せめて一矢報わねば気が済みません。

現状こちらが行えることは、ケヴィン・エヴァンス氏の検視資料の分析と、彼が愛飲していたサプリメント『レイズ』の分析です。そこから得た手掛かりによって、フレデリック・メディカルサイエンス社とサンティ・ナントラボ社に迫りたい。ジュリア司祭達が企《たくら》む何らかの陰謀と、ケヴィン氏の不審死はどこかで繋《つな》がっている筈《はず》です」

そう言うと、ビルは内ポケットからビニール袋に入った十粒程度の錠剤と、USBメモリを取り出し、机に置いた。

「問題のサプリと、ケヴィン氏の事件現場の写真データを持ってきました。写真は私の部下が撮ったもので、あまり画質は良くありませんが」

平賀は愛用の鞄《かばん》からノートパソコンを取り出しながら「中を見ても構いませんか?」と言った。

メモリを読み込んだパソコンの画面に、写真が次々と表示される。三人はそれらを食い入るように見詰めた。

画面は暗く画像は粗いが、それでも一見して異様さが分かる。

デスクにうつ伏せになった男性。その後頭部も、横顔も、手も肩も、身体も足も、白い氷粒塗《まみ》れになっている。

天井を撮った写真には、大小無数の氷柱《つらら》が垂れ下がる様が写っていた。長い氷柱は床まで達しているようで、床を撮った写真にも氷柱が写っている。

重厚そうな家具も、床も、壁も、あらゆる物体が白く凍り付き、霜を纏《まと》っていた。

中には奇妙な形の氷柱を写した写真もあった。

「この形、魔女の横顔のようですね」

ロベルトが指さした部分は、確かに鉤鼻《かぎばな》の魔女の横顔にも見えた。

ビルは手帳を広げ、事件当日のことを説明した。

「邸《やしき》の使用人の証言によりますと、ケヴィン氏は事件当日、普段通り午後七時頃に帰宅し、食事を持って自室に籠《こ》もったそうです。

使用人が部屋にコーヒーを運び、皿を下げたのが八時過ぎ。停電があったのが八時四十分頃。第一発見者のグスタフ氏が窓から室内を覗《のぞ》いたのが九時過ぎ。扉を破って初めて部屋に入ったのが私達です。時刻は九時四十五分でした」

平賀は不可解そうに首を捻《ひね》り、「奇妙です」と呟いた。

「そうだね。町の人がハティの仕業だと言うのも頷《うなず》けるよ」

ロベルトが言った。

「ええ。オーモットの警察もすっかりお手上げでして、原因不明の事故扱いです。そもそもノルウェー警察はずさんなことで有名で、大概の事件は原因不明という結論で終わらせてしまうそうです。のんびりしたお国柄なのか、役人体質が抜けないのだか、分かりませんがね。ケヴィン氏の事件現場に警察が到着したのも、なんと一夜明けてからです。そういう根本的なルーズさが、事件を解決不能にしてしまうのでしょう。

ケヴィン氏の遺体検分も満足に行われていません。今、エヴァンス夫人が毒殺の可能性を主張し、夫人の弁護士が検視時の資料を医師から取り寄せているところです。

そこで平賀神父に、資料の分析をお願いしたいのですが、如何《いかが》でしょうか？」

ビルの問いに、平賀は顔を曇らせた。

「実は、私は今、まだ奇跡調査中なのです。明日バチカンに戻って鑑定すべき試料があり、数日は動けません。もしそれでも宜《よろ》しければ、錠剤の分析と資料の分析はバチカンで行います」

「それで充分です。お忙しいところ、すみません」

二人のやりとりを見ていたロベルトだが、頭にひっかかっている事があった。

街の灯が消えた……か

『街の灯』といえば、ローレンが最後に見ていた映画の一本だ。

ローレンの手掛かりを求め、ロベルトが手当たり次第の言語でネットを検索していた時、『街の灯消える』という、地方の小さなニュースを目にした記憶がある。確か二カ月ほど前のことだ。言語はノルウェー語だった。

ノルウェーといえば、天然資源に恵まれたエネルギー大国で、EUへのエネルギー輸出国なのに、国内供給が不安定とは残念だと、その時はそれだけを思ったが……。

「サスキンス捜査官、オーモットの電力供給は不安定なんでしょうか？　二カ月ほど前にも『街の灯消える』というノルウェーのネットニュースを見かけたものですから」

何気なく言ったロベルトに、ビルは首を振った。

「いいえ、オーモットの電力は安定しています。研究都市だからでしょうか。滅多に起こらない停電が起こったので、当日は皆、パニックを起こしていました」

「そうですか」

僅《わず》かな違和感を覚えながら、ロベルトは頷いた。

＊　＊　＊

上司のサウロの判断は保留のまま、ロベルトはビルと共にオーモットへ旅立った。

飛行機の中で、ロベルトはビルが無意識に指輪を弄《いじ》っているのに気づき、話しかけた。

「サスキンス捜査官、その指輪のことをお訊ねしても構いませんか？」

するとビルはふーっと長い溜息《ためいき》を吐いた。

「ロベルト神父、これから私が話すことを、告解だと思って聞いて下さいますか？」

「ええ。神父として、貴方《あなた》の力になれることがあるなら」

「有り難うございます」

ビルは自分が知ってしまった家族の秘密と、ウォーカー博士との関係を語り始めた。

ロベルトはじっと黙って目を閉じ、それを聞いていた。

家族に纏わる苦悩。自己を喪失しそうな痛み。自分に関わる全てが忌まわしいと感じる苦悩……。

彼が向かい合っているものは、自分自身の人生に深い影を落としているものと同じ類《たぐ》いの痛みだとロベルトは感じた。

その傷口は何度も塞《ふさ》がろうとするが、まるでナイフでえぐり続けられてでもいるように、飽くことなく口を開くのだ。

だが、その傷を癒《い》やし続けてくれるものもまた、存在する。

その幸福を嚙《か》み締めることができるのは、苦悩や痛みがあってこそなのだろう。

ビルが思いを語り終えた時、ロベルトは静かに口を開いた。

「僕は立派な人間ではないので、聖書の物語をしようと思います。神の信頼を得た、信仰深い男の物語です。

彼は神から絶大な信頼を得たからこそ、サタンから試練を与えられます。

そして、重い病に倒れた彼の皮膚は瘡蓋《かさぶた》に覆い尽くされ、歩くことどころか、食べることも、見ることもできなくなります。

男は、自分のように神に忠実な人間が何故こんな目に遭うのかと嘆きました。

そこに一族の中で最も年若い青年がやってきて、彼に答えます。

抑圧が激しくなれば、人は叫び声をあげる
権力者の腕にうちひしがれて、助けを求める
病に侵された時も同じ

不幸の中にいる人々は
恐怖、空腹、疑惑、苦悩に満ちた怒りと、悲しみの叫びをあげる
だが、誰もこんな風に言わない
『どこにいますか、わたしの造り主なる神
夜、歌を与える方
地の獣によって教え、空の鳥によって知恵を授ける方は』と
だから叫んでも、神は答えて下さらないのだ
高慢な訴えを繰り返しても、神は偽りを聞かず、全能者はそれを顧みられない

貴方は神を見ることができないと言うが、あなたの訴えは、既に神の御前にある
あなたは神を待つべきなのだ
貴方は今、苦悩し、怒っている
そして絶望している
だが、今はまだ、怒りの時ではない
望みを捨てる時でもない
まことに神は力強く、たゆむことなく
知恵に満ちておられる
神は苦しむ人を、その苦悩を通して救い出し
苦悩の中でこそ、神の言葉を聞く耳を開いて下さる
神はあなたにも
苦難の中から出ようとする気持ちを与え
苦難にかえて広い所でくつろがせ
あなたの為に食卓を整え
豊かな食べ物を備えて下さるだろう
だから注意せよ

道を誤らないように
苦難を経なければ、どんなに叫んでも
力を尽くしても、それは役に立たない
夜を、あえぎ求めるな
人々がその場で消え去らねばならない夜を
警戒せよ
悪い行いに顔を向けないように
苦悩によって試されているのは
まさにこのためなのだ

今、光は見えていないが
それは雲のかなたで輝いている
やがて風がふき
雲を払うと
黄金の光が射す
すべての理《ことわり》は全能の神の前に、このようにある

——その言葉を聞いて、男は自分の過ちを悟ります。

そして神に問いかけるのです。

『どこにいますか、わたしの造り主なる神
夜、歌を与える方
地の獣によって教え、空の鳥によって知恵を授ける方は』と。

すると男の目は開き、間近に神の姿を見たのです。

『主よ、あなたはまさに私の側にいらっしゃったのに、見ることをしなかった愚かな私をお許し下さい』

男は神に許しを乞《こ》いました。

病が癒え、床から起き上がった男は、神を称《たた》えてこう言いました。

『私の主は、まことに力強く、たゆむことなく、知恵に満ちておられる。主の息がなければ、ただの土塊《つちくれ》である私に今、身体の自由をお与えになっただけでなく、魂の自由さえも与えてくださった。

私の喜びは病が癒えたことよりも、そのことに注がれる』と。

その男の言葉に、悪魔は自らの負けを認めたのです。

サスキンス捜査官、あなたの側にもそのようにして主がおられ、今、雲に隠されている光が必ずありましょう」

ロベルトの言葉を受けて、ビルは心が穏やかになっていくのを感じた。

「有り難うございます。神父様。少し、失礼します」

ビルは掌《てのひら》で目を覆うようにしながら立ち上がり、通路を奥へ歩いて行った。

暫《しばら》く、一人で泣きたかったのだ。

2

十三時間余りをかけて、二人はオーモットに到着した。

「どうです、この町の発展ぶりには驚かされるでしょう？　あの正面に見えるタワーが、サンティ・ナントラボ社です」

近代的な町並みを歩きながら、ビルが言った。

ロベルトが「ええ」と頷《うなず》く。

「おや、あれは？」

ロベルトが指さしたのは、山の斜面に建つ不気味な古城であった。

「あれがハティが棲《す》んでいると言われる城です。確か、アウン城とかいう名だったかと。ハティを匿《かくま》っている王がいるとか、不死がどうとか……」

「アウン城の不死の王ですか？　それは興味深いですね。

アウン王の物語は、『ヘイムスクリングラ』という書物に描かれています。彼は自分の寿命を延ばすため、自分の九人の息子を次々に生贄《いけにえ》に捧《ささ》げ、何度も死んでは生き返ったといわれる人物ですよ」

「それはますます不気味ですね」

ビルは顔を顰《しか》めた。

「『ヘイムスクリングラ』は、古代北欧の神々がスカンディナヴィアに出現し、フレイという神がスウェーデン王家の祖となった経緯を綴《つづ》ったものです。さらにその子孫達がノルウェーに住み、のちのノルウェー王ハーラル美髪王の祖先になったと語っています。

物語は、デンマークの国王がアイスランドを征服する為に魔術師を派遣した時、アイスランドの各方角をドラゴン、怪鳥、雄牛、巨人が守護していたので侵略を諦《あきら》めたというところから始まります。奇想天外な出だしですが、神話（サガ）は、実際に起こった特定の出来事や国の起源などの例証として重要だと考えられているんです」

「まさか、ドラゴンや巨人がいたとでも？」

「分かりませんが、そのモデルになった人達がいたのかも知れませんね。他国の異形の英雄というのは、後のヨーロッパ文学にも多大な影響を与えたと考えられます。

アウン王のモデルとなった人物も、恐らくいたのでしょう。スウェーデンのウプサラという聖地には、アウン王の墓というものもありますので」

「息子を殺して長生きしたような王が実在したんでしょうか」

信じられませんね、とビルは憤慨して言った。

「いたかも知れませんよ。古くから大国であったスウェーデンの残酷な王が、小さな集落による競争と強奪の内戦状態を続けていたノルウェーの地に攻め入り、そこに城を築いたとしても、不思議はありません。

それに、かつてスウェーデンには、九年毎に男性の奴隷を生贄として神殿に捧げる習慣があったそうです。国が飢饉《ききん》の年には会議が開かれ、飢饉の原因が王だと結論づけられると、王も生贄にされることがあったといいます。

その生贄の方法は、首吊《くびつ》りによる絞首刑だったそうです」

ビルは「うわっ」と小さく呻《うめ》いた。

「いやあ、昔のスウェーデン人というのは恐ろしいのですね」

「いえいえ、他人事《ひとごと》ではありませんよ、サスキンス捜査官。アウン王やハティが登場する北欧神話は、古いゲルマン民族の伝承です。ゲルマン民族は紀元前一〇〇〇年頃には北ドイツ周辺に住み、ローマ帝国の傭兵《ようへい》になるなど関わりが深かったといいます。東方からアジアのフン族が攻め入ったことで『ゲルマン民族の大移動』を起こし、ローマ帝国領内に住み着くようになると、民族も文化もローマ人と混合していった。それが現在の西欧諸国の元の形です。ですから、僕や貴方《あなた》の血のどこかにも、古いゲルマンの血が流れているかも知れませんよ。

早くからキリスト教化した内陸部のゲルマン人は、民族的ルーツを忘れていきました。一方、北欧から西域のゲルマン人は、キリスト教化が遅れた為に、自らの神話を叙事詩や歌にして後世へ伝えていったのです。それらを纏《まと》めたものが、北欧ゲルマン神話です。

スカンディナヴィア半島や北海沿岸に定住した彼らは、八世紀から十一世紀にかけて、民族移動や略奪海賊行為を行い、ヨーロッパの人々からヴァイキングと恐れられていったというのです」

「はあ、流石に何でもお詳しい」

ビルはただただ感心して言った。

「僕は古い物や伝承に興味があるだけですよ。

あの城を本当にアウン王が建てたとすれば、非常に面白いです。素朴で堅牢《けんろう》そうな作りからして、キリスト教文化が入ってくる以前の建築には違いないでしょう」

「そういえば、私がここに到着した日、祭の広場で不思議な歌を奏でる白髪の老女に会いました。魔女のような変わった雰囲気をして、見たことのない楽器を弾いて歌っていたのですが、何故だか私は言葉も分からないのに、胸がじんとしまして……。

もしかすると、それも私の体のどこかに流れる古い血のせいでしょうか」

「ええ、そうかも知れませんね。その老女という方に、僕も興味を惹《ひ》かれます。楽器は恐らくノルウェーの伝統楽器、ランゲレイクでしょう」

二人は話しながら広場へやって来た。

祭の日のような賑《にぎ》わいはないが、子供達が駆け回り、ベンチで日光浴を楽しむ人々がいた。

ノルウェー語に混じって英語、時にはフランス語の会話なども聞こえて来る。

流石は研究都市だ。他国からの流入者も多いのだろう。

広場の外には役場や銀行、学校、マーケットなどが立ち並び、洒落《しゃれ》たマンションや大きな邸宅が軒を並べている。

エヴァンス邸もその中にあった。

「中をご覧になりますか？　現場の部屋はすっかり片付けられてしまいましたが」

ビルが言った。

「僕としては、先に休憩を取りたいです」

「長旅でしたからね。ホテルは二ブロック先です。私達と同じホテルの部屋をお取りしました。安宿ですが、構いませんか？」

「充分です」

案内されたホテルの部屋は味気ないものだったが、床面積が広めで書机が二つあるのが気に入った。

ロベルトは最初に家具を移動し、平賀のスペースと自分のスペースを確保すると、自分の机の上にいつもの調査道具を並べていった。

十二色の色鉛筆。小型のカメラ。束になったトレース用紙。定規や分度器、コンパスなどの文房具。パソコンを置き、ネット接続を確認する。

冷蔵庫をチェックし、バスルームに洗面用具やお気に入りのボディソープなどを使いやすく配置する。

新聞に目を通し、テレビで現地の番組をあれこれ見ていると、チャイムが鳴った。

扉を開くと、ビルと見知らぬ東洋人が立っている。

「初めまして、サスキンス課長の部下のミシェルです。食事を買って来たので、ご一緒にどうかと思いまして」

ミシェルは、まあるい金魚のような目でロベルトを見上げた。

「お邪魔してよろしいでしょうか。私達の部屋にお招きしようとも思ったのですが、このバ……ミシェルの買って来た臭い缶詰のせいで、部屋の異臭が抜けなくて」

ビルが済まなさそうに言うので、ロベルトは思わず笑った。

「缶詰というと、北欧名物シュールストレミングですか？　世界一臭いといわれる発酵魚ですね。まあ、とにかく中へどうぞ」

スーパーの袋を提げた二人が部屋に入って来る。

「シュールストレミングって、僕は美味だと思うんですけどね。課長は匂いが駄目みたいです。こちらの外食は驚くほど高いので、食事はもっぱら買い出しなんです」

「魚はともかく、こちらの冷凍ピザは最高ですよ」

三人は手分けしてピザやホットドッグ、コーラやビールをテーブルに並べていった。

まるでアメリカの食卓だ、とロベルトは思った。

「ロベルト神父はメリッサ・エヴァンス夫人にもう会いましたか？」

ミシェルが言った。

「いえ、まだです。今日はエヴァンス邸に寄らなかったので」

ロベルトが答えると、「貴方はラッキーな人ですね」と、ミシェルは笑った。

「夫人の弁護士が思ったように動いてくれない上、明日から長期のイースター休暇に入るとかで、メリッサ夫人がヒステリーを起こしてもう大変で。ただでさえ、相手は大企業のフレデリック・メディカルサイエンス社、そのバックについているのがサンティ・ナントラボ社ですから、弁護士も及び腰なんですよね。

僕もグスタフさんも使用人の人達も散々当たり散らされて、今日は大変でした」

「それは疲れますね」

「そうなんです。でも、そのお陰でグスタフさんや使用人の人達とは、結構仲良くなっちゃいました。で、一寸《ちょっと》耳寄りな話を聞いたんです。

邸《やしき》にヒルダっていう若いメイドがいるんですが、彼女は大学生時代、アウン城の近くでハティを目撃したことがあるっていうんです」

「何だって？」

ビルとロベルトは口を揃えた。

「そうなんです。一瞬でしたけど、大きな狼を見たそうです。彼女だけじゃなく、目撃者は何人かいて、中にはハティに襲われたとか、ハティとスコル、二匹の狼が人語で喋《しゃべ》りあっているのを見た者もいるとか。その辺りになってくると、噂話のレベルなんですけどね。

アウン城の周りの黒い森は『首吊りの森』と呼ばれていて、夏は学生カップルの肝試しスポットになっているみたいです。

しかも、話はそれだけじゃないんです。去年の八月、オスロでエミリー・クローグという女子大生が変死するという事件があったらしいのですが、その時も空の月が消えたという目撃談が学生用のSNSを賑わせたとか……。やはりハティは実在するんだと言って、ヒルダ嬢はかなり怖がっていました」

「それはまさか、オスロでも類似事件があったということか？」

ビルは顔を顰《しか》めた。

「一寸、調べてみましょう」

ロベルトはパソコンに向かい、「エミリー・クローグ、変死、オスロ」のキーワードで検索をかけた。間もなくニュース記事が見つかる。

「確かに、エミリー・クローグという大学生が八月七日、下宿先の部屋で死亡していますね。死因は心臓発作と書いてありますが……。階下に住んでいた学生が天井の水漏れに気付き、エミリーの部屋を調べたところ、水浸しの部屋で遺体が発見された。恐らく水道管の水漏れ事故だろう……と書かれています」

ロベルトが記事を訳して話すと、ビルとミシェルは絶句した。

「事件は八月ですから、氷が早く溶けたと考えれば、ケヴィン氏の事件とそっくりになりますね」

「明日、私はオスロに飛んで、事件の資料を見せてもらえるよう頼んでみます」

　ビルが言った。

「ええ、お願いします。それと、サスキンス捜査官、オーモットの新聞はお持ちですか？　できればノルウェー語版のものが欲しいのです」

「ええ。ノルウェー語版と英語版の両方が部屋にありますが」

「後でお借りして構いませんか？　ゆっくり目を通してみたいのです」

　ロベルトは言った。


　その夜ロベルトが行ったことは、類似事件をネットで調べるという作業だった。

　彼は、ビルから受け取った新聞記事とオスロの事件の記事から、キーワードになりそうな言葉を抜き出し、紙に書き出していった。

『月消える』、『停電』、『灯消える』、『街の灯』、『氷』、『ハティ』、『凍死』、『水道管』、『水浸し』、『心臓発作』、『不審死』、『原因不明』などのノルウェー語が並ぶと、それらを適当に組み合わせて検索窓に入れた。

　最初にひっかかったのは、『街の灯消える不思議』という、以前にもロベルトが目にしたことのある記事だ。内容は、「一月十六日、トロンハイムで大停電が起こった、原因は調査中」とある。

　次に、「一月十六日、トロンハイム、不審死」を調べる。その日に死亡記事はなかったが、二十一日に一軒家で老女の凍死体が発見されている。記事には、「暖房器具の故障か」

と書かれてあった。

(恐らくこれもそうだ……)

ロベルトはその後も、『四月二十八日、ナムソスで大停電、月も消えた?』の記事と、同日の「塾講師が不審死」の記事。『六月三十日、モルデで灯消える』の記事と、二日後の「無職青年の遺体発見、現場は水浸し」のニュースを発見した。

これで、去年の四月、六月、八月、一月そして今回の三月と、合計五件の類似事件が起こったことになる。

ロベルトはそれらの記事を英語に訳し、簡単に纏《まと》めたレポートを作りながら、嫌な予感に苛《さいな》まれていた。

事件に共通するキーワード『街の灯』。

それと同じタイトル名の映画を残して、ローレンがバチカンから失踪《しっそう》したのが去年の三月のことだ。

そして、事件は四月から起こり始めている。

これは偶然なのか？

それとも、この事件にはローレンが関わっているのだろうか。

彼が関わっていた場合、ジュリア司祭と行動を共にしていることにならないか？

シン博士の推測通り、彼は人の命など何とも思わぬ悪辣《あくらつ》なテロリストなのだろうか。

ロベルトは次々と浮かぶ悪い想像を、頭《かぶり》を振って打ち消した。

翌朝、ロベルトはレポートを持ってビルの部屋を訪れた。

「オーモットとオスロ以外の場所で、三件も類似事件が見つかったんですか？」

ビルは目を丸くして言った。

「ええ。昨夜僕が見つけただけで、この数です。他にも起こっているかも知れません」

「ふむ……。とにかく私はここに書かれた全ての地方警察を回ってきます。資料を詳しく調べれば、そこから手掛かりが得られるでしょう」

ビルの言葉に、横からミシェルが口を出した。

「待って下さい、サスキンス課長。僕達は今、オーモットの事件を観察しろと言われているんです。オスロだけならまだしも、こんなに沢山の現場を飛び回ったら、職務違反が上にバレちゃいませんか？」

それを聞いたロベルトはクスリと笑った。

「いえ、僕はそうは思いませんよ。

サスキンス捜査官はオーモットに出張中、偶然、オスロやトロンハイムで大停電が起こっていることを知り、テロ行為を疑って、再発防止の為に調査を始める……。それでいいじゃありませんか。なんといっても、サスキンス捜査官は『テロ再発防止及び予防課』の課長なのですから、町に大停電を起こすような悪質なテロ事件の再発防止に努めるのは、ご職務の範囲です」

さらりと言ったロベルトに、ビルはハッと驚いた顔をした。

「言われてみれば、その通りです。他の町のことは、私の判断で動けます。仮に上司が『オーモットの事件に手を出すな』と言ってきても、他の町のことは無関係だとかわせます」

「成る程……。僕達は、まさかオーモットの事件と関係があるとは思わずに、他の町を調べ始めたことになるのですね。ロベルト神父、やりますね」

ニッと笑ったミシェルに、ロベルトは「どうも」と微笑んだ。

3

チャンドラ・シンの朝は、いつも忙しい。

バチカン新聞を見る暇もなければ、バチカン放送局を聞く暇もない。

またその必要もなく、興味もなかった。

彼は起床するとすぐ、身支度を整えて瞑想《めいそう》を行う。目覚めた身体を自分の道具として知覚し、感覚を研ぎ澄ませる為だ。

最初に行うのは、カーヤ・ウッサッガ。ジャイナ教で最も古い瞑想法だ。全てにおいて偽りを避け、サット（真実）に意識を集中させる為の修行である。

身体を彫刻のように動かさず、右足から順に、身体の各部分を隈無《くまな》く、順次意識していく。次に左足、下半身、お腹、胸、背中、右手、左手、頭、顔。

最後に身体全体を一つのものとして観想する。

それから、意識を身体の表面の皮膚と、空気との境目に集中する。

次に皮膚と衣服の触れ合う接点を意識する。

それらを強く意識するほど、どこまでが己の身体で、どこからが外なのか、分からなくなっていく。まるで身体と空気が溶け合い、身体が消滅するような感覚になる。

その中で、己の意識だけがハッキリと分離するのを感じる。

それからおよそ三十分間、意識的な呼吸法を行う。

次に、チャンドラ・シンはテーブルの上のコップを見る。

コップはある点からすれば、存在する。

コップはある点からすれば、存在しない。

コップはある点からすれば、存在し且つ存在しない。

コップはある点からすれば、表現できない。

コップはある点からすれば、存在し且つ表現されない。

コップはある点からすれば、存在せず且つ表現されない。

コップはある点からすれば、存在し、存在せず、且つ表現されない。

対象の存在について充分に考察すると、チャンドラ・シンは立ち上がり、箒《ほうき》で床を掃く。

そして薄く小麦粉を溶いた白湯《さゆ》を飲みながら、一日の始まりの為の数字のチェックを行う。

あらゆる数字。

それはチャンドラ・シンにとって、世界そのものを意味していた。

世界が調和的な数字によって平穏を保っていることを、彼は知っていた。

そして不調和な数字にすら、不調和の方程式が存在することも知っていた。

数字は人類が目にし得る最も素晴らしいものである。

1は最小の自然数。整数環の乗算の単位元。

2は最小の素数。素数中、唯一の偶数。素数では唯一の高度合成数。

3は最小のメルセンヌ素数。最小のフェルマー素数。

4は最小の合成数。単純でない群の位数のうち、最小のもの。

5は二番目に小さいフェルマー素数。

6は最小の完全数。

完全数とは、その数自身を除く約数の和が、その数自身と等しい自然数だ。

そして古代ギリシア人がもっとも神に関係した数字としたのは496という完全数だった。

496は1から31までの自然数の総和でもある。

496は神秘的だ。

だが、数学者が無限大という数字に恐れをなして、逃げ込んだ敗北の数字でもある。

故に、シン博士は、この数字に復讐《ふくしゅう》を誓っていた。
7は、二番目に小さいメルセンヌ素数。
8は合成数のフィボナッチ数の中で最小の数。
9は二つの立方数の和で表せる唯一の平方数。最小の奇数の合成数。
10は円周率の平方に最も近い自然数。
11は最小のレピュニット素数。
12は最小の過剰数。連続した階乗数の積。
13は最小のエマープ（数素）。
14は四角錐《かくすい》数。
個々の数字も美しいが、数式の美しさも格別である。
たとえ言語や文明が違っても、数式は不変だ。
それは数字とその関係式とが、世の真理と創世に最も近いものだからだ。
フィボナッチ数。
自然界の神秘の数であると同時に、黄金比率と密接な関係にある数列だ。
フェルマーの最終定理。
この方程式からは膨張宇宙の解が得られた。
アインシュタインの宇宙方程式。
量子力学の基本式で、物質の構造を解明した。

シュレーディンガーの波動方程式。

波を記述する為の偏微分方程式である。

マクスウェルの方程式。

全ての電磁気現象を統一し、光が電磁波の一種であることを示した。

オイラーの公式。

それは指数関数と三角関数の関係をエレガントに表した。

詩のように美しい定理でこの世は溢《あふ》れかえっている。

あらゆる物質にエネルギーは宿り、不滅のエネルギーが事象の変化を引き起こす。

それらは数字と方程式によって表すことができる。

それ故、その日の数字の変動によって世界の動きを見ることは、シン博士にとって至極当然のことであった。

パソコンを立ち上げ、世界人口の増減数をチェックする。

昨日、生まれた赤ん坊の数は十七万二千六十四人。

死者の数は、七万九百九十九人。

人口増加の多い国の一位は中国、二位はインド、三位はアメリカ、四位はブラジル。

数字の均等を壊していない平均的な数だ。

地球の鼓動とも言えるシューマン共振の周波数の値は7・83ヘルツ。

異常なし。

干ばつや地震、大戦争などの時には、この値がぶれる。

原因ははっきりとは分かっていないが、地球の鼓動が異変を前に乱れるのは事実である。

近々、天変地異が起こる前触れはないようだ。

バチカンの天気予報は曇り。雨の確率は三十%、気温二十二度。

ただしこの予報士は、常に確率的に〇・二五%の誤差をもって、気象を良いと判断しがちである。

バチカンに今日訪れる予定の観光客の数は、二十七万三千六百三十名。

対して、今日稼働しているタクシーの数は、五千二十三台。

地下鉄やバスは混雑するに違いない。

それからシン博士は、世界の株式の値動き、為替《かわせ》レート等に目を通す。

そう、この世は数式が全てを支配している。

小さな一個の原子から、宇宙に至るまで、同じ数式によって、法則とパターンが決定されているのだ。

シン博士は、これらの数を、常に書き記していた。

誰かがシン博士の日記帳を見たら、ただただ数字と方程式が並ぶ紙面に驚き、頭のおかしな人間が書いた物だと思うかもしれない。

しかし、そこには世界図、いや宇宙図があるのだ。

シン博士は数字を書き続けながら、ロベルト・ニコラス神父がどう動くのかを待っていた。

彼が自分にとって敵であるか、味方であるかは分からない。

しかし、それはどちらでもよいことだった。

宇宙の理《ことわり》は、人間の感情によっては動かない。

ロベルト・ニコラス神父は、シン博士が求める数式の解につながる、一つの数字のようなものだ。

あの悪魔のように狡猾《こうかつ》なローレン・ディルーカへと辿《たど》り着く鍵《かぎ》は、ロベルト・ニコラス神父が握っている。

ロベルト・ニコラスが動く時、ローレン・ディルーカのしたためた方程式が発動する。

その予兆を待っていたシン博士は、置時計が突然、動きを止めるのを見た。

理由は明白で、電池が切れたからである。

しかし、シン博士は確信した。

事態が大きく動き出そうとしていることを。

何故なら、止まった時計の針は、シン博士以外には知り得ない意味を持つ数列を示していたからだ。

天の啓示に違いなかった。

4

数日後、バチカン。

平賀はヴィリニュスの『聖杯』の年代測定の結果、それが思ったよりも古い、八世紀末に作られたものだという調査結果を得ていた。

科学分析の結果と、医療班の報告を合わせて調査レポートを纏《まと》める作業は、明日中に終わりそうだ。

作業の合間に平賀は、ビルから預かった錠剤『レイズ』を成分分析器にかけたり、自宅でケヴィン・エヴァンスの検視結果をチェックしたり、遺体発見現場の画像を分析したりと、忙しく過ごしていた。

そんな平賀の許《もと》に、上司のサウロ大司教から呼び出しがかかった。

平賀は席を立ち、パーティションで仕切られた広い部屋を横切ると、聖徒の座の突き当たりの階段を上った。

二階には、ドミニコ会、イエズス会、カルメル会、シトー会など、それぞれの会派の派閥責任者の部屋がある。

フランシスコ会の部屋の扉を開くと、サウロ大司教が赤いベルベットの椅子に腰掛け、難しい顔で書類を眺めていた。

「サウロ大司教、お呼びでしょうか」

平賀が声をかける。サウロは机に肘《ひじ》をつき、前屈《かが》みの姿勢になって平賀を見た。

「来たか。平賀神父、君は明後日《あさって》からの休暇願を申請しておるが、オーモットへ行くつもりかね」

「はい」

平賀は躊躇《ためら》わず答えた。

「ふむ。先程、こういう電報が私宛《あて》に届いたのだがね」

サウロは平賀に、クリーム色の薄い紙を差し出した。

書面には次のように書かれている。


『サウロ大司教様　謹啓　先の事件ではFBIにご協力頂き、有り難うございました。

この度、「テロ再発防止及び予防課」が解決に向け取り組んでいる、ノルウェー各地で頻発する停電事件とそれに纏《まつ》わるテロ事件につきまして、平賀・ヨゼフ・庚神父、ロベルト・ニコラス・プッチーニ神父のご助力を再度賜りたく、皆様のご協力を切にお願い申し上げます。略儀ながら書中をもちまして失礼致します事ご容赦ください。

FBI国家安全保障局　テロ対策部門
テロ再発防止及び予防課課長　ビル・サスキンス』

サウロはゆったりとした仕草で指を組み、鋭い目で平賀を見た。

「平賀神父、その手紙の意味を、私に説明してくれるかね？」

「説明といわれましても、ここに書かれている通りだと思います。

リトアニアで奇跡調査中だった私とロベルト神父の許に、サスキンス捜査官がお困りの様子でやって来られましたので、私達は友人の力になりたいと思ったのです。その時、本来はＦＢＩから正式にバチカンに協力を依頼したいのだと、サスキンス捜査官は仰《おっしゃ》っておられました。ですので、こういう書面を送ってきたのではないかと」

平賀はハキハキと答えた。

「しかしだ。私はロベルト神父から、北欧神話に纏わる怪死事件にジュリア司祭が絡んでいる様子だと、そう聞いておるのだがね」

「はい、それも本当です。あれ、そういえば、この電報はそのことに触れていませんね」

平賀の言葉に、サウロはじっくりと頷《うなず》いた。

「何故でしょうか……。私にはよく分かりません。

ロベルト神父が仰るには、ＦＢＩはサスキンス捜査官に『ジュリア司祭に手を出さないように』と申しつけているそうです。やはりそれと関係しているのでしょうか」

首を傾げた平賀に、サウロは「やれやれ……」と呟《つぶや》いた。

「平賀神父、君が友人を助けたいという気持ちはよく分かる。だが、バチカンとしてもこの大変な時期に、優秀な調査官を、しかも二名も、ＦＢＩの都合で差し出せと言われても困るのだ」

「あの、それは、私のオーモット行きが認められないということですか？」

平賀はおずおずと訊《たず》ねた。

サウロは短い溜息《ためいき》を吐いた。

「だが、こういう嘆願が届いた以上、相手を見捨てておくわけにもいかんよ。行ってきたまえ。だが、サスキンス捜査官には、これは大きな貸しだぞと伝えておいて貰《もら》いたい」

「はい、有り難うございます。そのように伝えます」

平賀は嬉《うれ》しそうに言った。

「それからロベルト神父だが……。彼には余り無茶をするなと。バチカンに戻ったら、私の許に出頭するようにと、君からよくよく伝えておくように」

「ロベルト神父にですか？　はい、分かりました」

「では、下がってよろしい」

平賀はぺこりとお辞儀をし、サウロの部屋を退出した。

＊　＊　＊

ノルウェーでは、ビルとミシェルが地方警察を飛び回り、捜査資料をかき集める為に奔走していた。

一方、ロベルトは晴れない心で考えていた。

犯人が誰であるにせよ、人を室内で凍死させるなどという異常な方法に固執しているからには、そこに何かの意味があるに違いない、と。

そこでロベルトはこの数日、オーモットの文化センターにある図書室へ通い、ハティの伝説や月に纏わる伝承を読み漁《あさ》ったのだが、思うようなヒントは得られなかった。

ハティに纏わる記述は断片的で、ハッキリしない部分が多いのだ。オーモットならもっと多くの伝承が残っているかと思ったが、そうでもないらしい。

ある日、ロベルトは郷土史コーナーで、自費出版の冊子を手にした。

それは『占い師の秘密』という、あまり興味を惹《ひ》かれないタイトルだったが、『ラグナロク（神々の没落）』について深い示唆に富む内容が書かれていた。

冊子の最後には、「オーモットに住む占い師、ユリエ・ベルグからの聞き取りを本に纏めた」とある。

ロベルトは奥付の住所に著者を訪ね、ユリエ・ベルグに会いたいと願い出た。

ユリエは古くから地元に住む人々の間では有名人らしかった。

「ユリエはオーモット一の占い師だ。悩み事があるなら、訪ねてみなさい」

著者にそう言われ、ロベルトは彼女の家へ行く地図を書いてもらうことができた。

ユリエの家はオーモットの町外れ、森の中にあった。

林檎《りんご》畑の間の道を奥へ進むと、次第に森は針葉樹の原生林に変わっていく。

山へ続く細い坂道の両側には、鉄条網付きのフェンスが張り巡らされており、異様な圧迫感がある。フェンスの所々には『サンティ・ナントラボ社私有地』の看板が出ていた。坂をずっと上った先には、黒い森に囲まれてアウン城が聳《そび》えている。

アウン王と『首吊《くびつ》りの森』とは、妙なリアルさを感じる話だ
そこに人語を話す狼が棲《す》んでいるだなんて……まさか、だろう

ロベルトは不気味な考えを振り払った。
やがて暗い森を進むロベルトの耳に、不思議な歌声が聞こえてきた。

私は知っている
世界の中心に立つトネリコの樹のことを
それはかって、ユミルの背骨であったもの
ユッグドラシルと呼ばれる樹
天を支える高い樹で、輝く土壌にたち
その枝は銀色の霧でいつも濡《ぬ》れている
そこから露が垂れ、谷に流れ落ちる
それは永遠に緑で聳える

ウルズの泉の上に
そこから乙女が来る
智慧《ちえ》に溢《あふ》れた
三人が、湖からやって来る
その湖はトネリコの樹の下にある

私は知っている
その三人の乙女達のことを
運命の担い手たちのことを
ウルズの泉のほとりで、
不老不死の黄金の林檎を実らせ
生と死を与える力を持つ三姉妹のことを
彼女らはニョルズの養い子
一人目の名はウルズ（運命）
もう一人の名はヴェルザンディ（存在）
末娘の名はスクルド（必然）
ウルズとヴェルザンディは運命の文字、ルーンを木片に刻む
スクルドは金糸で作ったランゲレイクを奏で

妙《たえ》なる歌を謳《うた》う
娘達は、秘文字と呪歌《じゆか》の力で運命を定める
人生を取り決め、運命の糸を紡ぎ、最後に死を与える
雄々しき神々でさえ、その決定には逆らえぬ
娘達はヴァンの賢き巨人達に、運命の秘文字を教えた

三人は、アースの神々の裁きの広場にやって来た
ウルズの泉の平地に
そして巨大な館《やかた》を建てた
神々は娘達を怪しんだ
どこから来たものか
どの血脈のものか
神々でさえ側に近寄れぬ命の泉の側に
なにゆえ大きな館を造る力を持つぞや？
娘達はいかなるものや？
アースのどの神も訝《いぶか》った
娘達は、グルヴェイグと呼ばれた
欲望をもたらす黄金の意味で

娘らは、美しきヘイズ（魔女）
娘らはすべての家を訪れ
予言をよくする巫女《みこ》だった
娘らは口寄せを知っていた
娘らは魔法がよくでき
巧みに魔法を用いた
彼女らは常に、悪い嫁のいとしい者となった

神々はみな進み出て
己が運命の座に就いた
そして彼女らについて考えを巡らした
アースの神々は、ヴァンから送られた彼女らについて
返礼をするべきか
賠償をもらうべきかと語り合った

私は知っている
忌まわしき災いの始まりを

賠償を貰《もら》うべきだとオーディンは言った
オーディンは槍《やり》で黄金酒と娘達を突き刺した
娘達は彼の館で焼かれた
娘達は、三度焼かれたが、三度生まれ変わった
何度も繰り返し殺しても、死ぬことはなかった
娘達は今も生き、そして永遠に生き続ける
オーディンは怒りの槍を人間の町にも
ヴァンの賢き巨人達の街にも、飛ばしてきた
石の壁は崩れ
木の壁は壊れた
ヴァンの巨人達はその所行に怒り、秘文字で戦争の運命を編み
荒れ野を進んだ
秘文字の力に、オーディンとアースの神々は、苦戦を強いられた
何度も繰り返し戦い、両者は和睦《わぼく》を決めた
その証《あかし》に、人質を取り替えて……
誰も彼女らの素性を知らないが、私は知っている
娘達はノルンと呼ばれる最初のもの

ユミルが断末魔の苦しみにあがいた時、霜の柱に刻んだ爪痕《つめあと》
ルーンと呼ばれる最初の文字から生まれた娘
彼女らの書く文字は不可避の力
歌は神々をも操る
神々は、娘達を受け入れた
ウルズの泉が涸れはじめ
神々は老いたのだ
彼らは、娘達の造る黄金林檎《りんご》で命を繋《つな》がなければならなかった
なおも詳しく聞きたいか？
それでは話してきかせよう

私は知っている
神々の和解の印に、人質は交換された
アースの神達に三姉妹は嫁いだ
養い親、ニョルズを伴って
知恵を欲したオーディンは、ニョルズを司祭として迎え入れた
戦いの勝利を決定するために

ニョルズはミーミルの弟、透明の国ヴァナヘイムの長《おさ》
ミーミルは天の水の守護神、雨を降らす
ニョルズは地の水の守護神、波を治める
二人はともに知恵の源を守る
何故に、ヴァナヘイムは透明の国なのか
ルーンの力によって、見えない呪文《じゅもん》がかけられたから
『死』にはその国が見えず、終末の時にも滅びることはない

私は知っている
三姉妹の秘密を
彼女らの一番最初に生まれたものが一番若く
一番最後に生まれたものが、一番老いていることを
一人目が朝に
二人目が昼に
末娘が夜に生まれたことを
三姉妹はアースで新しい名を名乗った
長女はヨルズ
次女はフレイヤ

末娘はフレッグ
ヨルズは人の定めを秤《はか》り、生み出す
フレイヤは編み、割り当てる
フレッグは死を取り決め、絶つ……

ロベルトの全身に鳥肌が立った。

神秘的な調べ。そして歌声。

この地方特有であろう訛《なま》りを混ぜての、なんと美しい古代ノルド語の韻の踏み方だろう。

しかも、エッダなどに抜け落ちている部分まで、しっかりと語られた吟遊詩だ。

その歌声の聞こえる先には、一人の老女がランゲレイクをつま弾いている姿が見えた。

ユリエ・ベルグだ。

腰まで伸びた白髪、高い鉤鼻《かぎばな》、皺《しわ》深く威厳ある顔立ち。ふくよかな身体に長いローブを着ている。ビルが祭で見たという歌い手の老女は、彼女だったに違いない。

それにしても、こんな森深くに老女が暮らしているとは驚きだ。

ロベルトの気配を感じたのか、老女は弦を弾く手を止めた。

「お前さんは誰だね」

ユリエは射るように鋭い紫の瞳《ひとみ》でロベルトを見た。

「僕はロベルト・ニコラスというバチカンの神父です。ユリエ・ベルグさんのお噂を聞いて訪ねて来ました」

「ああ、ユリエ・ベルグはこの私さ。ずっとこの町で暮らしてきた年寄りだよ。だが、今は私を訪ねて来る者も滅多にいない。ご覧の通りの一人暮らしさ」

「どうしてこんな場所に、一人で暮らしておられるのです？」

「以前はもっと人がいたのさ。だが、皆土地を売って、どこかへ行ってしまった。残ったのは私だけという訳さ」

ここに来る道の両側の鉄条網の意味をロベルトは理解した。

「サンティ・ナントラボ社が、貴方《あなた》がたの土地を買い取ったのですか」

「ああ、そうさ。奴らは私の土地も欲しかったようだ。随分しつこく言われたが、私は売らなかったんだ。譲るわけにはいかない場所なのでね。だから、あっちの敷地は、その金網の所までさ」

ユリエは、庭の向こうに見えている金網を指さした。

「何故、彼らはそんなにこの土地を欲したのです？」

「マドラサさ」

「何ですか？」

「ある日、私らの町によそ者がやって来て、新種の昆虫が発見されたと騒いだのさ。それを絶滅させない為に、森を保護したいなどと言い出しおった。

それはさておき、お前さんは何の用があって、私を訪ねて来たのかね」

「僕は氷狼《ひょうろう》ハティやアウン城のことを調べているうちに、貴方がラグナロクについて語ったものを読んだのです。とても興味深い内容で、是非貴方にお会いしたくなりました。よろしければ、少しお話しをして頂けませんか？　歌の続きも知りたいのです」

「古代ノルド語が分かるのかね？」

「ええ」

ロベルトが頷《うなず》くと、ユリエは刺繡《ししゅう》の入った袋を取り出して、数回振った。そして中から一つの木片を取り出した。表面にルーン文字が刻まれたものだ。

ユリエは暫《しば》くそれを見、「まあ、いいだろう」と答えた。

「占いですか？　貴方はオーモット一の占い師だそうですね」

ロベルトの言葉に、ユリエは嫌そうに顔を顰《しか》めた。

「私は占い師じゃない。私が人に授けるのは予言だよ」

「それは失礼しました。それにしても、貴方は優れた吟遊詩の歌い手でいらっしゃる。貴方の歌は本当に素晴らしい。まさに文化遺産と呼ぶべきものです。貴方の歌を欲している学者や研究者がどれ程いることか」

「神父さんよ。私は巫女《みこ》だよ。そういう人間にとって、文化遺産だとか、名誉だとかいったものは無意味なんだ」

「いいえ、名誉の為ではありません。貴方の歌は、語り継いでいかなければならないものなんです」

ロベルトは切なる願いを込めて言った。

するとユリエはふっと乾いた笑いを漏らした。

「神父さんよ。お前さん、巫女というものがどんなものか分かるかい？

巫女であるということは、神が決めた定めだ。

巫女はね、誰にも見えないものを見る。誰にも聞こえないものを聞く。

そうして先祖から託された膨大な秘密の歌と知識を、愛と憎しみを、人に明かさず背負うんだよ。

それは幸福か不幸か分からない定めだ。

誰かの背後に、鎌を振り上げた死神の姿を見ても、怯《おび》えてはいけない。雄々しき神の姿があったとしても、拝んではいけない。

たとえ死神の鎌が自分の首元にかかっているのが分かっても、動じない心を持たなければならないんだ。

そうして自分が人間であることを忘れ、全ての人に同じ顔で接し、必要な問いかけにだけ、それを告げる運命と信じて答える。

あんたが聞きたがってるものはね、そういうものだ。

歌も同じだ。私はいつも歌うべきものを歌っている。

あんたがもっと続きを知りたいというのなら、覚悟をしなくちゃいけない。

その時は歌を聴くあんた自身も、人間であってはならないんだ」

その言葉に、ロベルトは息を呑《の》んだ。

ユリエはそんなロベルトの顔を見詰めると、すっと立ち上がった。

「覚悟がないんだろう。なら、帰るんだね」

強い拒絶の言葉と共に、ユリエは家の中へ消えた。

ロベルトは暫くその場に立ち竦《すく》んだまま、動けずにいた。


覚悟か……。確かに、僕には足りていないようだ

ユリエとの出会いによって、避けられない何かの運命が自分に迫りつつあることを、ロベルトは肌で感じていた。

ユリエも戻って来ない今は、引き返すしか選択肢はないが……。

少しほっとした気持ちで踵《きびす》を返したロベルトは、その時、ユリエの座っていた椅子の近くに小さな昆虫が一匹、蠢《うごめ》いているのを見たのだった。

第三章　氷狼と炎狼

1

その夜、ロベルトの部屋で三人がピザを囲んでいると、ロベルトのパソコンにメールが届いた。

『レイズ』の分析が終わりました。面白い結果でした　平賀

メールの内容はその一行で、グラフや化学式がびっしりと書かれたファイルが八枚も添付されている。

ロベルトはパソコンにマイクとカメラをセットすると、平賀に電話をかけた。

待ちかねたように平賀がモニタに映る。

平賀は自宅にいるようだ。彼の背後に得体の知れない呪術《じゅじゅつ》道具や紙の束が幾つもの山を作っているのを見て、ビルが目を丸くした。

『平賀です。メールは見て頂けましたか？』

「見たよ。悪いけど平賀、これのどこが面白いのか説明してくれないか」

『えっと、ひとことで言いますと、あの薬には新規化学物質が含まれているのです。ある種の精神賦活剤と神経細胞再生促進剤に似た成分なのですが、恐らく未知の天然素材からの抽出成分ではないかと思われます。作用として、意欲を高めるスマートドラッグのような働きをしてもおかしくありません。

古来、薬というものは、動植物や微生物のエッセンスから作られてきましたし、今はそうしたものから不純物を取り除いたり、合成したり、バイオテクノロジーなどの科学技術を用いながら、研究開発されていく事も多いのです。

もしかすると、サンティ・ナントラボがオーモットの地へやって来たのは、某《なにがし》かの天然成分を得る為だったのかも知れませんよ』

平賀の言葉に、ロベルトは唸《うな》った。

「君の推測は当たっているよ。オーモットの森に新種の昆虫が発見されたと騒ぎ、それを保護するといって森ごと土地を買い取った企業が、サンティ・ナントラボ社だ」

『昆虫ですか？　どんな昆虫なんです？』

平賀は嬉《うれ》しそうに訊《たず》ねた。

「僕にはよく分からないよ。町に古くから住んでいる老人から聞いた話さ」

ロベルトは肩を竦めた。

「成る程。サンティ・ナントラボ社はそれを秘密にして、町の人から二束三文で土地を買い漁《あさ》り、薬を作って大儲《おおもう》けする気なんですね。森林を保護するエコロジー企業のからくりがよく分かりました。納得です」

ミシェルは現実的なことを言った。

「ですが結局、『レイズ』の成分は悪いものではないと分かってしまった訳ですか。これでフレデリック・メディカルサイエンス社とサンティ・ナントラボ社を追い詰める材料が無くなりました……」

ビルは複雑な顔をした。

『いえ、人体への影響はまだよく分かりません。サンティ・ナントラボには実験データが沢山あると思いますが、私自身は臨床実験を行っていませんので』

平賀は答えた。

「平賀神父、ケヴィン・エヴァンスの検視結果はご覧頂けましたか」

ビルが訊ねる。

『そちらはまだ調査中ですが、彼の死因については非常に不思議な点があります』

「何ですか？」

『内臓の状態です。データ上、毒物反応は見られませんでした。

しかも、ケヴィン氏が助けを呼ぶ間もないほど急速に冷却され、凍死した場合には、内臓にもっと大きなダメージがある筈《はず》なのです。ところが、資料写真で見たケヴィン氏の内臓には、大きな損傷がありませんでした。皮膚に凍傷を起こしている部分はありましたが、その他には外傷もなく、毒の反応もみられませんでした。適切な喩《たと》えかは分かりませんが、冬の雪山で、徐々に体温が奪われていき、凍死した人の死体がありますよね？　言うなれば、そのような状態だったのです。

ところが、そのようにケヴィン氏が亡くなったのだとすると、第一発見者のグスタフ氏が窓から見た時も、扉を破ってサスキンス捜査官が部屋に入った時も、ケヴィン氏は生きていないとおかしいのです。ですから、やはり死因は不明です』

「ふむ……」

『引き続き調べます』

通話はそこで切れた。

「ケヴィン氏の死因が毒殺でなく、『レイズ』の成分が悪いものではないとは」

ビルが腕組みをした。

「ええ。メリッサ夫人もさぞ気を落とすでしょうね」

ミシェルが頷《うなず》く。

「メリッサ夫人が？　何故です？」

ロベルトが訊ねると、ビルは小さく溜息《ためいき》を吐いた。

「実は……ケヴィン氏には鬱病《うつびょう》の既往歴があった為、死亡保険が下りる条件が厳しいようなんです。自死の場合は保険が出ないので、密室で殺人が行われたことを証明するか、死因をハッキリさせる必要があるとか。『レイズ』が毒だと証明できれば、企業から賠償金を得ることが出来ると考えていらっしゃるようです。私は保険や賠償の話など好きではないのですが、彼女のことも気の毒で……」

ビルは困ったような顔をした。

「成る程。サンティ・ナントラボ社を追い詰めるという点において、僕達と彼女の利害は一致している訳ですね」

ロベルトは微笑むと、「これから夫人をお訪ねしませんか」と言った。

三人がエヴァンス邸を訪ね、インターホンでビルが名乗るとすぐ、玄関から長身の女性が飛び出してきた。

「まあ！　ずっとずっとお待ちしていましたわ、サスキンス捜査官」

随分感情表現の豊かな女性だな、とロベルトは思った。その頬は赤らみ、目は潤んで見える。恐らく飲酒中だと判断したロベルトを、メリッサは振り向いた。

「今日は神父様がご一緒なんですの？　あら。その神父服って、まさか……」

「初めまして。僕はバチカンの神父でロベルト・ニコラスといいます。この度はご主人が突然の不幸に見舞われ、さぞご心痛でしょう。サスキンス捜査官から事件のことを聞き、何かお力になれることがあればと参りました」

「バチカンの司祭様が来て下さるなんて！　私はメリッサ・エヴァンス。ケヴィンの妻ですわ。私もケヴィンもカソリックですのよ。バチカンに行ったこともありますの。ロベルト神父様、どうか私達の為に祈って下さいな」

　メリッサはそう言うと、ロベルトに握手を求めた。

　この国でカソリックの司祭が、こうも歓迎されることは滅多に無いだろう。

邸《やしき》のリビングに招き入れられたロベルトは、メリッサにお悔やみを述べた。

「ご主人、ケヴィン氏のことお悔やみ申し上げます。死因も分からないのでは、さぞかしおつらいでしょう。でも安心して下さい。主は常に悩み苦しむ人の側に立ち、善意と愛のために流される涙をお拭《ふ》きになられます。不当と悪がこの世を支配することはありません。アーメン」

「有り難うございます。やはりバチカンの神父様のお言葉は違いますわ」

　メリッサは嬉しそうに言った。

　メイドが入ってきて、お茶を配っていく。

「ところで、サスキンス捜査官。私の弁護士が取り寄せたケヴィンの検視報告の資料、鑑定はして頂けましたの？」

　メリッサは弾んだ声で切り出した。

「ええ。それが信頼できる方に確認してもらったのですが、データからは毒物反応は見られなかったそうです。内臓にも特に異常は見られなかったと」

　ビルが答える。

「そんな……夫が毒殺ではなかったなんて……」

メリッサは目に涙を浮かべて口元に手を当てた。

ロベルトは徐《おもむろ》に切り出した。

「ええ。ご主人が氷の密室で亡くなられ、その死因が凍死でもなかったなんて、おかしな話です」

「えっ、凍死でもないんですか？」

メリッサは狐につままれたような顔をした。

「はい。凍死ならもっと時間がかかるのが普通だと聞いています。もしこのまま何もせずにいれば、ケヴィン氏の死は原因不明の突然死となるでしょうが……」

「でも、それじゃあ困るのよ！」

メリッサは感極まって叫んだ。

「無論、そうでしょう。愛する夫の死因も分からないなんて、悲しすぎますから」

ロベルトの言葉に、メリッサは意表を突かれたような顔で「ええ」と答えた。

「ご主人は『レイズ』という、人体への影響も不確かな薬を服用なさっていたそうですね。サンティ・ナントラボには、その実験データだって沢山ある筈なのに、悲しむご遺族に何の説明もなされないなんて、誠意ある対応とは思えません。

こうしてご縁があってここにいらっしゃるサスキンス捜査官も、貴方《あなた》の為に力になりたいと考えておられます。サンティ・ナントラボ社で不正が行われていたとしたら、許せるものではない。そうですよね、サスキンス捜査官？」

突然話を振られたビルは戸惑いながらも、大きく頷いた。

「それは当然です。社会正義に反しますから」

ロベルトはゆっくりと頷き、メリッサを見詰めた。

「僕達は貴方の味方です。そこで、もし宜《よろ》しければ、僕がサンティ・ナントラボ社に出向いて、薬のことを調べてみましょうか？　ご遺族の貴方が非常に疑問を感じていて、知りたいということであれば、神父の私がご遺族の代理として出向いても不思議ではありません。いえ、あてにならない弁護士が行くより、神父が行く方が、相手の方も秘密を打ち明けやすいかと……」

ロベルトは、ちらりとビルに目配せをした。

「それはいい案です！　なんというか名案です！　私もロベルト神父に同行させてもらえませんか？　私は尋問のプロですから、相手の嘘も見抜けます。ＦＢＩとして動くのは難しいのですが、身分を隠して、ただの貴方の友人として、お力になれることがあれば何でもします」

ビルは多少大袈裟《おおげさ》だが、良い決め台詞《ぜりふ》を言った。

「本当ですか？　お願いします。そうして頂けると有り難いわ」

メリッサはビルとロベルトを交互に見、嬉《うれ》しそうに言った。

「信者の悩み事を解決するのは神父としての務めですから」

「有り難うございます。神のお慈悲に感謝します」

ロベルトはそこでハッと何かを思いだしたような顔をした。

「どうかなさいましたか？」

メリッサが心配そうに訊《たず》ねる。

「念のため、型どおりで結構ですので、委任状を書いて頂けるでしょうか？　遺族である貴方の意思があって、僕達が出向くことになったのだという証明の為にも」

「委任状ですか？　それはどうやって書けばいいんですか？」

「僕が下書きをしますので、その通りに書いて、サインを頂ければ大丈夫です」

「分かりましたわ。一寸《ちょっと》、貴方、高級な紙を持ってきて頂戴《ちょうだい》」

メリッサは部屋の隅にいたメイドに言った。

「高級な紙……？　高級な紙って、どんな紙です？」

メイドは戸惑った顔で答えた。

「高級な紙といったら、高級な紙よ。立派な書類に使うようなもの。一番いい紙を探して持ってきなさい！　神父様の前で恥をかかせないで頂戴！」

メリッサに怒鳴られ、メイドは困り果てた顔をしながら、紙を探しに行った。

こうしてロベルトが手にしたのは、いかにも夫の重要な秘密を知っていそうな妻が、ロベルト神父を正式な代理人に指名し、疑問に誠意ある回答がない場合は告訴も辞さないという、絶妙な言い回しで書かれた委任状であった。

「これで正式にサンティ・ナントラボ社の入り口を突破できます。ジュリア司祭を追い詰める証拠はまだありませんが、あの男は気紛れですから、気が向けば僕に会うでしょう」

エヴァンス邸を出るなり、ロベルトは言った。

「一人で行かれるつもりですか？　危険です。私も同行します」

ビルは慌てた。

「いえ。危険があるとすれば僕よりも、秘密を仄《ほの》めかせた事になるメリッサ夫人です。サスキンス捜査官は夫人の警護をお願いします」

ロベルトは頑として言った。

2

翌日、ロベルトは正式な司祭服に着替え、サンティ・ナントラボ社に出向いた。

メリッサの委任状を見せると、小さな会議室に通された。

そこで暫《しばら》く待っていると、スーツ姿の男が部屋に入ってきた。

「あなたが、ケヴィン・エヴァンス夫人の代理人という方ですか？」

「そうです。夫人の疑念を確かめるために参りました」

ロベルトは穏やかに笑って答えた。

スーツ姿の男は委任状をつぶさに読むと、ロベルトにそれを突き返した。

「私は弁護士のハンスと申します。貴方が代理人ということは理解しましたが、具体的なことは何も書かれていませんね」

ハンスは事務的に言った。

「ケヴィン氏は貴社が開発中の薬を服用中に、原因不明の突然死をされたのです。なのに、本当にマドラサが無害なのかどうか、臨床データも開示して下さらないのは、いささか不誠実でしょう?」

ハンスは何も答えなかったが、「マドラサ」という言葉に反応を示した。

ロベルトは続けた。

「サンティ・ナントラボ社がマドラサの居る森を強引に買収し、世間にはそれを隠しているだなんて話が世間に出回るより、もっといい解決法がありますよ」

「つまりは金ですか?」

ハンスの言葉に、ロベルトは肩を竦《すく》めた。

「どうでしょうね。この会話を貴方は録音もなさっているでしょうに、僕が恐喝に来たように思われるのは困ります。

それより僕としては、話を一番よく分かっていらっしゃる取締役のアシル・ドゥ・ゴール氏にお会いしたいのです」

「アシル氏に?」

ハンスは怪訝《けげん》そうに問い返した。

「バチカンのロベルト・ニコラス神父が来たと、アシル氏にお伝え下さい。彼は僕のことをよく知っていると思います」

ロベルトは暫く待たされた後、最上階にある広い社長室へ案内された。

扉を開くと、部屋は一面がガラス張りで、オーモットの街の全体を見渡すことが出来た。

正面の黒い高級な革張りの椅子に座っていたのはジュリアであった。ボディガードらしき男が二人、ジュリアの脇に立っている。

「ジュリア司祭、お久しぶりです」

ロベルトが言うと、ジュリアは怪訝そうな顔をした。

「ジュリア……？　私のことを言っているのですか？」

「勿論《もちろん》、貴方のことです。今度は僕をからかう気ですか」

ロベルトの強い視線を跳ね返すようにジュリアはロベルトを見つめたが、その様子は至極冷静な様だった。

「私は司祭でもなければ、貴方にお会いした事もありません。そんなに、そのジュリア司祭とかいう人物は私と似ているのですか？」

不思議そうに訊ねたその声に、ロベルトは僅《わず》かな違和感を覚えた。

じっとジュリアを観察する。顔立ちはジュリア以外の何者でもない。

だがよく見ると、男の首元に見覚えのないホクロがある。変装をするなら、あんな目立たない場所にホクロをつける意味はないだろう。

それに、男が纏《まと》っている雰囲気も、ジュリアとは違うように感じられてきた。ジュリアの瞳《ひとみ》は狡猾《こうかつ》な蛇を思わせるが、目の前の男の目はもっと純粋な光を帯びている。

「貴方がジュリア司祭でないなら、何故、僕と会う気になったんですか」

ロベルトは慎重に訊ねた。

「以前、別の方が私に会いたいと仰《おつしや》られ、突然、私を弁護士のアルフォンス・ブランシュだと言い張ったことがありました。その時は他人の空似で済ませたのですが、後日、新聞でその人物の写真を見た時、鳥肌が立ちましたよ。自分に双子の兄弟がいたのかとね。私は自分に瓜二《うりふた》つの人間がいることに興味を持ち、彼の事を調べてみたのですが、弁護士会の会長の養子という以外のインフォメーションを得られませんでした。私の父は、ユニバーサル・コスモ石油の会長であるジョアン・ドゥ・ゴールです。私はその実子と聞いています。ですが、私は自分の出生に自信がありません」

男はまるで親にはぐれた雛鳥《ひなどり》のように心細げに言った。これが本物のジュリアなら、演技賞ものだとロベルトは思った。

「そして今、私の知らない方が私を知っていると言い、訪ねていらっしゃった。ですから、貴方からアルフォンス・ブランシュ氏の話を色々聞けると思ったのです」

「貴方がジュリア司祭でないという証拠は？」

ロベルトの問いに、アシルは余裕の顔で答えた。

「多分、いくらでも出来ると思いますよ。私は分刻みのスケジュールで動いている人間で、私の側にはかならずボディガードがいますから」

「アフリカに行ったことは？」

「アフリカ？　いいえ、あんな地方に行ったことはありません。私の生活圏は主にドイツとオランダ、オーストリア、そしてこのオーモットです。その他は休暇でモナコに行く程度でしょうか。貴方はそのジュリア司祭という人物をアフリカで見たのですか？」

「ええ。しかも二人もです」

　ロベルトの言葉に、アシルは絶句した。

　その驚愕《きょうがく》の表情に嘘はないと、ロベルトには感じられた。

「ガルドウネという組織の名前に聞き覚えは？」

　ロベルトはずばりと訊ねた。

「組織？　どういう意味でしょうか。経済者連盟としてのフリーメーソンロッジになら所属していますよ」

　アシルは呆気《あっけ》ないぐらい平然と答えた。

　確かにフリーメーソンロッジには世界の裏で暗躍する秘密組織もあれば、財界人の交流目的で作られている表組織もある。

　表組織の人間は、フリーメーソンが世間で言われているような世界支配を目的とする悪の組織などという陰謀説はナンセンスだと主張し、財界人が集まる社交パーティなども大っぴらに開いている。

そういう意味で言えば、隠す必要はないということだろう。

「この会社の真の目的は何なんです？」

ロベルトが言うと、アシルは肩を竦めて首を振った。

「私は単に系列会社の社長としてここに赴任してきただけで、医療目的だと聞かされています。私が経営者として動かしている会社はここだけではないので、それほど張り付いて見ている訳ではありませんし……。何か疑問点でもおありなのですか？」

「アウン城一帯の土地を、秘密裏に買い占めている目的は？」

「あの一帯は医療に有効な新種の昆虫の生息地だと聞いています。いずれ新薬の発売許可が下りた時点で、世間にも公表する予定でした。

第一、土地の買い占めと仰いますが、不当な方法は一切、取っていない筈《はず》ですよ。もし、強引に買い取られたと証言する方がいるなら、裁判でも何でも起こして下さって結構です」

アシルは真面目そうな態度でそう言い切ると、溜息《ためいき》を吐いた。

「それより、私とそっくりな人間がこの世に三人もいるなんて。本当に驚きました。私にしても知りたいことは山ほどあります。ロベルト神父、ジュリア司祭という方の居場所か何かをご存じなら、是非教えて下さい」

ジュリアと同じ顔の男にそんな台詞《せりふ》を言われる違和感は否めなかったが、ロベルトはここで引き下がるしかなかった。

＊　＊　＊

「アシル氏がジュリア司祭と別人ですって?!」

ロベルトの報告に、ビルは思わず叫んだ。

「ただし、顔は瓜二つです。サスキンス捜査官が見間違えたのも無理はありません。本人自身もジュリアの存在に驚いていましたが、僕も正直、不気味に感じました。同じ顔の人物が何人もいて、その誰もが経済界や弁護士会のトップの地位に就いているなんて」

「ジュリア司祭は四つ子だったのでしょうか？」

「分かりません。人工的な四つ子、あるいはクローンという可能性もありそうです」

「そんな事が……本当にあるのでしょうか」

ビルは眉《まゆ》を顰《ひそ》めた。

「技術的には恐らく可能だと思います。しかし、生まれは同じ場所でも、彼らはバラバラに育っていたようですね」

「それでは、この事件は秘密組織とは無関係なのでしょうか。ジュリア司祭を逮捕してやりたかったのに……」

ビルは残念そうに言った。

「とにかく事件を地道に調査していくしかないでしょうね。その為に必要な人物が今こちらに向かっていますよ」

ロベルトは、「バチカンを今、発《た》った」という平賀からのメールをビルに見せた。

3

日曜日。平賀がやって来た。

空港へ出迎えに行ったロベルト、ビル、ミシェルを質問責めにしながらオーモットに到着した平賀は、早速、現場を見たいと願い出た。

平賀がそう言い出すのは想定内で、既にメリッサ夫人にはエヴァンス邸で待機してもらっている。四人は早速、邸《やしき》へ向かった。

町の広場まで来た時、平賀は「ちょっと待って下さい」と言い、地面にかがみ込みながら、あちこちを歩き回り始めた。

「祭の日、月が消え、明かりが消え、空中に火が見えた。そして怪しい気配を感じ、大きな音を聞いたのですよね。サスキンス捜査官、ミシェルさん、その日立っていた場所を正確に教えて下さい」

平賀は二人をその場所に立たせ、祭の日に起こったことを再現させた。

「明かりが戻った時、二人の身体に煤《すす》がついていたんですよね？　その時の服は洗わずにお持ちですか？」

　平賀の問いに、ビルとミシェルは顔を見合わせ、「すみません」と詫《わ》びた。

「こういう事になるとは思わず、すぐに洗濯してしまいました」

「そうですか……。今見る限り、地面にもその痕《あと》は残っていないようです」

　平賀は無念そうだ。

「そうですよね。翌朝には清掃人が箒《ほうき》で掃除しているのを見ましたから」

　ミシェルが言った。

「では、後で箒を調べてみます」

　平賀が嬉《うれ》しそうにメモを取り、何もないと思われる場所を執拗《しつよう》にカメラで撮影するのを見て、ミシェルは「この人、本当に神父さんなんですか？」と、小さく呟《つぶや》いた。

「次の現場へ移動しましょう」

　平賀の一声で、ようやく四人はエヴァンス邸へ向かったが、「ちょっと待って下さい」と、平賀は家の前で再び立ち止まった。

「塀はどんな風に壊れていたんですか？」

　平賀はビルとミシェルが見聞きしたことを事細かく訊《たず》ねた。

　それから修復の痕を丹念に確認し、カメラに収め、ポケットから取り出したピンセットで塀の一部を掻《か》き取ると、ファスナー付きのビニール袋に入れた。

「この塀の裏側も見てみたいのですが」

そう言った平賀に、ビルがほっとして「では、邸に入れて貰《もら》いましょう」と答える。

門の脇のインターホンを鳴らすと、出てきたのはグスタフであった。

「遅れてすみません。お話ししていた、ロベルト神父と平賀神父を連れて来ました」

ビルが言った。

「どうぞ、皆様。奥様は中でお待ちです」

グスタフが短い挨拶《あいさつ》を言い終わらないうちに、平賀はグスタフの脇をすり抜けて庭に入り込み、地面の様子、塀の様子を観察し、カメラで撮影を始めた。

それを見たグスタフは、目を剝《む》いた。

「大事な現場検証をしているんですよ。彼は科学者でもあるのです」

ロベルトがフォローしたが、グスタフは不審げな顔だ。

平賀はくるりとグスタフを振り返った。

「祭の夜に貴方《あなた》が見聞きしたことを、詳しく話して頂けませんか？」

「……と言われましても、警察にもお話しした通りなのですが……」

グスタフは頭を掻きながら、当日、邸の使用人達と共に、前の広場で開かれた祭の様子をぼんやり見ていたこと。空の月が一呑《の》みされたと思ったら、町中の明かりが消え、真っ暗な中、恐ろしく大きな音が響いて塀が崩れたこと。その時、庭の木がぐらぐらと揺れる音がして、狼の鳴き声が聞こえ、ハティが出たと誰かが叫んだことなどを話した。

「狼の声はどんな声でしたか？」

「ウォーンというような、遠吠《とおぼ》えの声らしいです」

「らしい、とは？」

「私自身は聞いていないので……」

「崩れた塀の瓦礫《がれき》はどうされました？」

「えっと、確か業者が持って帰りました」

「その業者の連絡先を教えて下さい」

平賀が差し出したメモに、グスタフは近所の修理屋の名前を書いた。

「庭の木が揺れたんですね？」

「ええ。ざわざわと葉っぱの鳴る音や散る音がしました」

「その時落ちた葉はどうしましたか？」

「えっ……その、特には何も……」

「何もしていないんですね？」

平賀は庭をじっと見回し、地面に座り込んだ。

「グスタフ、何をやっているの！　早く皆様を中へ案内しなきゃ駄目じゃないの！」

甲高い声をあげながら、メリッサ・エヴァンスが玄関に現れた。

「お待たせしてすみません。どうぞ邸へお入り下さい」

メリッサ夫人が言うので、ロベルトは神妙な顔をして虫眼鏡で木の葉を観察している平賀に声をかけた。

「平賀、お宅に入れて下さるそうだよ」

すると平賀は、葉っぱを裏返したり、表に返したりしながら、「先にお入りになってい
て下さい」と、上の空の声で答えた。

「あの方は……？」

メリッサ夫人は怪訝《けげん》そうに平賀を見た。

「平賀神父です。少しばかり変わっていますが、大変優秀な男です」

ロベルトは短く答えた。

四人がリビングで雑談をしていると、メリッサが不意に大きな溜息《ためいき》を吐いた。

「なんだか最近思うんです。私の七年間の結婚生活って、何だったのかしらって。

ケヴィンは優秀な人だったのに、内心ではいつもコンプレックスと不安を抱いていたみ
たいなんです。おかしいでしょう？　ハーバードの経営学部だって出ているって言うの
に」

「それは大変立派な学歴です。しかも大企業にお勤めになり、仕事熱心でいらしたのでし
ょう？　充分に有能な方だと誰もが言う筈《はず》ですよ」

ロベルトが言うと、メリッサは何度も頷《うなず》いた。

「ええ、そう思いますよね。でも、彼は両親に出来損ないの息子だと思われていると感じ
ていたんです」

「何故です？」

「五つ年上の兄が、よくできた人だったらしいんです。大学一年の時に科学分野の博士号を取るような秀才で、両親は大きな期待を寄せていたとか。

でも、兄弟でドライブをしていた時に交通事故に巻き込まれ、ケヴィンは助かりましたが、兄の方は亡くなってしまったんです。その時、ケヴィンは両親から、お前のせいだと責めるようなことを言われたらしくて……」

「それは酷《ひど》いお話ですね」

「そうですよね？　昔、ケヴィンが酔った時、出来損ないの自分の方が助かるんじゃなかったと、辛《つら》そうに言っていました。経営学なんて無能な人間が入るところだ、もっと優秀な人間になりたかった、なんて言って……。

ケヴィンが鬱《うつ》になったのも、元はといえば、その時のことが原因なんです」

メリッサは涙目になり、

「あの人が鬱になんて、ならなければ良かったのに！」

と、悔しそうに叫んだ。

ビルはゴホゴホ、と咳払《せきばら》いをした。

その時、平賀が部屋に駆け込んできた。

「遅くなりました。私は平賀・ヨゼフ・庚といいます。バチカンの神父です」

平賀はソファに着席すると、やにわにメリッサに質問を投げかけた。

「確認したい事があるのですが、いいですか？」

「え、ええ」

メリッサがたじろぎながら頷く。

「ケヴィン氏の検視報告を見ていて、不可解に思ったことが幾つかあったのです」

「あの……貴方がケヴィンの検視報告を確認した方ですか？」

「はい、そうです」

平賀は爽《さわ》やかに答えた。

メリッサは戸惑いがちに平賀を見た。

「勿論《もちろん》、不可解に思われたでしょう。だって室内で凍死だなんて……」

「いえ、そのことではありません。彼の頭蓋《とうがい》には手術が施された痕がありましたが、ケヴィン氏は生活に支障を来す障害やお悩みをお持ちだったのですか？」

平賀の問いに、彼を除く全員が驚いた顔をした。

「ケヴィンが……ですか？」

メリッサは思わず問い返した。

「頭の手術痕？　検視報告には私も目を通しましたが、そのような事は書かれていませんでした」

ビルが怪訝そうに言った。

「そうです。検視報告にも、報告書に添えられていた彼の既往歴を記した医療カルテにも、手術の記録はありませんでしたが、確かな事実です。少しお待ち下さい」

平賀は部屋を出て行ったかと思うと、大きなトランクを引きながら戻ってきた。

そしてトランクの中からレントゲン写真を取り出してテーブルに置いた。

「この部分を見て下さい」

それは平賀以外は見逃すだろう、至極小さな点だった。

「確かに。よく見ると、耳の上辺りに丸い部分がありますね」

ビルが頷く。

「ええ。頭蓋骨を穿孔《せんこう》した手術痕です」

「ですが、私にはそのような心当たりは全く……」

メリッサは首を振った。

「不思議ですね。穿孔部の大きさからすると、定位的脳内血腫《けっしゅ》除去術が行われた可能性が高いのです。この手術は脳血腫の吸引除去を目的に行われますが、最新技術を要する為、ごく近年、恐らく一年以内に行われた筈なのですが」

「脳血腫の手術……ですか？」

メリッサは考え込んでいる様子だ。

「側頭葉に脳血腫がある場合、具体的にどんな症状が見られるんだい？」

ロベルトが訊《たず》ねた。

「多岐に渡りますが、例えば記憶力の低下、人格の変化、他人の言葉を理解できないとか、喋《しゃべ》る言葉を間違えるなどが考えられるでしょうか」

平賀が答えると、メリッサは大きく目を見開いた。

「人格の変化ですって？　待って下さい。そういえば、ケヴィンはメディカルチェックの為に、一週間入院したことがありました。去年の六月のことでしたわ。

ケヴィンが変わっていったのは、その入院の後からです。レイズという薬もそれから飲み始めたんです」

「どちらに入院を？　担当医は分かりますか？」

「アルマウェル・ハンセン・メディカルセンターという総合病院です。担当医は知りませんが、ケヴィンはいつもメディカルチェックの結果をファイルしていましたから、分かると思います」

メリッサはリビングを出て行った。

「その病院はサンティ・ナントラボ社の傘下です」

ビルが呟《つぶや》いた。

戻ってきたメリッサはファイルをテーブルに広げて置いた。

「これですわ」

その書類には、エリック・マッケンジーと医師名が書かれている。

平賀はファイルを熱心に読み始めた。

「ご主人は具体的に、どのように変わったのです？」

ロベルトが訊ねた。

「一つ一つの変化は些細《ささい》なことです。それまで全く興味がなかった、クロスワードパズルの本を読み始めたり、一人で部屋に籠《こ》もることが増えたり。たまには一緒に外へ出かけましょうと私が誘っても、断って、時には怒り出す始末で……。

それまでの夫は、内向的ではありましたが、私が誘えばパーティや旅行にも出かけるような、温厚な人だったんです。なのに……。寝言で知らない女性の名前を呼ばれたこともありました。浮気かとも疑ったのですが、そのような影もなく……。

夫は仕事に取り憑《つ》かれたように熱中するようになって、次第に部屋からも出て来なくなり、食事も寝室も別になりましたの」

「仕事に熱中するあまり、貴方《あなた》を顧みなくなられた？」

メリッサは「ええ」と強く頷いた。

「私はてっきり、あの薬のせいでケヴィンが変わったのかと思いました。でも、もしかすると頭の手術のせいなのでしょうか……？」

メリッサは縋《すが》るような目で、ロベルトと平賀を交互に見た。

「今は正確なお答えができません」

平賀は短く答えた。

「もう一つ、お聞きしたいことがあります。最後にケヴィン氏を見たのはどなたですか？」

メリッサは突然の質問に面食らったように、目を瞬《しばた》いた。

「えっと……最後の食事の皿を下げたメイドですわ」

その時、部屋の隅で用事を言いつけられるのを待っていたメイドが口を開いた。

「それは私です。名前はハンネです」

平賀はくるりとハンネを振り返った。

「ハンネさん、英語は話せますか？」

「少しなら」

「では、質問です。最後にケヴィン氏を見たのは何時か、異常はなかったか、その時の室温は何度だったか教えて下さい」

「八時十分頃です。異常はありませんでした。温度は二十四度です」

ハンネが即答する。

「貴方……よく室温なんて覚えているわね」

メリッサが驚いて言った。

「旦那《だんな》様は夏でも冬でもエアコンを二十四度に設定していました」

「驚いた……。そんなこと、私は知らなかったわ……」

メリッサは呆然《ぼうぜん》と呟いた。

「私は奥様が知らなかったことが驚きです」

そう言ったハンネを、メリッサは憎々しげに見た。

部屋に嫌な緊張感が走る中、平賀は書いていたメモをパタンと閉じて立ち上がった。

「ご協力有り難うございました。では、ケヴィン氏の書斎を見せて下さい」

4

エヴァンス邸を出た四人は、ホテルの平賀とロベルトの部屋に集まった。

「ケヴィン氏の手術痕《こん》に気付かれるとは、流石は平賀神父です」

ビルが言った。

「しかし、何の手術だったんでしょうかね」

ミシェルが首を捻《ひね》る。

「分かりません。死体の脳は、外見的には異常が見られませんでした。仮にケヴィン氏が脳血腫による障害や体調の変化に人知れず悩んでおり、夫人に内緒で手術を受けたとすれば、合理的に説明がつく話でした。

ところが夫人の説明はそれに当てはまりません。ケヴィン氏が定期的に受診していた、メディカルチェックの結果も良好でした。医療カルテにさえ記述がない。この点は特に異常です。アルマウェル・ハンセン・メディカルセンターのマッケンジー医師に、話を聞く必要があります」

平賀が言った。

「明日にでも訪ねて来るよ。こっちにはまだ委任状があるからね」

ロベルトが答える。

「お願いします。それから、サスキンス捜査官達が集めて下さった、四件の事件の資料があるのでしょう？　それをこれから皆で回し読んでいきませんか」

平賀の提案で、ビル達が各地の警察からコピーしてきた段ボール四箱分の資料が、部屋に運び込まれた。

四人は資料を読んだ。

意見を交わしながら回し読みが終わった頃には、部屋中に書類が散らばり、時刻は午前二時になっていた。

ビルは濃いコーヒーを飲みながら、ウンザリした顔をしていた。

「本当にろくでもない資料です。現場の即時調査はないし、鑑識・検視は大雑把。発見者の調書と必要書類の枚数だけはしっかりあるが、内容は薄っぺらで、明らかに型通りのお役所仕事という代物ばかりです。

被害者四人とケヴィン氏の共通点も見つかりませんね。年齢、職業、交友関係……まるで繋《つな》がりません。あえていうなら、被害者は全員白人ということだけですか」

「ノルウェーには有色人種がほとんどいないのですよ。国民の九十％が白人です。有色人種ばかりを狙うならメッセージにもなりますが、これでは共通点ともいえないでしょう」

ロベルトはモノクルを外し、目頭を揉《も》みながら答えた。

「ええと、事件を簡単にまとめると、次のようになりますね」

ミシェルが咳《せき》払いをして、メモを読み上げた。

「第一の事件。

四月二十八日、ナムソスで月が消え、停電。翌日、自宅でルーカス・ズワルトの遺体発見。被害者は二十六歳、塾講師、男性。発見者は訪ねて来た恋人で、部屋に氷柱《つらら》があったと証言しています。死亡推定時刻は二十八日午後九時から翌日午前四時。死因不明。

第二の事件。

六月三十日、モルデで停電。二日後、自宅でクラウス・フリーデンの遺体発見。発見者は大家で、現場は水浸しだったと証言。被害者は二十九歳、無職、男性。死亡推定時刻は三十日午後十時頃か。死因不明。

第三の事件。

八月七日、オスロで月が消えたという目撃談。午後九時頃に停電があったことを確認。翌日、下宿先の部屋でエミリー・クローグの遺体発見。階下の学生が水漏れに気付き通報、発見者は警官と大家。被害者は二十二歳、大学生、女性。死亡推定時刻七日の午後八時から十二時頃。死因は心臓発作と推定。水は、水道管の水漏れ事故と推定。

第四の事件。

一月十六日、トロンハイムで停電。二十一日、自宅の一軒家でノラ・スヴェンセンの遺体発見。発見者は近所に住む友人。被害者は七十一歳、無職、女性。死亡推定時刻不明。死因は暖房器具の故障による凍死と推定。

そして第五の事件。

三月二十三日、オーモットで月が消え、停電。自宅でケヴィン・エヴァンスが不審死。被害者は四十四歳、製薬会社勤務、男性。死亡推定時刻は二十三日午後八時から九時過ぎ。死因不明。

見事にバラバラという感じです。ケヴィン氏との接点は見つかりませんし、遺体に不審な手術痕がある者もいません」

「いえ、最初の二件の事件には共通点がありますよ」

平賀が言った。

「それは何だい？」

「第一と第二の事件の被害者はオーモット出身です」

平賀は警察署が調べた個人識別番号の追跡データを示した。健康保険料や税金の納付額のリストがずらずらと続いた下に、「出生地オーモット」の文字がある。

「本当ですね。しかし、出生がオーモットなのは、この二人だけです。第三の事件の被害者はスウェーデン出身、そしてケヴィン氏はアメリカ人です。これが手がかりになりますか？」

ビルは言った。

「科学の実験では、僅《わず》かな共通項を見つけ出すことから物事が解決する場合が多いのです」

　平賀は平然と言った。

「僕が気になるのは『氷狼《ひょうろう》ハティ』の噂だ。オーモット以外ではただの変死と扱われている事件を、ここでは皆が『ハティの仕業』と認識している。理由は勿論《もちろん》、アウン城にハティが棲《す》むという伝説がオーモットにあるからだ。それに、ヒルダ嬢がハティを目撃したという話も気になるね」

　ロベルトは腕組みをした。

「事件の中心はやはりオーモットなんですかね？　それにしても、ハティが本当にいるなら見てみたいものです。ねえ、サスキンス課長」

「アウン城周辺はナントラボ社の私有地だ。立ち入り許可はどうする？」

「でも、ヒルダ嬢のような学生が忍び込んで肝試しをするぐらいですよ。僕達だって、どうにか忍び込めるんじゃないでしょうか」

「いや、学生なら見つかっても注意で済むが、我々はそうはいかんだろう」

　ミシェルとビルが言い合いをしている。

　平賀はいつの間にかノートパソコンに向かって作業を行っていたが、不意に顔を上げて言った。

「今日、現場を実際に確認して、分かったことがいくつかあります」

　平賀はパソコンの画面に事件現場の一枚の写真を示し、皆に見せた。

鮮明化処理を施された画像は、ミシェルが撮ったものの数倍の迫力がある。

「メイドのハンネさんが部屋に入った八時十分頃には二十四度の室温だった部屋が、九時過ぎには凍りついていました。部屋が凍り始めたのが停電前後の八時四十分頃と仮定すれば所要時間わずか二十分弱。それだけの時間で一体、何が起こったのか……」

平賀は画面に線や数式を表示させ、そこに何かを打ち込むと、また続けた。

「この一枚の写真の中に占める氷と氷ではない部分の比率、それと先程計測したケヴィン氏の部屋の広さの対比から単純計算しますと、部屋を覆った氷の質量は三・二トンです」

「三・二トンですって⁉」

ビルは大きく目を見開いた。

「はい。そして氷は、外で作ってから運ばれたのではなく、この部屋で氷柱になったと考えるのが妥当です。大きな氷柱は部屋の窓を通りませんし、エヴァンス邸の構造から考えて、人目に付かずに扉から氷柱を搬入することは不可能ですから」

「じゃあ、三・二トンの水を外から運び込み、あの部屋で氷柱を作ったってことかい？　それだけの水を運ぶとしたら、トラックか給水車、消防車辺りを使ったのかな。そいつがエヴァンス邸の塀に体当たりして塀を壊した、という可能性は？」

ロベルトが言った。

「いいえ。私はあの夜、塀の前を通りましたが、トラックの破片やはがれた塗装、タイヤの跡はなく、爆弾の痕跡《こんせき》もありませんでした」

ビルが答える。

「あっ、ちなみに私が塀を修理した業者から聞いたところ、あの塀はセラミックと金属を混合した合成コンクリートのリサイクル資材で作られていて、大変に丈夫なのだそうです」

平賀はポケットから、瓦礫《がれき》の欠片《かけら》が入ったビニール袋を取り出しながら言った。なかなか部屋に来ないと思ったら、いつの間にかそんな調査をしていたらしい。

「そうしますと、犯人はトラックすら使わず頑丈な塀をぶち抜き、窓も開けず、密室状態のケヴィン氏の部屋に大量の水を運び込み、凍らせた……ということになりますかね」

ミシェルが呟《つぶや》く。

「確かにそれはミステリーだ。色々と厄介な謎が多いな」

ロベルトは深い溜息《ためいき》を吐いた。

「ええ。人々が魔物の仕業だと言っているのも頷《うなず》けます」

平賀が頷いた。

「しかも、空の月まで消した」

「はい」

「神父様がたでも見当がつきませんか？」

焦ってそう言ったビルを、平賀は振り返って微笑んだ。

「一歩ずつ進んでいますよ。状況は明らかになってきています。分からない部分が分かる

という だけでも物事は先に進んでいます」
平賀の異常なまでの根気強さを知っているロベルトは、「確かにそうだね」と頷くと、大きな欠伸《あくび》をしたのだった。

5

ビルとミシェルが自室へ帰った後、ロベルトがシャワーから出ると、平賀はパソコンの前で困った顔をしていた。

「何をしてるんだい？」

「ケヴィン氏の書斎で起こったことを正確に知る為に、どうすればいいか考えていました。ミシェル捜査官の写真は、人物や家具、ドアなどの局部をアップで撮ったものが多く、全体像が分かりづらいのです」

平賀が示した画面には、平賀が今日撮影した書斎の写真の上に、ミシェルが撮影した事件直後の写真が数枚、重ねて表示されていた。

平賀の写真をジグソーパズルの土台とすると、ミシェルの写真はまばらなピースといった印象だ。

「チャンドラ・シン博士に協力してもらえないでしょうか」

平賀は真剣な顔で言った。

「シン博士に？　奇跡調査でもないのにかい？」

「ええ。私より上手に画像を扱える人が欲しいのです。以前の事件で、博士は３Ｄ画像を上手に扱っておられました。今回もご協力頂ければと……」

ロベルトは少し躊躇《ちゅうちょ》した。

もし、この事件にローレンが関与しているようなことがあれば、シン博士を巻き込むことは危険かも知れない。だが、平賀も一度言い出したら引かない男だ。いずれシン博士に連絡を取ることになるなら、自分がやった方がいいとロベルトは思った。

「分かった。僕からシン博士に頼んでみよう」

「お願いします。私だと、また怒らせてしまうかも知れませんから……」

平賀が入れ替わりにシャワー室へ立つ。

ロベルトはベランダに出て携帯電話を取り出すと、シン博士を呼び出した。

『そろそろ貴方《あなた》から連絡が来ると思っていました』

シン博士は冷たい声で言った。

「何故そう思ったのです？　僕達が何の事件を調査しているかご存じなのですか？」

ロベルトは少し驚いて訊《たず》ねた。

『いいえ。私は事件などに興味はありません。貴方からあの男についての情報を得たいだけです』

やはりシン博士を動かすには、ローレンの名を使うしかなさそうだ。シン博士にローレンを売るような真似はしたくなかったが……。

ロベルトは短い溜息を吐くと、徐《おもむろ》に切り出した。

「確信はないのですが、ローレン・ディルーカが事件に関係しているかも知れません」

『どういう事ですか？　説明して下さい』

シン博士の声色が変わった。

「正確に言うと、関係しているか、していないか、どちらかは分からないのですが」

『いいから早く仰《おつしや》って下さい』

「『街の灯』です。ローレン・ディルーカが見た最後の映画ですよ」

『それが何か？』

「今回の事件は『街の灯』に関係しているんです。連続変死事件の際、その一帯の『街の灯』が全て消えているんです。大停電が起こっているということです」

シン博士の応答は暫《しばら》くなかった。何かを考え始めたようだ。

『つまり、あの男が残したメッセージは、連続殺人の予告だったという事ですね』

「それは何とも言えません。博士はどうお考えですか？」

『あの男ならやりそうな事です』

「とにかく犯行手口が全く解明できない謎の事件なのですよ。警察がこぞって頭を抱えています。ある筈《はず》の書類が無かったり……」

ロベルトが思わせぶりに言った時、シン博士が息を呑《の》む音が聞こえた。

『私が協力します。事件の内容をまとめて送って下さい』

「ただの偶然の一致かも知れませんが、宜《よろ》しいですか？」

『それは私が確認します。早く資料を送って下さい』

「では、博士にお願いしたい事を添えて、データをお送りします」

『お待ちしています』

電話はプツリと切れた。

実に分かりやすい反応だ。これで平賀の望みは叶《かな》った。

問題は、本当にローレンがこの事件に関与しているかどうかだ。

その点はロベルトには判断がつかなかったが、そうでないことを祈るばかりだ。

とにかくシン博士を巻き込んだからには、彼が余計な動きをする前に、事件を早期に解決しなければならない。

シャワーから出てきた平賀に気づき、ロベルトは部屋に戻った。

「シン博士が手伝ってくれるようだ。資料を送ってくれと言われたよ」

ロベルトが言うと、平賀の顔が、ぱっと明るくなった。

「本当ですか？　良かった……。ロベルト、貴方今度はどんな魔法の言葉を使ったのですか？」

平賀が無邪気に喜ぶ様子に、ロベルトの胸は痛んだ。

＊　＊　＊

平賀はシン博士宛《あて》に、今まで知り得た調査レポートと、デジタル画像の資料を送った後、ベッドに入って眠ろうとしたが、それは困難を極めた。

今日得た情報が頭の中を渦巻き、それをどうしても処理しろと前頭葉が命じてくる。

三十分ほど寝る努力をしてみたが、無駄であった。

平賀はベッドから跳ね起きると、頭が「休め」と命じるまで、一人で検証を続けることにした。

まず彼が考えたのは、昼間に見たエヴァンス邸の庭の概略図を描くことである。

それにはかなり大きな紙が必要だ。

平賀は部屋を見回し、予備の白いシーツに目をつけた。

ロベルトを起こすのは悪いと考えた平賀は、ノートパソコンとエヴァンス邸から持ち帰った数十枚の葉っぱを手に持ち、シーツを脇に抱え、そっと廊下へ出た。

シーツを床に広げ、平賀が至る所の寸法を測ったメモを元にしながら、エヴァンス邸の庭の様子をボールペンで書き込んでいく。

そして葉っぱ数十枚を、採取した場所に相当するポイントに置いた。

平賀が拾い集めた葉には、僅《わず》かな焦げ痕《あと》がついている。

それは停電の時、人々が空に舞い散る火花を見たという証言を裏付けるものだ。

その焦げ痕を虫眼鏡でよく見ると、炎がどちらの方向になびいていたかを知ることができる。

当然、風が吹いていった方に向かって、焦げ痕は僅かに細くなるのだ。

それを手がかりに、平賀は、おそらく風が吹いていた、あるいは炎が移動していたと思われる方向のベクトルを細かく図面に書き入れてみた。

その時、無風ではなかったであろうし、ベクトルには風による影響が複雑に絡んでくるはずだ。

そこから、何かの動きが見えてこないかと考えたのだ。

ベクトルを書き入れた図面を見て、平賀はあることに気づいた。

破壊された塀に近い箇所にあった葉っぱは、当然、破壊された塀が吹き飛んだ際の風に影響される。それであるから、塀とは正反対の方向にベクトルが並んでいる。

ところが、その少し外部になると、少しぶれはあるものの、扇状に回転するようにベクトルが並んでいるのだ。

それは右周りのベクトルだった。そして、ミシェルが目撃した、点々と地面に残された黒い煤《すす》とも同じ向きであった。

エヴァンス邸の前の広場にいた人々も火花を見たというのだから、火花はかなり広い円を描きながら回転し、移動していったと考えられる。

その円の中心となるであろう点を算出し、平賀は図面に書き入れた。

恐らくこの一点を中心に、炎の火花が、半径百八十メートルの円周を回転したということだ。

それから平賀は、ケヴィン氏の部屋の様子を思い返した。

雪の嵐が吹き荒れた後のような、あの事件現場。所々に見られる、奇妙に曲がった氷柱《つらら》の形。

それらから推測して、事件当時、あの部屋には吹雪の竜巻が起こっていたのではないかと、平賀は考えていた。

あの祭の夜、ケヴィン氏の邸《やしき》の外では炎の竜巻があり、一方、密室のケヴィン氏の書斎の中では、おそろしいほどの水と冷気の竜巻が起こっていたということだ。

とてつもなく奇怪なことに違いないが、事実である。

次に平賀はノートパソコンを立ち上げ、数本の映像をチェックし始めた。

月が消えていく様子を撮影した者が、参考として警察に提出した映像だ。既にビル達と一緒に見てはいたが、もう少し見たくなったのだ。

見始めると間もなく電源が欲しくなり、平賀はパソコンを抱えて一階ロビーへ下りた。

電源の側にソファがあったので、そこに陣取り、続きを見る。

映像は三本あった。

日付によって月の形は違うが、月の中央付近から空が真っ赤に染まり始め、やがてそれが広がっていき、月が忽然《こつぜん》と消滅するという現象は同じである。

そして赤く染まっていた空が再び元の状態へと戻っていくと、月が上空に現れる。

こんな現象は、月蝕《げっしょく》でもなければ、他の惑星による蝕でもない。ましてや雲間に消えたわけでもない。

そしてその間は、およそ八秒という短い時間だ。

平賀は繰り返し、繰り返し、それらを見続けた。

実に不可解としかいいようがない。

犯人は、天地を動かす力を持っているということなのだろうか？

じっくりそれらを見ていた平賀はあることに気がつき、自分が確認しなければいけない事項をメモした。

すぐに行動できないことは、必ずメモに残すのが平賀の癖である。

パソコンの画面が見づらいことに気付き、平賀が顔を上げると、そこに眩《まぶ》しい朝日があった。

時計を見ると、七時を過ぎている。

平賀はホテルを出、二ブロック先の広場へ向かった。

そして、彼がシーツの上に描いた「炎の円の中心点」に該当する付近を、血眼になって調べ始めた。

その周囲にある物。

すっかり清掃された地面。

何でもいい。何か見つけることはできないだろうか。

地面に顔がつきそうな姿勢で這《は》い回っていた平賀は、街路樹の植え込みになっている土の部分に、奇妙な物を発見した。

融けて変形した金属片だ。

植え込みの草や小枝に隠れ、煤の中にあったので、誰もが気付かなかったのだろう。

プレスして引き延ばされたような円形の金属が、半ば地面にめり込むようにして埋まっている。その表面には、獣が引っ搔《か》いたような深い傷がくっきり四本ついていた。

爪痕《つめあと》の横幅は十三センチ。大型犬の足幅は約六センチだから、その倍以上だ。

しかも金属が変形しているということは、この場所に非常な高温を放つ何者かがいたことを示唆している。

平賀は対象に顔を近づけた。

熱せられて変形した金属には、赤と黄色の塗料、黒い絵柄のようなものが見える。

そして異様な匂いがする。

ふらり、と平賀が眩暈《めまい》を覚えた時、ポケットで携帯電話が鳴った。

平賀はもぞもぞとそれを取り出し、通話ボタンを押した。

「はい、平賀です」

『ロベルトだ。君、何処にいるんだい？　フロントに聞いたら、パソコンを預けて出て行ったそうだけど。サスキンス捜査官達が心配してるよ』

「それより聞いて下さい、ロベルト。あの祭の夜、ケヴィン氏の部屋では吹雪の竜巻が、邸の外では炎の竜巻が発生していたんです。

その炎の中心で、融けた金属片を発見しました。その表面には、巨大な獣の足跡がついているんです」

『ふむ。その足跡とやらは何処にあるんだい？』

「祭のあった広場です。北西の角から二十五メートルほど南です」

『今、君もそこにいるんだね？』

「はい」

『すぐにそっちへ向かう』

「そうして下さい」

電話を切った平賀は、やっと思考の呪縛《じゅばく》から解き放たれた。

眠気に襲われた平賀は近くのベンチに腰をかけ、ロベルトが来るのを待った。

＊　＊　＊

「臭いな……」

と、ビルの声がした。

「これってシュールストレミングの缶詰ですよ。赤と黄色の横線に、赤い狼の絵がついているやつです。僕も同じのを買いましたから」

ミシェルの声が聞こえ、平賀は目を開いた。

平賀は、少しぼんやりとした顔で、「それはアルミ缶でしょうか？」と訊《たず》ねた。

「えっ、はい、多分そうだと思います」

「アルミニウムの融点は六百六十度ほどです……」

平賀は、ぽつりと呟《つぶや》くように言った。

「なっ、何ですか？」

「この場所に、六百六十度以上の高熱を発する何者かがいた、という意味だろうね。

平賀によると事件当時、ケヴィン氏を凍らせた吹雪の竜巻と、邸の外では炎の竜巻が、同時に発生していたらしい。つまりはこの場所に、炎を纏《まと》い、狼の足を持った、大型犬の二倍の大きさの何者かがいた事になる」

ロベルトが言った。

「氷狼と炎狼ですか……。ハティとスコルですかね？」

ミシェルが呟いた。

「とにかく早く警察にこのことを知らせなければ。重要な証拠品です」

平賀の言葉に、残る三人は顔を見合わせた。

「平賀、警察への報告は僕達がやるから、君はホテルに帰って眠った方がいい。どうせ夕べは一睡もしていないんだろう？」

ロベルトが言うと、平賀は素直に「そうします」と答えた。

少しふらつきながらホテルの方へ歩いて行く平賀の後ろ姿を三人は見送った。

ロベルトはのろのろと携帯電話を取り出し、ノルウェー語で何事かを話し始めたが、直ぐに電話を切って肩を竦《すく》めた。

「一応、警察には報告したんだけどね、いたずら電話だと怒られてしまったよ」

「……そうでしょうね」

ビルが溜息《ためいき》を吐く。

「ですがこれは重要な証拠品だそうですから、僕が取り出して、平賀神父に届けておきますよ」

ミシェルは手袋をはめ、地面を掘り始めた。

第四章　死の呪い（巫女と研究所）

1

ロベルトとビルは夫人の委任状を手に、アルマウェル・ハンセン・メディカルセンターへ向かった。

モノレールを降りるとすぐにある、光沢を放つらせん状の建物がアルマウェル・ハンセン・メディカルセンターであった。

ロベルトは一旦《いったん》、患者として受付を済ませると、神経科部長と肩書きの付いたエリック・マッケンジー医師の診察室の前で順番を待った。

名前を呼ばれ、ロベルトとビルが診察室に入ると、眼鏡をかけた痩《や》せぎすの医師が座っていた。禿《は》げた頭と薄い唇、細い鉤鼻《かぎばな》が印象的な五十代半ばの男だ。

マッケンジー医師は、神父服を着たロベルトと、軍隊あがりのような精悍《せいかん》なビルを見るなり意外そうな顔をしたが、すぐに冷静な顔に戻って問診票に目を落とした。

「ロベルト・ニコラスさん。記憶力の低下と、人の名前を間違えて発語してしまうという症状に悩んでいると書かれていますが、確かですか？」

マッケンジー医師の言葉に、ロベルトは微《かす》かに頷《うなず》いた。そして、ケヴィン氏の頭蓋骨《ずがいこつ》の穿孔《せんこう》部と全く同じ場所を指さして言った。

「丁度この部分に障害がありまして……。先生の手術を受けたいかと」

その瞬間、マッケンジー医師の表情が強《こわ》ばったのを彼は見逃さなかった。

ロベルトはメリッサ夫人の委任状をそっと机の上に置いた。

「もっとも、悩んでいるのは僕ではないのです」

するとマッケンジー医師は部屋にいた看護師に向かって、大声で退出を命じた。

そして鋭い目でロベルトとビルを睨《にら》み付けた。

「何の御用ですかな」

「どうかそんなに怖い顔をなさらないで下さい。僕はただ、夫を亡くしたばかりのご夫人の代理人として、少しばかり先生とお話ししたいだけなんです。

それに、誤解なさっては困るのですが、夫人も初めから事を荒立てるおつもりはないのです。彼女は夫の死に色々と思うところがあって、大変心労が重なっておられる。それにその……今後の生活が立ちゆかない事に、少し困っておられるだけなのです」

ロベルトが「こちらは金で解決する気がある」と匂わせて言うと、マッケンジー医師の表情が緩んだ。

「おっと……いけない、大切な書類が傷んでしまう」

ロベルトは、マッケンジー医師が無意識に握り潰《つぶ》していた委任状を、そっと彼の手の下から抜き取ると、素早く鞄《かばん》に収めた。

「それで、君達は何を言いたいんだね」

マッケンジー医師は、今度は横柄な態度に出た。

「何も難しい事を言うつもりはありません。去年の六月、ケヴィン氏がメディカルチェックと称してこちらで受けた手術について教えて頂きたいのです」

「いいだろう。あれは脳血腫《けっしゅ》の吸引……」

「脳血腫の吸引除去を目的とした、定位的脳内血腫除去術だなんて、そんな嘘は仰《おっしゃ》らないで下さいね」

マッケンジー医師の言葉を遮ってロベルトが言うと、マッケンジーはふっと溜息を吐いた。

「そこまで知っているなら仕方が無い。全てを話すとしよう。私にも守秘義務はあるが、告訴は困る。君が夫人の代理人という事も分かった。だが、彼は？」

マッケンジー医師はビルを目で示して訊ねた。

「彼はメリッサ夫人が信頼しているボディガードです。メリッサ夫人の許可を得て同行してもらっています。夫人に確認して下さっても結構です」

「もういい、分かった。時間の無駄だ」

マッケンジーは面倒げに手を振ると、話を始めた。

「私はこの病院で神経科全般の治療を行っている。特に脳腫瘍《しゅよう》、脳梗塞《こうそく》、脳血腫、さらには脊髄《せきずい》損傷などによって、身体に様々な障害を抱えた患者を救うため、新たな治療に取り組んでいるのだ。

君らも知っての通り、オーモットは研究都市だ。再生医療を研究するサンティ・ナントラボと当病院が協力し、神経細胞の再生を行ったり、ITと工学を研究するラールダール・テクノロジーと当病院が協力して最新式の義手、義足などを開発している。

ケヴィン・エヴァンスの場合もそれと同じだ。彼は長年鬱病《うつびょう》に苦しんでおり、最近は物忘れが激しくなったと悩んでいた。その原因は、脳神経機能の一部が低下した為だと私達は考えた。そこで私は、彼に最新のマイクロチップ移植手術を施したのだ」

「マイクロチップを脳に？」

「そうだ。シリコン製チップを脳に埋め込み、記憶を補強するというテクノロジーだ」

「それはかなり実験的な手術ですね」

「無論そうだ。だが、どうしても手術を受けたいと主張したのはケヴィン氏本人だ。当然、同意書も得ている」

「ケヴィン氏の死亡時、彼の脳に異物は入っていませんでしたが？」

「なにしろ実験的な手術なので、チップは調整の為に取り出したのだ。調整し直した物を再び埋め込む予定もあったが、残念ながらケヴィン氏は亡くなってしまった」

マッケンジー医師は本当に残念そうに言った。

「では、あの『レイズ』という薬は？」

「君らが知っているかどうか知らんが、あれはこの森で発見された新種の昆虫が繁殖期に出すホルモンを原料に作られている。中枢神経の活性化と、神経細胞の再生を促進する働きがあるのだ。新薬の認可が下りれば、神経を損傷した患者や術後の患者を救うことになるだろう」

マッケンジー医師は自信たっぷりに答えた。

「……成る程」

ロベルトは少し含みを持たせた態度で頷いた。

「お話は分かりました。ただ、その手術や服薬がケヴィン氏本人のご意志であったとはいえ、やはり先生の素晴らしく画期的な実験に協力したという事実はあるわけです。医療の発展へ協力した功労者に対して、先生に感謝のお気持ちがもしあれば……」

するとマッケンジー医師は嫌そうに顔を顰《しか》めた。

「何とも神父らしい、卑屈なお強請《ねだ》りだな。まあ、考えておこう。私を告訴などしないという示談書と引き替えにな」

「お心遣いを有り難うございます。では、私は一度戻って、ご遺族とよく相談して参りましょう」

ロベルトはにこやかに席を立ち、診察室を出た。

続いて部屋を出てきたビルは怒っていた。

「神父様に対して無礼な男だ」

ロベルトは苦笑すると、ビルを振り返った。

「それよりサスキンス捜査官、写真は撮れましたか？」

「ええ、バッチリです」

ビルは胸ポケットの隠しカメラを確認して答えた。

「エリック・マッケンジーは十年前に国際医療免許を取得したこと以外、経歴を公表していません。免許を取るなり大病院の部長になって、今まで一本の論文さえ発表していない。匂いますよ」

「ええ。ノルウェーに来る以前の経歴を調べる必要がありますね。テロの容疑者ということにして、ＦＢＩで前科を洗ってみます」

「お願いします。僕は委任状から指紋が取れるか、平賀に調べてもらいます」

二人は一旦、ホテルに戻ることにした。

2

ホテルの部屋に戻ると、平賀は顕微鏡を覗《のぞ》き込んでいた。

「やあ、起きてたのかい」

「お帰りなさい。ミシェル捜査官が金属片を持ってきて下さったので、調べ始めた所です」

「そうか。こっちはエリック・マッケンジー医師の所へ行ってきた。奴は怪しいね。彼が言うには、ケヴィン氏の脳にマイクロチップを埋め込み、記憶を補強する手術をしたんだそうだ。そんなSFみたいなこと、本当にできるのかい？」

「可能かも知れませんよ。USCやケンタッキー大学ではそうした研究が進んでいると聞いています。ラットの脳のスライスを使った実験では、チップは九十五％の精度で機能したと発表されていますから」

平賀は淡々と答えた。

「本当かい？　それは驚きだな……。

ところで君に頼みたいことがあるんだ。マッケンジー医師の身元を調べる為に、ここから指紋が採取できるか試してくれないか」

「ええ、分かりました」

ロベルトは鞄から委任状を取り出し、平賀に渡した。その時、彼は携帯電話に着信があるのに気がついた。シン博士からだ。

「じゃあ、後は頼んだよ。僕は少し出かけて来る」

ロベルトは足早に部屋を出ると、ひと気のない場所を探してシン博士に電話をかけた。

「シン博士、平賀ではなく僕に何か御用ですか？」

ロベルトが訊《たず》ねると、シン博士はふっと笑ったようだった。

『お送り頂いた資料に目を通しましたが、これらの事件は五件のみではありませんね？』

シン博士が確信的に言ったので、ロベルトは驚いた。

「博士は何故、そう思ったのです？」

『そうでなくてはならないからです。第二と第三の事件の間には数人の被害者がいる筈《はず》です。

ロベルト神父、私には既に事件の真相について確信していることがあります』

「確信といいますと？」

『事件の犯人です。犯人はローレン・ディルーカに間違いありません』

シン博士は断言した。

「博士、犯人がローレンだと、確かに言い切れるのですか？」

ロベルトは固唾《かたず》を呑《の》んで訊ねた。

『ええ、言い切れます。この事件は、ある特殊な法則に関係づけられています。そして、その法則を知る人間は、この世に私とあの男しか居ません』

「法則とは……？」

『ロベルト神父、貴方《あなた》にそれを説明してもご理解頂けないでしょう。また私には説明する義務もありません。しかし、貴方が私に声をかけて下さったことには感謝しています。ですから、少しばかりお話しして差し上げることにしましょう。

今から何年も前のことです。インド政府からの信頼を得た私は、国防に関する情報システムを設計していました。それは独創的で完璧《かんぺき》で破られる筈のない、特殊なアルゴリズムに基づくものでした。

ところが、そのファイヤーウォールを僅《わず》か一ヵ月で突破し、あの男は悪質なウイルスをばらまいたのです。その結果、我が国は多大な被害を受けました。当然、私は直ちにシステムを再設計し直しました。そして、国防システムの管理の職を人に譲り、一人で祖国を出たのです。

いいですか、ロベルト神父。私のシステムが世界に公開されたのは僅かな期間でした。それを破ったハッカーは、世界広しといえどローレン・ディルーカただ一人です。

そして、この世で私以外、あの男しか知る筈のない方程式が、この一連の事件には使われているのです。事件の鍵《かぎ》は、ノルウェーの国民番号制にあります。被害者の国民番号を特殊な公式に当てはめれば、それが連続したものだと私には分かります。

もう一つの私の確信は、あの男がまだまだ事件を起こし続けるということです』

「博士、事件は起こり続けると言うのですね？」

『勿論《もちろん》、私達が止めない限り事件は続くでしょう。それがあの男のゲームですから。私は次の事件を予測するよう努めますが、計算にはかなりの時間がかかるでしょう。その前に新たな事件が起こらなければ良いのですが』

シン博士は悔しげに言った。

ロベルトはビルとミシェルに声をかけ、皆が平賀の部屋に集まった。

シン博士の発見を皆に伝えると、平賀は大層驚いた。

「博士は素晴らしく頼もしい方ですね。これらの国民番号が数列になっているなんて、私は全く気付きませんでした」

「君でも思いつかないものなのか……」

ロベルトは複雑な思いで呟いた。

「ええ。特殊な法則性に気付き、見出すプロセスには、膨大な知識は勿論のこと、右脳的直感力といいますか、霊感といいますか、とにかく恵まれた数学的センスがものを言う部分があるのです。単純な例でいえば、誰もが知っているアルキメデスの定理やケプラーの法則などは、知ってしまえば成る程と思う事ですが、それを発想する能力は誰にでも備わっているわけではありませんよね。

 まさにシン博士は天才的なインスピレーションの持ち主だと思います。私の知る限り、ローレンもこの種の天才でした」

 平賀の嬉しげな顔に、ロベルトはドキリとした。

「平賀神父、それってつまり、事件の犯人も数学の天才だという事ですよね？ そのローレンとかいう人みたいな」

「ミシェル、平賀神父のご友人を犯人扱いするなんて失礼だぞ」

 ミシェルが悪気無く言った言葉を、ビルが窘めた。

「いえ、ミシェルさんの言う通りです。事件の犯人はローレンと同等の天才かも知れません。犯人がローレンでは無い事は私が一番よく分かっていますから、気にしません」

平賀は淡々と言った。

「そういえば、事件の犯人は恐らくオーモットに関係した人物の筈なんですよね。その時点で、ローレンという人とは違いますよね……。

じゃあ、オーモットの出身者か、オーモットの研究所に関係のある数学者を探してみるのはどうでしょうか？」

ミシェルが言うと、ビルと平賀は各々《おのおの》頷《うなず》いた。

「そうですね。それなら数は極端に限られますし」

「そうだ。以前の事件でも、ハリソン・オンサーガという数学の天才がいました。彼がこの辺りの研究所に潜んでいる可能性があるかも知れません」

ビルは天啓を閃《ひらめ》いたように言った。

「確かに、それは調べる価値があります」

平賀は頷き、同意を求めようとロベルトを見た。

だが、ロベルトはどこか上の空の様子で黙り込んでいる。

「どうかしましたか、ロベルト？」

平賀は心配げに訊ねた。

「いや……すまない。何でもないんだ」

ロベルトは言葉を濁した。

犯人はオーモットの関係者……
殺害方法として、吹雪の竜巻と炎の竜巻を同時に起こしている
つまり、ハティとスコルに関係する人物ではないのだろうか？
それはどんな人物だろう？
それでいて、ローレンやシン博士やハリソン・オンサーガと同等の数学的天才……
しかも、シン博士がインドで構築したシステムのことを知っている
果たしてそんな人物が本当に存在するのか？
常識で考えれば、可能性は限りなくゼロだ
だが、彼は存在しなければならないし、彼を探さなければならない
この事件が、ただのローレンのゲームでないことを証明するには……

3

ロベルトはもう一度、ハティとスコルについて調べ直そうと考えた。
この事件に動機があるとすれば、ハティとスコルに関係している筈だ。
その為に、己が行くべき場所は決まっていた。
ユリエ・ベルグの許《もと》である。

あんたがもっと続きを知りたいというのなら、覚悟をしなくちゃいけない
その時は歌を聴くあんた自身も、人間であってはならないんだ
不気味な事を言われ、つい足が遠くなっていたが、最早《もはや》そうも言ってはいられない。

ロベルトは足早にユリエの許へ向かった。

アウン城を見上げながら、深い森の奥へと進んでいく。

ユリエ・ベルグは先日と同じく中庭に座り、林檎《りんご》の皮をむいていた。

皮をむき終わると、それを六つに切り分け、ざるの中に入れていく。

その側には、よく日の当たる場所に水切り籠《かご》が置かれていて、切り分けられた林檎が整然と並べられていた。

どうやら林檎を天日干ししているようだ。

「ベルグさん、ロベルト・ニコラスです」

ロベルトが老女に向けて声をかけると、ユリエは顔を上げ、入ってこいという仕草をした。

「その顔つきから察するに、ようやく覚悟ができたようだね」

「はい。僕はハティとスコルについて教えて頂きたいのです」

頷いたロベルトの複雑な顔を、ユリエはじっと見ていた。

「お前さんは、私に秘密を教えろと言っている。そう言うのなら、お前さんがまず、自分の秘密を打ち明けるのが礼儀というものだろう。知恵には知恵をもって、秘密には秘密をもって返す。それが仕来りだ。

私が抱えているものは大いなる秘密。それに比べ、お前さんの秘密などせいぜい生まれてこれまでのことだろうよ。それを語れないというのなら、まず歌の聴き手としては失格じゃ」

「僕の秘密ですか……」

ロベルトの頭の中に様々なことが渦巻いた。

口にするのも厭《いや》な過去のこと、自分が徹底して神を信じているわけではないこと。

わだかまる様々な思い。バチカンの不正のいくつかに気付いていること。

勿論、それだけではない。

幸福や愛が、自分をなんとか信仰につなぎ止めていること。

どれも決して口にするつもりはなかった事柄だ。

この老女に対して誠意を見せるとしたら、そうするしか方法はないに違いない。

だが、そうやってさらけ出した自分が、ユリエに認められるような人間と判断されるかは分からない。不安を感じながら、ロベルトは大きく深呼吸した。

「僕の全てをお話しします。僕は貴方《あなた》の歌の聴き手に相応《ふさわ》しい人間ではないかも知れませんが……」

そう前置きして、ロベルトは話を始めた。

それは長時間に及び、ロベルトは一人語りをしているような状態であった。

ユリエは何も言わず聞いていた。

頷くこともすらしなかった。

最早話すことがなくなった時、ユリエは何一つ感想を言わずに、袋の中からルーン文字の刻まれた木片を取りだし、それらを幾何学的に並べていった。

パズルのように、木片を何度も動かし、同じパターンを描いていく。

「お前さんに、『死の呪い』をかけるよ。もしお前さんが、歌を聴くに値しない人間なら、その身に死神が手をかけるだろう。受ける覚悟はあるかね？」

ユリエがそう言った時、ロベルトは自分の背後に、どす黒い気配が昇り立ち、ひんやりとした鋭利な刃物が首筋にあたったのを感じた。

「受けないと言うならそれでいい。受けなければ歌は聴かせられないが、ただそれだけのことだ。お前さんが損をするわけではない」

ユリエは淡々とした口調で告げた。

本当に、人ではない何者かと話をしているような気がした。

「『死の呪い』を受けます……」

ロベルトは即答した。なぜ、即答したのか自分でも上手《うま》く説明はできない。ただ、こういう運命がどこかで自分を待ち構えているのを知っていたような気がしたのだ。

ユリエは頷き、再び駒を動かした。

木片で呪文《じゅもん》を編んでいるのだろう。

ロベルトは、じっとその手先を観察した。

それが終わると、ユリエは家の中からランゲレイクを取り出してきた。

よく見ると、それに施されている金銀の装飾は、ルーンの飾り文字と、どこかで見たような形と模様。ユリエの足下にいた昆虫、マドラサに違いなかった。

ユリエはランゲレイクを両足に挟むと、弦を弾《はじ》いた。

「お前さんは私の要求に一つ応《こた》えた。ならば私もお前さんの要求に一つ応えよう。お前さんは知りたいか？」

ユリエの目が、かっと大きく見開かれた。

その目は、神を前に、未来を告げたという伝説の巫女《みこ》の目そのものだった。

「知りたいです」

するとユリエはテーブルの上にあったワインらしきものを、儀式的な動作で持ち上げて降ろし、手をかざすと、一気に飲み干した。

やがて異世界から流れてくるような優美で悲しいメロディが奏でられた。

誰も知らないが私は知っている
氷狼《ひょうろう》ハティが、月を凍らせた日のことを

まだ霜の残る寒い春
四人の少年がアウンの首吊《くびつ》りの森へと入った
フィアラールがいた
ハールがいた
ギンナールがいた
四人目はドヴァーリンだった

恐ろしいものが来た
スコルがいた
そして霜を吐くもの
仇《あだ》なす狼が
少年達は怯《おび》え、逃げ出した
月は逃げ出したドヴァーリンを追いかけた
ドヴァーリンは隠れたが、霜は月を凍らせた
汝《なんじ》はなおも知りたいか？
ならば語って聞かせよう
月は沈んだ

東から一筋流れる川の畔《ほとり》に
その川は毒気のある谷に落ちてくる
短剣と長剣とを持っている
スリーズ（悪意ある）と呼ばれている
細い小川の畔で

誰も知らないが、私は知っている
あれから十七回の春が巡った
ドヴァーリンは手も洗わず
髪にくしもあてなかった
薪《まき》の上へと運ぶ前には

そこでユリエの歌は止まった。

ロベルトは、歌の意味を理解しようと努めたが判然としなかった。

「それはどういう意味なんです？　十七年前、首吊りの森で何があったんですか？」

だが、ユリエはそれ以上の言葉を発しなかった。

4

この数日、ロベルトの様子がおかしい。

平賀はそれに気付いていたが、余計な口出しはしないと決めていた。

話す必要があると思えば彼が話すだろうし、聞き出そうとしても決して喋《しゃべ》らないだろう。

事件を早期に解決すれば、ロベルトが背負っているだろう重荷が軽減されるだろうか。

分からないが、自分に出来るのはそれしかない。

それしか出来ないのは少し寂しくもある。だが、自分が人に頼られるような器でないことも承知していた。

(私も精一杯、真相を追究すべく動きますから、ロベルト、無茶はしないで下さいね)

平賀は心の中で祈った。

広場で見つけた金属片と、エヴァンス邸の塀の欠片《かけら》の自力調査は済み、さらに詳しい分析の為にバチカン科学部へ送った。あとは分析を待つだけだ。委任状の指紋も採取し、サスキンス捜査官へ渡した。

他に今、すべきことといえば……。

事件に関する膨大なデータが頭の中を駆け巡るままに任せ、平賀はぶらりと外出した。

真昼の空を見上げ、平賀は考えた。

事件の時、月が上空から姿を消す。確かにそれは異常な現象である。

映像で見たその現象は、雲間に月が隠れたようなものではないことは確かだ。

しかし、月は本当に無くなったのだろうか？

そんなことはない筈《はず》だ。

月が消えるのを見たことは確かに異常なことだから、すぐに取り沙汰《ざた》されるし、その話ばかりが集められている。

だが、月が消えなかったという話がない。

勿論《もちろん》、月が見えていたとしたら、普通のことだし、誰も口にしないに違いない。

だからもし、月が消えなかったという話が聞けた場合、見えていた人と見えなくなったという人の間にある条件の違いを考えれば、事件解決の突破口になるかもしれない。

平賀は道行く人にインタビューを試みることにした。

自分にノルウェー語ができれば良いのにと思うが、仕方が無い。

だからせめて英語が通じる人だけと話をしてみよう、と平賀は思った。

平賀はオーモットの地図を買い求めた。

教会、交番、放送局……。

とにかく近い場所から始めてみるのだ。

いくつものポイントを歩き、月が消えて無くなったのを見たのかという質問を人々に繰り返すうち、平賀は山に迷い込んでいた。

そこで一人の男から、月が消えたという以外の話を聞いた。

「月が消えたって？　あんた妙なことを聞くね。ああ、なんだか新聞やらで少し読んだが、俺には分からないね。なにしろ寝ていたんだ」

寝ていたので分からない。

平賀はメモを取った。

月が見えていたという証言ではないが、月が消えなかったという証言ではある。

平賀は次に逆方向に移動してみることにした。

曇っていた。

曇っていた。

特に気にして見ていなかった。

消えた。

消えた。

記憶にない。

曇っていた。

月は消えたのを見ていない。

消えた。

曇っていた。

薄曇りの中、月は見えていた。

月は消えなかった。


バス停の近くの売店の店主は、初めて月が消えなかったと証言した。

渋々、無愛想に答える大勢の証言を、相手の顔色などものともせずメモしていった平賀である。

気がつけば、よく名前も分からない場所にいた。

広い牧草地を貫く一本道だ。

羊の群れがゆっくりと歩いて行く。

月は東の空から昇ってきているところで、太陽はまだ西の地平に沈んでいなかった。

明るくもないが、暗闇でもない。

不思議なほどに透明な群青の光を湛《たた》えた空を、平賀はじっと見つめた。

「光は常にある……」

平賀は独り言を呟《つぶや》いた。

もし、自分の予想が反していなければ、月を空から消滅させるという力が、何であるのか見当がつきそうな気がした。

問題は、その方法が人為によって、日時を決めて出来るようなことではない点にある。だから、軽はずみにロベルトやビルに言うのは止めにした。いたずらに調査が混乱するだけだ。

まずはさらに調査して確信を得なければならない。

日が傾き、やがて沈んでも、彼は歩き続けた。

平賀がホテルに戻ったのは十時を回った頃だった。

「平賀神父、どうしたんですか、その格好！」

偶然、廊下で出くわしたミシェルが大声で言い、目を丸くした。それも無理はない。平賀の服は泥だらけで、至る所に藁《わら》がくっついていた。

「ああ、ええとですね。調査をしに街の外まで行ったのですが、帰りのバスがなくなってしまって、どうしようかと悩んでいると、通りかかった家畜運搬車が、オーモットまで乗せてくれたんです」

「つまり山羊《やぎ》やロバと一緒に、藁に塗《まみ》れて帰ってきたんですか？」

「はい、そうです」

平賀の体からは動物と糞尿《ふんにょう》の臭いが混ざった異臭がしている。

「早くシャワーでも浴びて、服を着替えていらしたらどうでしょう……」

ミシェルが遠慮がちに言うと、平賀は自分で自分の臭いを嗅《か》ぎながら、「確かにそうですね」と答え、部屋に入っていった。

扉を開くと室内は暗く、ロベルトはベッドで眠っていて起きる気配がなかった。

5

ロベルトは翌日もユリエの許《もと》へ向かった。

針葉樹に囲まれて建つユリエの家は、本当に魔法使いの家のようだ。

ロベルトが門の前に立つと、庭でユリエが石臼《いしうす》を碾《ひ》いている姿が見えた。

昔ながらの方法で小麦でも碾いているのかと思ったが、ユリエの碾いている石臼からは、鮮血のような赤い液体がにじみ出している。

石臼の下の部分は、受け皿のような形になっていて、液体はそこに溜《た》まる仕組みのようだ。

ロベルトがユリエに声をかけようとすると、まるでそれを見越していたかのように、ユリエは振り向くことなくロベルトに呼びかけた。

「入っておいで」

「お邪魔します……」

小さな木戸を開けて庭に足を踏み込むと、先日ユリエが天日乾ししていた林檎《りんご》に、びっしりと虫がついているのが見えた。

恐らくマドラサの群れである。

「あの……いいんですか？　虫がいっぱい干し林檎に群がっています」

ロベルトの戸惑いの声に、ユリエは薄く笑いながら答えた。

「林檎が虫に食われているのじゃないよ。わざと食べさせているんだ」

「わざとですか？」

「ああ。この虫は、私達のようなヘイズと呼ばれる魔法使いが、様々な魔法を施す時に使うんだ。使い方にはコツがあってね、一年の間、餌として食べさせる薬草の調合具合によって、その効能には違いがあるのさ。恋の媚薬《びやく》にもなれば、老いを止めることもできる。人間離れした闘争力のある狂戦士を生み出すこともできる。私達が口寄せや遠見をする時にもこれを使うんだ。こうして石臼で碾いて、ワインに混ぜるのさ」

ユリエが歌うときに飲んでいたワインはそれであったのか。

ロベルトは納得しつつ、マドラサに対する好奇心をそそられた。

太古の昔から、人間は様々な植物や昆虫、あるいは動物の体の特殊な部位などを薬として活用してきた。

中国などでは、漢方薬という形で未《いま》だにそうした知識が伝えられている。

ことに口寄せのような霊的呪術《じゅじゅつ》では、古今東西を問わずして幻覚剤となるものが用いられてきた。

大麻、毒キノコ、朝鮮朝顔、ペヨーテなどのサボテン類。ギリシャのデルフォイの神託は、硫黄《いおう》を吸い込むことによって意識朦朧《もうろう》となった巫女《みこ》が見る幻視であったともされる。

そしてカソリックは、土地土地に暮らす「魔女・魔法使い」と呼ばれる人々の知識を宗教裁判などで、拷問にかけたり、脅したりしながら陳述させ、そうした知恵を貪欲《どんよく》に吸収していった。

今でも多くの修道院がハーブの栽培を行っているのは、その名残である。

「最近、このマドラサの分泌物の効能が話題になっていることはご存じですか？」

「ああ、知っているさ。新薬の開発のために使うというのだろう？　だけど、注意して取り扱わないと厄介な代物だよ。薬は使い方を間違うと、恐ろしい毒にもなるんだ」

「マドラサには副作用もあるということですか？」

「そうだね。よそ者達の会社とやらも研究はしているのだろうけど、何千年もこれとつきあってきた私達には敵《かな》わないだろうよ。

第一、あんな無節操な採り方をしていては、すぐにこれらは絶滅してしまう。この虫は、八年間土の中で過ごし、春の僅《わず》かな時期だけ外に出て、短い生涯を過ごすんだ。雄と雌の出会う確率はとても低く、交尾も一定の条件下でしか行われない。私たちは代々、この子たちの繁殖を手伝い、用途による微妙な飼育の仕方や、効能別の調合の匙《さじ》加減を大切に守ってきたんだ。

お前さんに一つ教えてやろう。この虫はマドラサなんて名ではないよ。ギャラルさ」

「ギャラル？」

「ああ、古代ノルド語で、『歌い出す』という意味だ。名前の通り、私たち巫女に歌わせて、様々な運命を予言させるものさ」

「そういれば、ラグナロクの時に吹かれる角笛をギャラルホルンと言いますが、その角笛とも関係があるんでしょうか」

「よく知っているね。角笛は、ギャラルの蜜酒《みつ》を飲むための器だよ。昔は角笛に入れて飲むのが正式な所作だったんだ。ことに戦の時にはね。狂戦士になるために、兵士達は角笛でギャラルを飲んだんだ。そして飲み干して忘我の境地となり、体に力がみなぎるとき、角笛を吹き鳴らすんだよ。角笛の音が力強く、天高く、多く吹き鳴らされれば、それは死を恐れない無敵軍隊ができたことを知らせる合図だったんだ」

「狂戦士というのは、北欧の伝説にあるオーディンの兵士達、ベルセルクのことですね」

ベルセルクは恐ろしく強かったといわれるが、恐らく某《なにがし》かの興奮剤によって恐怖や疲れを麻痺《まひ》させていたのだろうという説がある。

「そう、ベルセルクさ。彼らは戦いの時にも鎧《よろい》を纏《まと》わず裸同然の姿で、狂った狼のように敵の盾をかみ砕いた。腕力は熊のように強く、一人で何人もの敵を叩《たた》きのめすことができた。だけどギャラルの効能が切れると一気に虚脱状態になり、動けなくなる。ギャラルの力を借りなければ勝てない必死の戦いの時に、兵士たちはベルセルクへの道を選ぶんだ」

ロベルトはユリエの言葉に深く頷《うなず》いた。

ラグナロクで予見される世界の終末において、迫りくる敵が現れた時、アースの砦《とりで》の見張り番である光の神ヘイムダルが『高らかにギャラルホルンを吹き鳴らす』とされている。

それはただ敵が来た合図のために角笛を吹いたのでなく、本来、強敵を前にベルセルクへの道を選ぶ兵士達の緊迫した様を表現したものだったのかも知れない。

「つまりこのギャラルには人を興奮させて凶暴にしたり、忘我の境地にする力があるということですか？」

もしそうなら、新薬『レイズ』によって、性格が変わることも有り得るだろう。

「そうさね、そういう力もある。けどうまく使えば人知を超えた『知恵』を授けてくれる。知恵の神ミーミルがずば抜けて賢いのも、毎朝、蜜酒を角笛に入れて飲んでいたからさ。私たち巫女も蜜酒を飲む。調合の配分も大切だが、体質というものもある。蜜酒に選ばれた者だけが、知恵と長寿を手に入れることができるのさ」

「知恵と長寿……」

ロベルトの頭の中で、テンプル騎士団が発見したという聖杯（Graal）とキリストの血を混ぜたワインの逸話が、ユリエの語るギャラル（Giallar）の蜜酒の話とぴたりと一致した。

グラールという謎の言葉はギャラルから生じたものではないのだろうか。

そして聖杯といわれるものが、何故、三角錐《かくすい》と称される特殊な形をしていたのかも、それが角笛の形を模した杯であったとしたら頷ける。

当時のローマにおいて十字軍に参加した者の中には、傭兵《ようへい》として活躍したゲルマン人がいたはずである。その彼らにとって、聖杯とはギャラルホルンのことではなかったのだろうか。

そう考えると、聖杯とともに語られる聖槍《せいそう》の正体が見えてくる。

北欧神話において、槍《やり》はギャラルホルンとともに語られる代物《しろもの》である。

オーディンが知恵の神ミーミルに、知恵の泉の水を所望した時、彼は水一杯と交換に片目を差し出すよう命じられる。

しかしそこはオーディンも狡賢《ずる》く、ミーミルが泉の水をギャラルホルンに注いでいる時に、こっそりと聖木であるユッグドラシルの枝を折って持ち帰り、それを材料に、あの伝説の名槍グングニルを造らせるのだ。

グングニルは常に血を滴らせている槍で、穂先には戦いを勝利へ導くルーンが刻まれていたという。

ここからオーディンは戦いを勝利に導く神とされた。世界で最初の戦いをオーディンが始めたとき、槍を投げたという逸話に倣い、かつての戦いの指揮官は、敵の陣営に槍を投げ入れ、「余は汝《なんじ》らをすべてオーディンに捧《ささ》げる」と叫ぶ仕来りがあったという。

これは一種の占いでもあり、その槍に当たった者の運命が、敵全軍の運命となると考えられていた。槍が敵に当たって相手が死ねば、敵も滅びの運命となり、外れたり掠《かす》めただけならば、敵は滅びないという予兆であった。

そのように考えると、キリストの物語には、当時のローマに傭兵として存在していたゲルマン民族の神話も大きく投影されているのだろう。

ゲルマン民族の復権を掲げたヒトラーが聖杯と聖槍を執拗《しつよう》に求めたのも、戦いの勝利を
それらがもたらすからだと考えたのなら頷ける。

当時のゲルマン民族の宗教観で『勝利の力』に相当するものがあるとすれば、聖杯と聖
剣に違いなかった。

「グングニルとギャラルホルン……」

ロベルトが呟《つぶや》くと、ユリエは静かに頷いた。

「ギャラルの秘密を知りたいかね？」

ユリエの声が聞こえた。

「ええ、もちろんです。教えて頂けるのですか？」

「まだお前さんは生きているからね。知る価値がないなら死ぬだけさ」

ユリエはそう言うと、脇においていたランゲレイクを奏で始めた。

世界を支える大きなトネリコの樹
そこから伸びる大きな三つの根
根の元にある三つの泉
そこには黄金の水が漂っている
其《そ》れは世界の運命そのもの

ユミルの運命の宿る場
ウルズの泉には、永久の命が宿る
ユミルに約束されたそれが
ミーミルの泉には、創造の知恵が宿る
ユミルが持っていた知恵が
ヘルヘイムの泉は凍りつき、動くことは無い
それはユミルの死の運命
あらゆる恐怖と悪徳が招いた場
もはや神々は完全な世界を取り戻すことは無い
そこから悪しきニーズヘグは生まれ
トネリコの根をむさぼるのだ
悪意に満ちた川が世界中に流れていくのだ
賢きものは悟るだろう
三つ泉の管理人が何者なのか
悪徳の災いはとどまることを知らず
かつてなき世界を生み出した
太陽から離れた

ナーストレンド（遺体の岸辺）という地だ
その扉は北に向いている
辺りには毒の滴りが落ちている
それが屋根の天窓から入ってくる
その地の館《やかた》は
蛇の背骨を編んで作られている

そこには川がある
重い流れの河を死者達が渡っていく
それは、偽証する者ども
人殺し
盗人《ぬすびと》
他の男の信頼する妻
誘惑する者達
そこでは、ニーズヘグが
死者たちを飲み込んでいる
狼が彼らを引き裂く

ニラネギの緑なす平原で
全てを知る高貴なる三人は
命の泉の水を汲《く》み
雪のごとき清めの土とともに、トネリコの上に撒《ま》く
樹が腐らず、世界を支え続けるように
そしてオーディンの目とヘイムダルの耳を沈めた
彼らが秘密を見聞きできぬように
欲望に身を焦がし
死と諍《いさか》いを求めるものに
王たる資格が与えられることはない
見よ、その水は神聖で
触れたものをすべて純白に染める
そこで養われた二羽の鳥は
白鳥たち全ての親
トネリコの露は、人間によって蜂蜜《はちみつ》と呼ばれ
それが蜜蜂を育てた
蜜蜂たちは花粉を運び
黄金の林檎《りんご》を実らせた

最初に実った林檎の種から
知恵を宿すギャラルと呼ばれる虫が造られた
小さく醜い姿になり
誰からも目ぼしいものと映らぬ様に
悪しきものから、這《は》って逃げることができるようにと
ギャラルは、ヴルキャーと人間の巫女《みこ》に渡された
遠き未来を予見し
生と死を決定する知恵を得るために
乙女達が知恵を得ると
ヴァルザンディとスクルドは
女達に運命を読み、操る道具を与え
ウルズは出産の道具を与えた

歌い終わると、ユリエはすり鉢からこぼれている鮮血のような汁をコップに注ぎ入れ、ロベルトに向かって差し出した。

「原液だよ。毒になることもある。特に男には体質に合わないことが多い。だが、お前さんは知りたいのだろう？　浅ましい心が無いと自分を信じるなら、飲んでごらん」

コップを飲み干した後、甘い味がしたことをロベルトは覚えている。

それから意識がふと遠のき、気がつくとユリエの庭に立っていた。

さっきいた場所とは違うところにいて、空は夕暮れに染まっていた。

数十分、いや一時間以上は経っているはずだ。

時間を奪い去られたように、その間の記憶がなかった。

ユリエは相変わらず石臼《いしうす》を碾《ひ》いていた。

「あの……僕は何をしていたんですか？」

ロベルトはおずおずとユリエに訊《たず》ねた。

「さてね、それは知らなくてもいいだろうよ。ただ歌っていた。それだけのことさ」

ユリエは到底答える気の無い素振りで呟《つぶや》くように言った。

6

翌日、平賀はケヴィン・エヴァンス邸の塀の資材を生産している工場の見学に出かけた。

工場とは思えないくらい斬新《ざんしん》なデザインの建築物で、中は休憩所、食堂などが充実した施設である。

工場では分別されたゴミの中で、金属製のものが大量に搬送されてきていた。

それらの金属は巨大な粉砕機で粉々にされた後、水によって洗浄される。

そして最後には、ブロックの鋳型にプレスで圧縮しながらはめ込まれるのだ。

色目は渋い銀と黒色の目立つ斑《まだら》である。

平賀は工場長に、プレスされる前の金属粒子を少しばかり分けて貰《もら》えるように頼んだ。

工場長は気軽にOKを出した。

粒子をビニール袋に入れて、眺めてみる。

「赤いのは酸化鉄、青いのは酸化銅、光沢のあるねずみ色のものは酸化マグネシウムですよね。この黒いのはクロムとセラミックですか？」

平賀がそう言うと、工場長はよく分かるなという顔で頷《うなず》いた。

「よく知っているね。そうだよ」

「何故、酸化させたままの金属を使うんです？　酸化が進んだら組織が脆《もろ》くなりますよ」

「ああ、それなら大丈夫さ。ちゃんとブロックにしたあとでコーティングしているから、空気に直接接触することはなくて、酸化は進まない。それに所々酸化した金属が混じることで、この独特の斑《まだら》の色目になるのがいいんだよ」

「成る程。デザイン性というものですか？」

「そういうことだ」

「コーティングに使用されている素材はなんですか？」

「フッ素樹脂塗料だよ」

「失礼ですが、そのコーティング素材の耐熱温度はどのくらいですか？」

「約三百八十度から四百度といったところかな。なかなかの耐熱性だろう？　この焼成温度に耐えられることが国の条件基準なんだ」

平賀は頷き、工場長の言葉をメモに書き入れた。

そして次に平賀が向かったのは、オーモットの街にある電力会社であった。

ＦＢＩの依頼で、オーモットの事件の解決に手を貸している旨を受付で話した平賀は、意外にあっさりと地区の担当者に会うことが出来た。

「カソリックの神父様がどうしてそんな事を調べてるんです？　変死事件にうちは何の関係もありませんよ」

少し笑いながら言った担当者に、平賀は頷きながら尋ねた。

「はい。私もそう思っています」

「なら何故、うちに来られたんです？」

「この街って電柱が見当たりませんでしょう？　だから地下に送電施設があるのかなと、確かめに来たのです」

「ええ、そうですよ。街の美観を損なうので電力は地中ケーブルで街に供給されています。それが何か？」

「やはりそうですか。ええとですね。この場所の地下に何かの設備がされていると思うのですが、それが何なのか知りたいのです」

「地下設備？」

狼の足跡の場所を記した赤い印を指で示した。

「ええ、ここです」

そういうと平賀は、中央広場の地図を取り出し、狼の足跡の場所を記した赤い印を指で示した。

担当者の男は眼鏡をかけ直し、地図を見た。

「ああ……。何故、この場所をご存じなのです？」

不思議そうな顔で男が尋ねる。

「私の予想が外れていなければ、中央広場は丁度、街の中心にありますから、ここに送電の分岐施設と高圧サージ遮断器があるのが合理的解釈かなと思うのですが……」

「ああ、ええそうです。神父さんは電気部門を学んだのですか？」

「そういうわけではないのですが、やっぱりそうですか……」

平賀の頭の中でパズルが解けていく。

「失礼ですが、変死事件の被害者であるケヴィン・エヴァンス邸付近の配電図のようなものはありませんか？」

「どうでしょう？　工事部門の責任者に聞いてみましょう」

「配電図があれば、出来ればコピーを一枚お願いしたいのです」

無邪気な顔で頼み事をする東洋人神父に、担当者は戸惑いながらも頷いた。

第五章　愛する友よ（無限大の方程式）

1

ロベルトがホテルでユリエの詩を覚えている限り書き留めている時、ドアのチャイムの音が聞こえた。

ロベルトが覗《のぞ》き窓から確認すると、書類を持ったビルが立っている。

扉を開くと、青ざめた顔のビルが部屋に入ってきた。

「エリック・マッケンジー医師の正体が分かりました。本名はビンセント・マクドネル。とんでもない男です」

ビルは書類を捲《めく》りながら言った。

「改名したとは、きな臭いですね」

「ええ。ビンセント・マクドネルはイギリスの有名な脳外科医でしたが、違法な手術を試みて、患者を死なせています。過失致死を疑われ、裁判沙汰《ざた》になるも、六十人もの弁護団がバックにつき、無罪を獲得しました。しかもただの弁護団じゃありません。元首相の弁護士、大企業の顧問弁護士、民事の専門弁護士などの錚々《そうそう》たるメンバーです。

その後、彼はエリック・マッケンジーと名を変え、ノルウェーに移住。剝奪《はくだつ》されていた国際免許を再び取得し、アルマウェル・ハンセン・メディカルセンターにすんなりと入った……。

「問題はその裁判記録の内容です」

ビルはファイルをロベルトに手渡した。

ロベルトはそのファイルを読み始めたが、余りの内容の惨《むご》さに眉《まゆ》を顰《ひそ》めた。

「ビンセント・マクドネルは、重い脳障害のある患者に対して、患者本人の自覚もないままに承認を取り付けておき、頭を切開し、別人の脳を移植しようとしたですって？」

「そのようです」

「何というか……マッドサイエンティストのやることですよ。なんてことだ、よく無罪になりましたね」

ロベルトは信じられなかった。

「ええ、全く常軌を逸した犯罪ですし、無罪なんておかしすぎます。弁護人側は、その患者は手術の際には、事故で脳死状態になっていて、ビンセント医師が、それを生き返らせたかったからだという弁護をしたんです。そして裁判所が温情判決を下したんです」

「脳死状態になっていたというのも、ビンセント医師の主張とカルテだけです。なぜ、それが温情判決という結果に繫《つな》がるんです？」

ロベルトは理解に苦しみ、頭《かぶり》を振りながら尋ねた。

「患者がビンセント医師の異父弟で、ビンセントが彼の後見人だったからです」

ビルが次の書類の一行を指し示しながら答えた。

「なんですって？　なおさら悪質だ。自分の弟を人体実験の材料にしたということでしょう？」

ビルは沈痛な面持ちで頷いた。

「ええ、とても許されない所業です。しかし、ビンセント医師は兄弟の命を助けたいという強い気持ちから、その時、理性の喪失状態にあり、判断を誤っただけだという弁護が通ってしまったのです。何故か陪審員すら全員一致で無罪だと判断しています」

ロベルトは呆気《あっけ》にとられた。

「そんな無茶苦茶な判決を通してしまう大きな圧力が、かかったということですね。」

アルマウェル・ハンセン・メディカルセンターのバックについているサンティ・ナントラボ社。その親会社は大手石油会社のコスモワークオイルだし、系列会社には国際的な銀行や証券会社もあります。サンティ・ナントラボ社が中心となって六十人もの有力弁護団を動かし、陪審員を買収したとしか考えられない」

ロベルトの言葉に、ビルは拳《こぶし》を握りしめた。

「くそっ、アシル・ドゥ・ゴールはジュリア司祭と別人だと思って油断していたが、やっている悪事は変わらないじゃないか！」

その時、ビルの携帯が鳴った。

『ミシェルです。オーモットの研究施設にいる科学者のリストを調べていたんですが、マッケンジー医師が後見人になっている人物が一名いるんです』

「何だって？　もっと詳しく教えてくれ」

ビルは携帯をスピーカーモードにし、ロベルトにも聞こえるようにした。

『名前はラース・ヨハンセン、二十九歳。遺伝子工学のラボに所属。六年前にマッケンジー医師が彼の後見人になり、それ以降の住所登録はサンティ・ナントラボ内となっています。もっと奇妙なのは、ラース・ヨハンセンの十七年前から六年前までの住所登録は、オーモットの福祉施設になっているんです』

「待ってくれ、それはどういう意味なんだ？」

『えっと、ですからラース・ヨハンセンは十二歳から二十三歳まで、身辺自立に問題のある障害児が暮らす福祉施設にいたんです。でも、マッケンジー医師が施設から彼を引き取り、何があったかは分かりませんが、今はサンティ・ナントラボの科学者として登録されているんですよ。奇妙だと思いませんか？』

ビルとロベルトは顔を見合わせた。

「恐らくラース・ヨハンセンも人体実験の材料にされたんです。しかも、実験の成功例かも知れない」

ロベルトが言った。

「よし、ミシェル良くやった。引き続き、ラース・ヨハンセンの事を調べてくれ」

『分かりました。これから彼がいたという福祉施設に行ってみます』

「そうしてくれ」

ビルは電話を切り、ロベルトに向かって言った。

「マッケンジー医師の許《もと》にもう一度行きましょう」


二人は再び、マッケンジー医師の診察室を訪ねた。

マッケンジーは看護師に退室を命じると、腕組みをしてロベルト達を見た。

「私を告訴などしないという示談書を持ってきたのかね？」

余裕の表情で言ったマッケンジーに、ロベルトはうっすらと微笑んだ。

「どこかで貴方《あなた》のお顔を拝見したような気がして、一寸《ちょっと》調べてみたんですよ。そうしたら思い出したんです。貴方が有名な裁判の被告人であったことを」

その瞬間、マッケンジー医師の顔色が変わった。

「そういう事なら帰ってもらおう」

「それは無理というものです。僕はメリッサ・エヴァンス夫人の代理人として、貴方にどうしても聞かねばならないことがある」

「私から話すことは何もない」

頑《かたく》なな表情でマッケンジーは言った。

「そんなことはないでしょう。貴方は弟さんを実験的な手術で殺した人間です。ケヴィン氏の死因が貴方の行った違法手術のせいではないと、確かに言えますか？

勿論《もちろん》、僕は神父で弁護士とは違います。事を荒立てる目的ではありませんよ。カソリックの信者が悩んで相談されていることを放《は》っておけないだけなのです」

マッケンジーの顔から無表情の仮面が剝がれ、口元が引きつるように動いた。

「私は違法な実験手術など、したわけじゃない。ケヴィン氏本人が望んだ手術だ。ちゃんと書類手続きもし、医師会の承認も貰《もら》っている」

「それは本当でしょうか？」

マッケンジーは書類棚を開けて、一つの便箋《びんせん》を取り出した。

「本人が望んで受けるとサインした書類だ。それに私の弟だって、手術が成功すれば助かっていた筈《はず》なんだ。私の理論に矛盾はない」

ロベルトは書類に目を通した。確かにケヴィン氏は、実験的手術を自分の希望で受けるという旨の文章を書き、サインを記している。

どのような手術か、内容は書かれていない。だが、彼のようなマッドサイエンティストが、ライフワークともいえる脳移植手術以外の実験をするとは、ロベルトには思えなかった。

「これは本当にご本人が書かれたものなのですか？　そもそも他人の脳を移植するなど、望む人間がいるのでしょうか……」

ロベルトは鎌をかけてみた。

「なんなら専門家に筆跡鑑定でも何でもしてもらえばいい。書類は本物だし、手術には大きなリスクが伴っていたわけじゃない。僅《わず》か五十グラムほどの脳移植をしただけで、人は死んだりはしない。それに新薬の投与で、脳細胞の神経結合もスムーズにいっている検査結果がある」

マッケンジー医師の発言内容に、内心驚いたロベルトであるが、そこはとうに知っているという顔で返した。

「レイズという薬に違法性はないんですか？　使い方を誤ると危険な薬なのではありませんか？　何よりまだ正式認可は得ていないと聞いています。手術経過が順調であった証拠は？　その検査結果というのは見せてもらえるのですか？」

「検査はサンティ・ナントラボ社でしているから、そこでの結果を見せて貰えば、君も納得がいくはずだ。専門家でもない君に話をしても分からぬだろうが」

マッケンジー医師は冷たく、皮肉っぽく言った。

そこでロベルトは、学者が嫌う信仰深き神父の台詞《せりふ》を応用させてもらうことにした。

「おお、主よ。なんという罰当たりなことでしょう。主によって作られた体を、それも脳を人の手で弄《もてあそ》ぶなど。そのようなことをすれば天罰が下り、命を召されたのも当然です。僕は確信しました。目の前の彼が無信心な殺人鬼であるということを……」

マッケンジーはそれを聞くと、怒りと蔑《さげす》みの綯《な》い混じった表情で大きく溜息《ためいき》を吐いた。

「神父さん。貴方は科学や医学がなんたるかをご存じない。最初は不可解で、異常なことに見えたとしても、学者が進歩のために研究し、今や常識になっていることはいくらでもある。例えば、輸血や避妊のようなことだ。貴方達はそのことを神の理《ことわり》に反していると説いてきたが、そういう試みが大勢の患者の命を救い、社会問題を解決しているんだ」

「輸血や避妊と、脳の生体移植では、全くレベルが違います」

「同じだよ。なにも変わりはしない。脳疾患のある患者に、健康な脳を移植すれば、治癒する。火傷《やけど》した患者に施す皮膚移植と同じだよ。今はまだ定着していないだけで、そのうち常識になる」

「何を根拠にそう言うのです？」

「実験の結果と、成果と、技術の進化によってだよ。君、まるで分かっていないみたいだから、教えてやろう。今から言うのは私がした実験じゃない。世界中の権威的な機関が脳の構造を開発するために様々な実験を行っている。

例えば、ボストン大学、ハーバード大学、カリフォルニア大学の研究室では、マウスを使った脳移植の実験をもう何十年も前からやっていた。

複雑な迷路を覚えさせたマウスの脳をすりつぶして、別のマウスに移植すると、移植されたマウスが初めての迷路を難なく通過する。こういうことは日常のように研究されてきたんだ。時には失敗もある。個体同士の相性が悪かったりするからね。

今では、海馬の働きを模倣するシリコンチップが開発されていて、それを脳に移植すれば、海馬の損傷で記憶障害に苦しんでいる多くの人々に朗報がもたらせるまでに脳科学は至っている。その技術によって、マウスでの実験では九十五％の確率で人工海馬が機能している。しかし、マウスで実験したなら、豚、それが成功したら猿、そして人間で実験する。順調にいったなら、十五年後には人工海馬が普通に手術に用いられるようになるだろう。研究者から言わせてみれば、ごくまともなことだ。

しかし、人間の脳というのは、基本的にどのようなコンピューターより複雑で優れた機能を持っている。それであるから、重要な器官は、機械でまかなえるようなものではない。故に、患者の皮膚細胞を遺伝子操作したものをアルツハイマー病患者に移植する手術も行われているし、何万人という人がそれを受けることを希望しているんだよ。

カリフォルニア大学サンディエゴ校のやっていることだ。

すでに人間による実験的な治療もされていて、良い結果も出ている。

ワシントン大学では、もっと未来的なことを行ってる。

インターネットを介して人間と人間の脳を接続するという実験だ。

最初は二匹のラットを使ってデューク大学が成功させ、次はヒト脳間の段階へ進んでいっている。それらは至極当たり前のことなんだ。

私に言わせれば、人間の損傷した脳を補うには、人間の脳を使うのが一番合理的だ。

誰も癌に冒された肝臓や膵臓《すいぞう》を摘出して、他者のものを移植するのに抵抗がないというのに、脳だけは違うなど、認知の歪《ゆが》みも甚だしい」

「納得できませんね。僕は代理人として本当に安全な手術だったのか見極めるつもりです」

「ああ、勝手にするがいい。この手術は安全だし、合法だ。なによりノルウェー国家の認可がおりている実験だ。変死事件などにはなんの関係もない。同じ手術を施した患者はみな、元気に暮らしている。その事実を知ることになるだけだ」

そう言うとマッケンジー医師はそっぽをむいた。

「同じ手術を施した患者というと、例えばラース・ヨハンセンですか？」

ロベルトの言葉に、マッケンジーの肩がビクリと動いた。

マッケンジーはゆっくりロベルトを振り返ると、ゲラゲラと大声で笑い出した。

「ラース・ヨハンセン！　そうとも、彼などは私の最高傑作だ！　最も大規模な脳移植の成功患者だよ。術後のＩＱは一三〇に跳ね上がったんだ。

いいだろう、君も乗りかかった船だ。その目で真実を見るがいい。科学が宗教に打ち勝つということを。明日、サンティ・ナントラボ社に行き、ラース・ヨハンセンに会いたまえ。私が手配をしておいてやろう」

マッケンジー医師はそう言うと、サンティ・ナントラボ社に手配の電話をかけ始めた。

2

「脳移植ですか……」

夕刻、調査から戻ってきた平賀は、ロベルトの話に目を大きく見開いた。

「確かにそれなら、ケヴィン氏が複雑なクロスワードパズルに凝り出したり、寝言で知らない女性の名を呼んだのも理屈に合います。

ケヴィン氏の手術痕《こん》は、聴覚野とウェルニッケ野が存在する場所にありました。簡単に言えば言語中枢です。仮にこの部分に治療すべき障害があったなら、手術前のケヴィン氏は、他人の言葉を理解できないとか、喋《しゃべ》る言葉を間違えるという傾向があったと考えられます。知らない人間の名を呼ぶような障害は、むしろ手術前の方があるはずなのです。

でも、マッケンジー医師の証言通り、言語野に他人の脳が移植されて機能していたとなると、その脳の持っている情報に記憶や行動が左右されて、見も知らぬ人間の名を思い浮かべたり、クロスワードパズルを解き出したりという可能性も有り得るかと」

「そうなのかい?」

「脳の組織はリンパ系が発達していない為に免疫的拒絶が少ないとして、十九世紀末から動物実験の試みはなされてきたのです。倫理上の問題を除けば、比較的移植手術が成功しやすい部位ともいえますし」

平賀は淡々と答えた。

「明日、ラース・ヨハンセンに会いに行くんだが、君も来るかい?」

「ええ、是非この目で見てみたいです。それにしても、脳移植のドナーはどこで調達しているんでしょうか?」

平賀が首を捻《ひね》った時、ドアのチャイムが鳴った。

「ロベルト神父、平賀神父、いらっしゃいますか」

ミシェルの声だ。

扉を開くと、ビルとミシェルが入ってきた。

「ラース・ヨハンセンの施設での様子を聞き込んできましたので、ご報告します。

彼は生後まもなく脳神経系の感染症を患い、前頭葉に大きなダメージを負って重度の知的障害を持つようになったそうです。彼が施設に入所したのは十二歳の時でした。

当時のことを覚えている職員によりますと、彼は『森でハティとスコルに会った』と言い、酷《ひど》く怯《おび》えていたそうです。その時、一緒に森へ行った妹が凍死するという事故があったとかで」

「ラースの妹が死んだだって？　十七年前にかい？」

ロベルトの脳裏にユリエの歌が甦《よみがえ》った。

「ええ。彼の妹は兄思いの可愛い子だったそうです。いつも『ぐず』、『シュールストレミング』なんて渾名《あだな》をつけられ、いじめられている兄を庇《かば》い、よく面倒を見ていたとか」

「『シュールストレミング』という渾名とは、どういう意味ですか？」

平賀が訊《たず》ねた。

「『臭い奴』ってことですよ」

ミシェルが答える。

「職員の話によると、十七年前、ラースとその妹と近所の三人の少年が首吊《くびつ》りの森へ出かけたそうです。そこで彼らは巨大な狼に出会った。三人の少年はすぐに逃げ出し、無事だったのですが、ラースは山岳地帯の洞穴でうずくまっているところを発見され、妹のモネは川岸で凍死体となって発見されたそうです。

ラースの両親は、モネの死後、ラースを酷く疎んじて虐待するようになったそうです。そして彼を施設へ入所させたのだとか……。

ラースが二十歳の時に描いた絵が施設に残っていましたので、写真に撮ってきました」

ミシェルがデジカメの画面を皆に見せた。

そこに写っていたのは、つたないながらに迫力のあるクレヨンの絵だ。夜の闇の中、巨大な灰色狼が森の木陰で目を光らせ、もう一頭の狼が口から白い煙を吐いている。その煙の中には黄色い服の少女が倒れており、すぐ側に川がある。妹のモネだろう。

「そうか、そういう事だったのか……！」

ロベルトはユリエの歌を書き付けた紙を取り出し、英語に訳して皆に見せた。

誰も知らないが私は知っている
氷狼《ひょうろう》ハティが、月を凍らせた日のことを
まだ霜の残る寒い春
四人の少年がアウンの首吊りの森へと入った

フィアラールがいた
ハールがいた
ギンナールがいた
四人目はドヴァーリンだった

恐ろしいものが来た
スコルがいた
そして霜を吐くもの
仇《あだ》なす狼が
少年達は怯え、逃げ出した
月は逃げ出したドヴァーリンを追いかけた
ドヴァーリンは隠れたが、霜は月を凍らせた
汝《なんじ》はなおも知りたいか？
ならば語って聞かせよう
月は沈んだ
東から一筋流れる川の畔《ほとり》に
その川は毒気のある谷に落ちてくる

短剣と長剣とを持っている
スリーズ（悪意ある）と呼ばれている
細い小川のほとりで

誰も知らないが、私は知っている
あれから十七回の春が巡った
ドヴァーリンは手も洗わず
髪にくしもあてなかった
薪《まき》の上へと運ぶ前には

「この歌はオーモットに古くから住むユリエさんから聞いたものですが、彼女は実際にあった出来事を歌っていたんです。『月』とはノルウェー語でモネ、すなわちモネ・ヨハンセンです。そして『ドヴァーリン』がラースだと思って読んで下さい」

「フィアラールとハールとギンナールというのは？」

ビルが訊ねる。

「基本的には北欧伝説のゴブリンや妖精《ようせい》の名ですが、それぞれ意味があるんです。フィアラールには『隠れる者』、ハールには『背の高い者』という意味があります。ギンナールは『有能な者』。そしてドヴァーリンは、『ぐずぐずする者』と言う意味です」

「成る程、だからドヴァーリンがラースですか」

「ラースの描いた絵から見ると、彼らは森でスコルを目撃したんでしょう。実際はただの野犬だったかも知れませんが、少年達はスコルと思い込み、逃げたんですね」

ミシェルが推理を述べた。

「スコルか……。スコルは本当にいたんでしょうか」

ロベルトが呟《つぶや》いた。

「どういう意味なんです、ロベルト神父？」

ビルが訊ねる。

「サスキンス捜査官、十七年前の事件について、警察に問い合わせて貰《もら》えませんか。逃げ出して無事だったという三人の名前を知りたいのです」

ビルは頷《うなず》き、オーモット警察に電話をかけた。

電話は何度か違う部署に回された後、古参の刑事が電話口に出た。

『ＦＢＩがモネ・ヨハンセンの事件に興味を持つとはね。ああ、あの事件は今も覚えているさ。実に哀れな出来事だった』

刑事は訛《なま》りの強い英語で言った。

『四人の少年が森へ肝試しに出かけた……というより、三人の悪ガキがラース・ヨハンセンをからかって森に連れ出したんだ。モネ・ヨハンセンは兄の身を案じて彼らを追っていった。そしてモネは帰って来なかった。残されたラースも少しおかしくなってしまってな、助かった三人の少年の家族も流石に居たたまれなかったんだろう、すぐにオーモットから引っ越して行ったんだよ』

「その三人の名前を教えて頂けませんか？」

『ええと、ちょっと待ってくれよ。今、事件ファイルを見て来よう……』

長時間待たされた後、電話口に刑事が戻ってきた。

『ルーカス・ズワルト、キルステン・ニゴール、クラウス・フリーデンの三人だ』

ビルは息を呑《の》んだ。そのうち二人は今回の事件の被害者である。

「ルーカス・ズワルトとクラウス・フリーデンは昨年、不審死していますよね？　キルステン・ニゴールはどうなんです？　彼は生きていますか？」

『何？　ルーカスとクラウスが死んだだと？　それは知らなかったな。キルステンのことも一寸《ちよつと》、調べてみるかね？　国民番号から追跡はできるが』

「ええ。どうかお願いします」

『待っててくれよ』

再び暫《しばら》く待たされた後、刑事が戻ってきた。

『こいつはたまげた。キルステン・ニゴールも変死しとるよ。去年の七月十九日、ハーマルの自宅でな。どうやら彼は医師になっておったようだが……』

「そうですか。キルステン・ニゴールの国民番号を教えて頂けますか？」

ビルは国民番号をメモすると、電話を切った。

ビルが電話の内容を皆に伝えると、ロベルトは大きく頷いた。

「やはりそうですか。平賀、ルーカス・ズワルトの身長を覚えているかい？」

不意に訊ねられた平賀は目を瞬《しばた》かせた。

「あっ、はい。確か百八十九センチでした」

「有り難う。僕も随分背の高い男だと思った記憶があったんだ。つまり、ルーカスが『ハール』、そして医者になるほど頭の良かったキルステン・ニゴールが『ギンナール』なんです」

「ではクラウス・フリーデンが『フィアラール』ですね。彼が『隠れる者』というのはどういう意味なんでしょう？」

平賀が訊ねた
「彼はこっそり隠れていたんだと思う。誑《たぶ》かしの狼の毛皮を持ってね」

「誑かしの狼の毛皮？」

「うん。『スコル』という古ノルド語の語源には『誑かす』という意味があるんだ。ラースのクレヨン画に描かれたスコルの正体は、クラウスだったのさ。

それに『手も洗わず髪に櫛《くし》も当てない』というのは、古い北欧の復讐《ふくしゅう》を誓う願掛けの方法です。『芝の上に運ぶ』とは、殺すことを意味している。

だから事実はこうなんです。

十七年前の春、ルーカス・ズワルト、キルステン・ニゴール、クラウス・フリーデンの三人は、ラースを騙《だま》して森に誘った。モネはラースを案じて彼らを追いかけた。そして、クラウスは狼の毛皮を被《かぶ》って、物陰からラースを脅かしたんだ。

ラースは魔獣スコルを見たと信じ、恐怖の為に我を忘れて山へ逃げた。モネは彼を追ったが見つけられず、寒い夜の森を歩き続け、川のほとりで凍死したんだ。

クラウス達は今更、自分達の悪戯《いたずら》だったと言い出せず、『森で狼に会った』とラースが証言したのをいいことに、自分達も狼を見たと口裏を合わせたんでしょう。そして、少年らとその家族は、事実が明るみに出るのを恐れて村を去って行った。

施設に入れられたラースには、真実を知る由もなかった。彼はずっとハティとスコルを恐れて暮らしていた筈《はず》です。

ところが、マッケンジー医師が彼に手術を施した。高度な知能を得た彼は事件の真相に気付いたのではないでしょうか？　そして、彼らへの復讐を誓ったんです」

「そういえば……。エヴァンス邸のメイドのヒルダ嬢が、『森でハティに襲われた人がいるらしい』と言ったのは、モネさんの事件の噂を聞いたのかも知れないですね。『二匹の狼が人語で喋《しゃべ》りあっているのを見た』という噂も、恐らく誰かの悪戯でしょう。

確かに最初の三人の殺人は、ラースの復讐劇だったとして辻褄《つじつま》が合います。でも、残りの被害者とラースの繋《つな》がりは何でしょうね？」

ミシェルが首を捻《ひね》った。

「うーん。確かに。その繋がりが見えてこないと、ラースを犯人と確定することは困難かもしれませんね」

ビルが唸《うな》った。

「私に一つ、仮説があります。でも、それを証明するためには実験が必要です。サスキンス捜査官、どこかに実験が出来る様な施設はないでしょうか？　大学か研究所の実験場を貸してもらって、犯行の状況を忠実に再現してみたいのです」

平賀が言った。

「分かりました。オーモット大学に打診してみます」

「有り難うございます。他にも少し必要な物があります」

平賀がメモに次々と必要な物を書き記していく。

豆電球、ドライアイス、発電機と配線具、それと砂鉄や玩具《おもちゃ》屋で売っているミニチュアハウスといったようなものである。特別入手困難そうなものは書かれていなかった。

「早速、手配してきます」

ビルとミシェルは部屋を出て行った。

3

ビル達が出て行った後、平賀が自分のパソコンの前に座って作業を始めようとすると、ロベルトが椅子を持って隣にやって来た。

「平賀、一寸時間を貰えないだろうか。話したいことがあるんだ」

それはロベルトにしては随分畏《かしこ》まった言い方であった。

「はい」

平賀も居住まいを正し、ロベルトの方を向いて座った。

「君に黙っていた事がある。シン博士の事だ。博士は事件の犯人がローレン・ディルーカに違いないと主張している」

「違いますよ、決して彼では」

言いかけた平賀の言葉をロベルトは遮った。

「待ってくれ。彼がそう思った理由を聞いて欲しいんだ」

そしてロベルトは、シン博士がかつて構築したシステムをローレンがハッキングしたこと、そのシステムに使用していた特殊な数列が今回の事件で使われていることを話した。

「そんな事があったんですか……」

平賀は悲しげな顔をした。

「いいかい平賀、もう一度言うよ。シン博士は、『この世で私以外、ローレンしか知る筈のない方程式が、この一連の事件には使われている』と言ったんだ。僕はその意味をずっと考えていた。ローレンでなければ、他に誰がそれを知り得ただろうかと。

僕が出した答えを、これからシン博士に確認してもらうつもりだ。君にも一緒に話を聞いていて欲しい。そして僕は電話でなく、博士の顔を見て話したいんだ。君のパソコンからシン博士を呼び出してくれないか？」

「それがロベルト、この数日、シン博士に画像解析の進捗《しんちょく》を聞こうと何度かメールや電話をしているのですが、博士からの応答がないのです。正式な奇跡調査ではないので作業を後回しにされているのか、余程ご多忙なのかと思っていたところなのです」

「それは妙な話だね。彼が乗り気でないとは、僕には思えないんだが……。まあいい、しつこく電話を鳴らしてみてくれ」

「分かりました」

平賀はマイクとカメラのスイッチを入れ、パソコンからシン博士を呼び出したが、なかなか応答がない。

それでもしつこくベルを鳴らしていると、四十回目のベルでようやく反応があった。

だが、モニタに映ったシン博士の目と鼻は、泣き腫《は》らしたように真っ赤で、頬は痩《や》せこけている。その上、マスクもつけていず、頭に白い布も巻いていない。長い巻き毛が肩に垂れ、まるで病気明けか寝起きかと思わせる出《い》で立ちだ。

いつもの几帳面《きちょうめん》な数学者らしさが全く失われたその姿に、平賀とロベルトは驚いた。

「博士、お身体の調子でも悪いのですか？」

平賀は心配げに訊《たず》ねた。

『私の事など心配しないで下さい。私は貴方《あなた》に心配されるような価値のある人間ではないのです……』

シン博士はそう言うと、大粒の涙をぽろりと流し、両手で顔を覆った。すすり泣きの声がスピーカーから聞こえてくる。

「あの……どうしましょう、ロベルト」

他人の涙に弱い平賀は、おろおろとロベルトを振り返った。

ロベルトは「席を替わろう」とジェスチャーで示し、平賀のパソコンの前に座った。

「シン博士、大事なお話があります。そのままの体勢で結構ですので、僕の話を聞いてもらえますか？」

博士の返事はなかったが、ロベルトは話し始めた。

「博士、貴方がインド政府に要請されて作ったというプログラム、それに使われていた方程式……そこには貴方の他にもう一人、天才数学者が関与していたのではないでしょうか？　そしてその方は既にこの世にはいない。違いますか？」

ロベルトがそう言った瞬間、シン博士はハッと顔をあげた。

『どうして貴方がマッカリの事を!?』

一言叫ぶと、シン博士は感極まったように嗚咽《おえつ》した。

「マッカリ氏……それが彼のお名前ですか」

『……マッカリ・サーナンダ。最高の数学者であり、生物学者でもある天才でした。私の知る誰よりも優秀で、発想力があり、最愛の友人であった男です』

「貴方の親友だったのですね」

ロベルトの言葉にシン博士はコクリと頷《うなず》いた。

『私達は……お互いが唯一の理解者だと思い合っていました』

「そしてこの事件に使われている数列を、彼は知っていた？」

ロベルトが念を押すように訊ねる。

『そうです。私達はそれを「無限大の方程式」と呼んでいました』

「無限大の方程式……？」

シン博士は涙を拭《ぬぐ》うと、何度か深呼吸し、途切れ途切れに話し始めた。

『そうです。現代物理学の基本方式は、かのアインシュタイン博士が考えた一般相対性理論や特殊相対性理論に基づいているものです。

これらの特殊相対性理論や一般相対性理論では重力の力によって「空間」と「時間」が歪《ゆが》むことが示されています。

しかし一般相対性理論には落とし穴があると言われました。それは車椅子の天才、ホーキングによって指摘された問題です。相対性理論によって宇宙の形成を原点から導きだそうとすると、ブラックホールの中心では重力は「無限大」という計算になってしまい、物理学者や数学者にとっては計算不可能な「特異点」と呼ばれる代物になるのです。

無限大という数字は、数学者や物理学者にとって驚異の数字でした。そして特異点で「無限大」が発生するということは、宇宙の始まりは予測できないという結論でした。

それに行き詰まった物理学者達は現在、新しい試みをしています。一般相対性理論と素粒子の数式を組み合せてみるという方式です。彼らは、弦理論を進化させた「超弦理論」を唱えることで無限大の問題を解消しました。

簡単にいうと、素粒子を「点」として扱うと数式に無限大が生まれてしまいます。

物理学者は大きさのない点を素粒子として想定していました。

当然、そうした二つの点を近づけていくと距離がゼロになってしまいます。距離が小さいほど二つの点の間に働く力やエネルギーが大きくなるので距離がゼロだと、そうした力やエネルギーはどんどんとふくらんでいき無限大になってしまうのです。

そこで「超弦理論」では、素粒子を輪ゴムのような形の弦だと仮定しました。

そのように仮定すると、二つの弦を近づけても弦自体に拡がりがあるので、その間の距離は有限の大きさになるというわけです。

これによって無限大の問題は解消したと物理学者は主張したんです。そうして、長い考証の上で、計算の果てにたどり着いた最後の数式には496という数が次々と現れていきました。496は完全数と呼ばれる数のひとつで、天地創造にかかわる数として古代ギリシャの時代から知られていた数字です。

物理学者達は、この偶然の一致に天の意志を見たと言います。

しかし、マッカリと私に言わせると、496が現れたからどうなのだというのだ、ということなのです。確かに496は美しい完全数です。言ってしまえば、数字にはそれぞれ深い意味がある。なにも496だけが特別な美女ではありません。しかも古代ギリシャの数秘術は、物理学でも数学でもありません。

物理や宇宙の法則に関する理解が超弦理論によって進んだことは認めますが、それは一時的な回避方法にしかすぎません。マッカリと私は、学者が無限大という数を理解しなければ根本的な問題は解決しないと考えていました。

だっておかしいではありませんか、物が存在しないという意味の0を数として数える事が出来るのに、無限にあるというのは数ではないというのでしょうか？

私達にいわせれば非常にナンセンスなことでした』

ロベルトにはシン博士の話は分からなかったが、平賀は瞳《ひとみ》を輝かせ、マイクの前に身を乗り出して訊ねた。

「あの、それでシン博士とマッカリ博士は、無限大の方程式をどのように考えられたのですか？」

シン博士は平賀の問いに、遠くを見るように目を細めた。

『無限という法則にたどり着く答えは、本来法則的に動く筈《はず》のものが不測の動きをする場合、その影響を受けていくのではないかと私達は考えました。

実験しかり、天候しかり、自然界においてはフィボナッチ数列にも乱れが生じます。こうした急な数値の乱れを、私達は突然変異数と呼びました。そしてその出現は、人類がまだ算出出来ない無限大の影響下にあると考えたのです。

無限大は当然、数えられない数という意味ですが、私達はこう考えました。数えていく側から無限に自己増殖していく方程式によって作られた数なのだと……。

自然も人間も最初に想定した数から計算を行います。しかし、もし想定した途端に、その数が増えようとするような力が存在すれば、結果に非合理性が現れます。それが突然変異数を生み出すのだと考えたのです。そうしてマッカリと私は、無限大の秘密を紐解《ひもと》くべくチームを組んで研究に取り組んだのです。

マッカリは素晴らしい相棒でした。彼は数字に関しては、おそらく世界中の誰よりも優秀な男でした。生物分野にも明るく、医師としての博士号も取っていました。超人的な頭脳の持ち主だったのです。生きてさえいれば、ノーベル賞だって取れた筈の男でした。二人で数字の話をすると、まさに無限の世界が広がっていった……。それは私にとってかけがえの無い時間でした。

彼は無限大の方程式のアイデアを論文に仕上げ、学界へ発表しようとしました。ところが、超弦理論で盛り上がっていた当時の学界は、彼の論文をリジェクトしたのです。いえ、それどころか彼を疎み、数学界から干してしまったのです。そうして彼の論文が日の目を見ることはありませんでした……』

シン博士の顔が歪み、肩が震えた。

『ただでさえ数学者は食えないものです。学界から嫌われては生きていけません。

そして……彼は裕福な生まれでもありませんでした。

学界を干された後、八人家族を一人で養うために、医師としての資格で必死で働いていました。給与がいいからという理由で、ナンセンスな人工冬眠や人工受精などを行っている企業にまで勤めていました。彼は本当は嫌がっていました。「人工冬眠などバカげている。液体窒素の中につけて凍らせたら、生き返っても数日も生きてはいないだろう」と。

私はそんな彼に会いに行き、二人で無限大の方程式を完成させようと話しました。そして二人でコツコツと研究を続けていきました。

丁度その頃、私はインド政府からシステム設計の仕事を依頼され、システムのパスワードに、マッカリとの友情を刻む意味で、無限大の数列を用いたのです……。

でもある日、いくつもの仕事の掛け持ちをして働き続けていたマッカリは、心臓発作で倒れ、帰らぬ人となりました。最後まで未完の方程式を完成させたいと呻《うめ》きながら……。

そこにサーハブ研究所と名乗る奴らがやって来ました。

私は分かっています。彼の家族は浅ましい連中でした。天からの才を与えられた偉大な人間を、ただの稼ぎ頭としか見ていなかった。そして彼がもう金の卵を産み落とす雌鳥でなくなったことが分かると、サーハブ研究所がくれるという大金に目がくらみ、彼の遺体から臓器を……売って……しまったのです……』

シン博士は耐えきれない様子ですすり泣いた。

「博士、辛《つら》いお話をさせてしまいましたね。

しかしこれで一つ分かったことがあります。僕達が事件の犯人と目星をつけている人物にマッカリ博士の脳が移植されたことは、最早《もはや》、疑いの余地がありません」

ロベルトの言葉に、シン博士の顔色が変わった。

『なんですって？　マッカリの脳が？』

「ええ、そうです。オーモットで行われている人体実験の犠牲になったのです。マッカリ博士の脳はラース・ヨハンセンという患者に移植され、博士の頭脳が悪用されてしまった、そうして起こったのがこの事件なのだと僕は思っています」

その瞬間、それまでぼんやりと焦点が合っていなかったシン博士の目が輝き出したかと思うと、苛烈《かれつ》な怒りがその瞳に浮かんだ。

『それは本当なんですか？』

シン博士は身を乗り出して訊《たず》ねた。

「あの、マッカリ博士は生物学では何を専攻されていたのです？」

平賀が横から訊ねた。

『遺伝子工学です。彼の夢は、人間と話すことが出来る犬や猫を生み出すことでした。大の動物好きで、彼らが少しでも喋《しゃべ》れたら、もっと気持ちを分かってやれるのにと言っていた、そんな優しい男だったのです。決して犯罪に関わるような人間では……』

「ラース・ヨハンセンという人物も今、遺伝子工学のラボに所属しているんです」

するとシン博士は憤怒《ふんぬ》の形相になった。

『彼の脳が人体実験に使われただけでなく、連続殺人犯を生み出したなんて！　その訳の分からない組織はマッカリに何をしたんです！　彼を汚すものは何であっても許せない！

「許せない！」

シン博士は拳を握りしめ、呻くように言った。

『友の名を汚す者は誰であろうと許せない……。貴方《あなた》がたはマッカリの意志が事件を引き起こしたものではないと証明して下さい。間もなく私が、被害者の部屋で吹雪を起こしたやり口を暴いて見せましょう』

シン博士の映像はプツリと消えた。

＊　＊　＊

親愛なる、そして最も敬愛する数学者マッカリ・サーナンダ。

私はひとときも貴方を忘れたことはない――。

あの日、マッカリは病院での夜勤を終え、二人で借りていた小さな研究室に戻ってきた。

「シン、まだ居たのか」

微笑んだマッカリの顔には隈《くま》ができていて、彼の疲労が極限なのは一目瞭然《いちもくりょうぜん》だった。

「ああ、データを集めていたら時間が経ってしまったんだ」

シンが答えると、マッカリは頭を掻《か》いた。

「すまないな。君にばかりデータ集めを押しつけるような形になってしまって」

「それは構わないよ。好きでやっていることだ。不服など全然ないけれど……君はもう少し、仕事の掛け持ちを減らすことは出来ないのかい？」

シンが気遣いながら言うと、マッカリはちょっと考えて首を振った。

「いや、今はまだ弟たちも小さいし、稼がないとね。僕は大丈夫だよ。昔から頑丈に出来ているんだ」

マッカリは心配をかけまいとしているのだろう。どんと胸を叩《たた》いて見せた。

やはり彼は金銭的援助を求める気がないようだ。

シンはタイミングを見て切り出そうと思っていた言葉を呑《の》み込んだ。

――私に君を援助させてもらえないだろうか。

その一言がなかなか言えなかった。

シンの家はカースト制度の厳しいインドの上流階級である。生まれた時から大勢の召使いに囲まれ、金銀の食器で食事をし、何不自由ない生活をしてきた。だがマッカリは、低いカーストの出だった。本来なら共に肩を組み合ったり、同じ皿の料理を食べたりすることすら考えられないカーストの差である。

しかし、シンはマッカリが誰よりも高潔で、そして才能に満ち溢《あふ》れた数学者であることを知っていた。

大学の入学式の日。着飾った学生達の中で佇《たたず》む、みすぼらしいシャツと裸足《はだし》にサンダル姿のマッカリを見た時は正直驚いた。ただ、広く聡明《そうめい》そうな額と純粋な美しい瞳《ひとみ》をしているのが印象に残った。

同じ授業を受け、少しずつ話をするようになると、マッカリが素晴らしく機知に富み、努力家で、誠実な人物であることが分かっていった。

(マッカリは天才だ。数学者として、自分よりずっと優れた人物だ)

シンは彼の編み説く数字を見て、そう感じた。嫉妬《しっと》など覚えなかった。純粋な感動に打ち震えた。尊崇の念を抑えることができなかった。

マッカリが数学界から干された後も、二人は『無限大の方程式』を紐解くためにタッグを組んでいる。

そして最近のマッカリの疲労の色は、痛々しいほどだった。

シンにはマッカリの家族ごとを養ってやれる金銭的余裕がある。だが、カーストの感覚では、援助すなわち『施し』をするという行為は、上のものが下のものにする行為だと見なされる。

つまりシンがマッカリに金銭的援助をするということは、平等な関係ではなく、シンがマッカリより上の立場の人間だと表明することなのだ。

それはしたくなかった。

マッカリと肩を並べる友人でいたかった。

マッカリもまた同じように感じているのだろう。どんなに困っている時も、決してシンに物をねだったり、便宜を図ってくれと求めることをしない。

だから自分も、ずっとこのままの関係で居たいと望んでしまった。

シンはこの小さな研究室が好きだった。シンが勤める国防省の国家情報技術部とは違い、何の飾りも設備も無い場所。天井の明かりなど裸電球だ。

そこで二人、己の思考をただ純粋に追い求めるこの時間を、シンは何よりかけがえのないものだと感じていた。

マッカリはシンが書き記したデータを読み込んでいた。

じっと思索に熱中している友の横顔は、シンが理想とする「非所有の聖者」の化身であるかのようだ。

(そうとも、マッカリがこんなことで潰《つぶ》れるような男であるものか)

シンは自分に強く言い聞かせた。

「ずっと考えていたんだけど、ここに、こういう式を組み込んでみたらどうだろう」

そう言うとマッカリは、二人で組み立てていた式の途中に、新たなる方程式を書き込み始めた。

マッカリは何をしていても、宇宙の遠大な謎についてたゆむことなく考えているのだ。

彼ならいつか答えに辿《たど》り着く。そうすれば今度こそ、彼は世間から認められる。この研究室から飛び立ち、世界に羽ばたくのだ。

その時こそ自分はあらゆる手を尽くし、彼を応援してみせよう。

シンが何度目かの決意を胸に刻んだ時だ。

突然、マッカリが苦しげなうめき声を上げると、胸を押さえた。

「どうしたんだ？　具合が悪いのか？」

シンの声にマッカリは応《こた》えず、床に崩れ落ちた。

シンが慌てて駆け寄ると、彼の顔は蒼白《そうはく》で、呼吸をしていない。脈を取ると、ほとんど感じられないほど弱い。

心臓麻痺《まひ》だ。やはり無理が祟《たた》ったのだ。

「マッカリ、マッカリ！」

シンは救急車を呼び、狂ったように友の心臓マッサージをして、人工呼吸を続けた。

マッカリは弱々しく、しゃくりあげるような不規則な呼吸を繰り返している。

永遠の地獄にいるような時間が経ち、救急車がやって来た。

マッカリは担架に乗せられ、シンは友と救急車に乗り込んだ。

心臓マッサージ器《AED》がマッカリの胸に押し当てられ、ショックの激しい音が響いた。

救急車はダウンタウンを抜け、シンが懇意にしている近代設備が整った総合病院へ向かった。もっとも信頼できる心臓医療の病院だった。

シンはマッカリの手を握りしめていた。

「もうすぐだから、もうすぐ病院に着くから、しっかりするんだ。死ぬんじゃない。無限大の方程式だってまだ出来てないんだ」

小さな悲鳴のような声で訴えると、マッカリが少しだけ頷《うなず》いた。

意識が戻っている。自分の声が聞こえているのだ。

シンは必死でマッカリを励まし続けた。

車もようやく大通りへ出た。希望の光が見えた気がした時だった。

いきなり救急車が停止した。

「どうしたんです？」

シンが驚いて辺りを見渡すと、前後左右にびっしり車が列を成し、大渋滞が起きていた。

「前方で事故が起こったんです。信号が変なんですよ」

運転席の男が言った。

「何ですって？」

シンが運転席に身を乗り出して見ると、町中の信号機が、どれもこれも毎秒ごとに色を変え、明滅を繰り返しているのだ。

何が起こっているのかまるで分からない。

シンは焦った。

「迂回路《うかい》は取れないんですか？」

「ご覧の通り、これでは全く動けませんし、病院へはこの道しか……」

「そっ、そんな！　担架を下ろして運ぶなり、なんとか他に方法は？」

だが既に車外はパニック状態で、あちこちでクラクションが鳴り響き、怒号が飛び交っていた。何事が起こったのかと怯《おび》える人々が路上一杯に集まってくる。いつ暴動が発生するか分からない緊迫感が漂っていた。

病院まで残り三キロ余り。とても突破できる状態ではない。

刻々といたずらに時は流れ、友の呼吸は弱まっていく。

シンは友の名を叫び、次第に冷たくなっていく手を握ることしか出来なかった。

その時、シンの携帯電話が緊急呼び出しの音を立てた。政府からの電話だ。

『チャンドラ・シン君、国防プログラムに障害が起こった。交通機関と重要拠点へのサイバーテロと思われる。直ちに出頭し、プログラムの復旧に努めてくれ』

「サイバーテロですって……？」

『ああ。一部の銀行、病院、警察などにも障害が出、交通渋滞および交通事故が多発している。国家的緊急事態だ。研究員が総出で復旧に努めているが、君の手が必要だ』

「分かりました」

シンは電話を切り、友の手を強く握った。

「マッカリ、どうか待っていてくれ。すぐに私が君を救うから……」

シンは決死の思いで車外に飛び出し、人混みをかき分けながら国防省へ向かった。人に弾《はじ》かれ、突き飛ばされ、車に轢《ひ》かれそうになりながら、走りに走って国防省の門を通り抜けた。

鬼神のような働きでプログラムに応急処置を施し、国中の機関に入り込んだ悪質なウィルスを隔離する。そこまでの作業に丸八時間かかった。

予備プログラムが走り始めたのを確認すると、後の処理を部下達に任せ、シンは病院へ車を飛ばした。

不吉な血の色をした夕陽が照っていた。

そして駆けつけた病院に、マッカリの姿は既に無かった。

「マッカリは何処へ行ったんですか……？」

シンは震える声で看護師に訊《たず》ねた。

「ご親族の希望で、ご遺体はサーハブ研究所に運ばれました」

看護師は答えた。

「遺体ですって？　マッカリは助からなかったんですか？」

「ええ。病院に運ばれた時には既に……」

シンの全身から力が抜けた。ぼろぼろと涙が溢れてくる。

「せめて遺体に会いたい……。どこへ行けばマッカリに会えるんです？　サーハブ研究所とは何処にあるんですか？」

「さあ……それはこちらからは何とも。ご遺族にお訊ねになって下さい。ご遺体は最後にはご実家に戻られる筈《はず》ですから」

シンは病院を出、そのまま飛行機でニューデリーからヴァラナシへ飛んだ。

マッカリの実家があるヴァラナシの気温は高く、湿気が肌に纏《まと》わり付いた。

細い路地が入り組み、生ゴミや汚物が散乱する道を、牛や犬が徘徊《はいかい》している。

ガンジス川にほど近いマッカリの家では、既に葬儀の準備が整えられていた。

薪《まき》を川の畔《ほとり》に積み重ね、白布に包まれたマッカリの遺体がその上に運ばれていく。

「どうか友に最後の挨拶《あいさつ》をさせて下さい」

シンがマッカリの母親に言うと、母親はシンの腕を摑《つか》んで引き止めた。

「あの、見ないでやって下さい……どうか……」

だが、シンはふらふらと夢遊病のような足取りでマッカリの許《もと》へ向かった。

薪の上に無造作に置かれた白い布をそっと捲《めく》る。

どうしても最後にマッカリの顔を見たかったのだ。

だが、布の下から最初に出てきた彼の腹部を見た瞬間、シンの手は震えた。

一目で分かる大きなY字の切開の痕《あと》。明らかに心臓マッサージの為ではない傷痕だ。

マッカリの死に顔は苦悶《くもん》の表情を浮かべ、頭部には白い布がターバンのように巻かれていた。豊かだった髪もすっかり剃《そ》り落とされている様子だ。

「彼に何をしたんですか……！　遺体の臓器や髪を売ったんですね⁈」

シンは母親を振り返って叫んだ。

「ご、誤解しないで頂戴《ちょうだい》。人の為になることなのよ……」

母親は後ろめたさを隠すように、夫の背後に隠れた。

「説明して下さい！　彼に何をしたんです？　マッカリはこんな下町で埋もれるような人間ではなかった。こんな場所で、あっけなく火葬されて忘れられるような人間ではなかった。彼には輝かしい未来があった。なのに……マッカリの遺体まで傷つけるなんて、一体、あんた達は何を考えているんだ！」

マッカリの父は、マッカリとは似ても似つかぬ粗野な感じの男だった。

そして開き直ったように言った。

「ふん。そんなことを言うなら、なんであんたは大金持ちなのに、俺の息子に金をくれなかったんだ。えっ。俺は何度もそうしてもらえと息子に言ったぞ。なのに、あんたは施しをしなかったんだ。息子はな、もっともっと稼げる男だったのに、死んでしまったんだぞ。あんたのせいだ。普通、金持ちは貧乏人に施しをするもんだろう！」

シンはその言葉に打ち震えた。


こんな人間に何を言っても分かるわけがない！

私とマッカリのことなど……！

シンは居たたまれず、その場から逃げ出した。
此処《ここ》は本当のマッカリの居場所ではなかった
本当のマッカリは、今も研究室のノートの中に居る
彼の研究は私が引き継ぎ、マッカリの遺志を決して死なせない！

それでも私はこの先、自分自身を決して許さないだろう
そしてもう一つ許せないものがある
それはあの忌まわしいサイバーテロ……
あの渋滞と事故さえ無ければ、マッカリは死ななかった
直ぐに病院に着きさえすれば……！

シンは携帯を取り出し、国防省にいる叔父《おじ》に電話をかけた。

「叔父上、教えて頂きたいことがあります」

『何処にいるんだい、アジメール。皆が心配しているぞ。君が作った素晴らしいプログラムが破られたのは残念だったが、今後も引き続き、君が研究室に残れるよう手配をしておいたから、何も心配はないぞ』

叔父の声はシンの耳を素通りしていった。

「教えて下さい。誰なんです？」

シンは訊ねた。

『何がだね？』

「サイバーテロを起こした犯人です。誰がやったのか、分かりましたか？」

『ああ、その事か。犯行声明まで出して、ネットに上がっているよ。最悪の天才ハッカーと呼ばれているローレン・ディルーカという奴だ』

「ローレン・ディルーカ……」

シンは拳《こぶし》を握りしめ、その名を胸に刻み込んだ。

ローレン・ディルーカ、私はお前を絶対に許さない！

シンはその時、どんなことがあっても友の仇《かたき》を追い詰めることを誓ったのだ。

そして彼はマッカリと借りていた研究室に戻り、書きかけのノートを手に取った。

ノートとデータ表以外、髪の一房さえマッカリは残さなかった。特に彼の人柄を映すような大らかな文字と数字が刻まれた手書きのノートは、マッカリの分身のように感じられた。

シンは直《じか》にその上から文字を書き加えることさえできず、新たなノートに友の伝えようとしていた方程式を展開し、推理しながら、何年も調整を続けていった。そして、未《いま》だに方程式は完成していない。

だが、マッカリがオーモットの奇妙な事件に関係しているのであれば、マッカリが言わんとしていることを理解出来るのは、自分以外に存在しない。

シンはそう確信していた。

彼に汚名が着せられるというなら、私が雪《そそ》いでみせる！

シンはマッカリのノートをそっと手に取った。

マッカリの死後、彼は国を捨ててまでローレンを追い続け、とうとうローレンのいた研究室にまで辿《たど》り着くことができた。

今まさにその場所でマッカリのノートを開いて見ると、胸が潰《つぶ》れそうな思い出が押し寄せて来、涙が止まらなくなる。

シンはここ何日も、その津波のように激しい感情に押し流され、身動きが取れずにいたのだった。

だが、もう泣いてはいられない。

シンは白布を強く髪に巻き、身支度を調え直した。

雑念を捨て、己の感覚を研ぎ澄ませるべく瞑想《めいそう》を行う。

最初に行うのは、カーヤ・ウッサッガ。ジャイナ教で最も古い瞑想法だ。全てにおいて偽りを避け、サット（真実）に意識を集中させる為の修行であった。

4

翌朝、平賀とロベルトは正式な司祭服に着替え、サンティ・ナントラボ社に出向いた。

マッケンジー医師の紹介だと述べると、小さな会議室に通された。

そこで暫《しばら》く待っていると、白衣を着たロシア人らしき小柄な男と、ビジネススーツ姿の弁護士風の男が部屋に入ってきた。

最初に口を開いたのは弁護士風の男だった。

「私は広報担当のベンジャミン・モーブです。彼は実験主任のアドルフ。貴方《あなた》がたがメリッサ・エヴァンス夫人の代理人ですね。ケヴィン・エヴァンス氏の死と我々の手術の因果関係を疑っておられるとか」

「ええ。マッケンジー医師は動物の脳移植手術実験の成功を訴えておられましたが、人間に脳移植手術を施すなど、問題があり過ぎます。中には術後の経過が悪く、お亡くなりになった方もあるのでは？」

「ケヴィン氏の死因が手術によるものだとは考えにくいですね。実にまあ、奇々怪々な死だとは思いますが、人々は伝説の魔獣によって殺されたといっているようですよ」

ベンジャミンはロベルトの反応を見るような顔をした。

「天下の科学研究所の方が『伝説の魔獣の仕業だ』などと話を逸《そ》らされるのは意外です。ともあれ、正式な委任状と、他の被験者方の手術後の経過を見せて頂くことが出来なければ、こちらとしても神の代理人として引き下がるわけには参りません」

ロベルトは神父らしい折り目正しい口調で言った。

それは暗に、そうした証拠があれば事を大騒ぎにする気は無いというニュアンスを含んでいた。

ベンジャミンとアドルフは立ち上がり、部屋の隅に言って、何か小声で相談し合っていた。

「成る程……」

白衣の男が部屋を去って行くと、スーツの男が再びロベルトと平賀の前に座った。

そして手にしていた分厚い書類入れの中から、次々と書類を出していった。

「これらは実験経過の報告書、ノルウェー政府からの実験の許可書、そしてケヴィン・エヴァンス氏直筆の実験への参加同意です。偽物は何一つありません」

平賀とロベルトは、それらをくまなく見て、実験の全容を初めて把握した。

それは事故による脳損傷や、脳機能障害を持つ患者に対し、サンティ・ナントラボ社に提供された脳死直後のドナーの脳を一部移植するという内容のものであった。

「書類上は問題がないようですね」

平賀が言う。

「しかし、ケヴィン氏は事故による脳損傷の患者でもありませんし、日常生活に支障を来すような障害もお持ちでなかったと聞いていますが？」

ロベルトが言った。

「ケヴィン氏は加齢による仕事の能率低下と、物忘れに深く悩んでいらしたのです。我々の研究の目標の一つに、アルツハイマー病や認知症、加齢による脳機能低下の治療があります。成功すればまさに夢の若返り技術となるでしょう。死ぬまで脳と意識が元気でいられるとしたら、あらゆる民間人あるいは高知能の研究者などの賛同を得られると考えています。ケヴィン氏への施術はそうした研究の一環として位置づけられます」

「それは現状健康な人でも、より賢くなるという研究に繋《つな》がりませんか？」

ロベルトは怪訝《けげん》そうに訊《たず》ねた。

「本音を言えば、それを望む方は多いと思いますよ。技術が確立すれば、爆発的な流行を呼ぶでしょう」

ベンジャミンは薄く微笑んで答えた。

「しかし、倫理上の問題があるでしょう……」

言いかけたロベルトの言葉を遮って、平賀が元気よく言った。

「ラース・ヨハンセン氏に会わせて下さい」

そこから先に二人を案内したのは、実験主任のアドルフであった。

「メリッサ夫人が何を考えているのかは知らないが、ケヴィン・エヴァンスの死は我々の手術とは無関係なんだよ。なにしろ手術は完璧《かんぺき》だったんだからね。神父さんも感動するような、素晴らしい実験結果だったんだ。今から数年後、この素晴らしい技術が普及し、人類の歴史を変えるだろうね」

アドルフは自信満々に言った。

学者というのはそうした傾向がある。マッケンジー医師もアドルフも、自分達の実験は価値あるものだと信じている様子だ。

「大変興味深い研究ですね」

平賀が微笑んだ。

「しかし、事実として、ケヴィン氏の性格が変わってしまったという訴えがあります。その辺りのことはどうお考えなのです？」

ロベルトの問いに、アドルフはフッと鼻で笑った。

「性格だって？　そんなものは普通に生きていたって多少は変わるだろう。脳全体の性能の向上に比べれば、どうでもいい部類の話だ。それに、新薬レイズによって脳神経の情報同士が円滑に結びつき、混乱することなく処理出来るようになるんだ」

アドルフは乱暴に言った。

「レイズの効果はそんなに凄《すご》いんですか？」

平賀が興味津々の顔で訊ねる。

「ああ、まさに画期的だね。人の脳回路は神経細胞がシナプスを通じて繋がり、その繋がりが多く複雑になるほど、知性が高くなる。これは当然のことだろう？

レイズはシナプスを神経細胞に定着させ、さらにそれを他のシナプスに向かって繋げる動きを促すんだ。一般的には、生体内に元々存在するファシクリン2という物質がその役目を担っているんだが、新薬の効能はもっと凄い。新薬と、動物の体から抽出したファシクリン2とを使って比較実験した結果、新薬では神経管のシナプスの連結の早さが三倍にもなったんだ。後でそのデータも見せてあげるよ」

「移植されたドナーの脳が機能していく過程も見たいのですが、MRIやPETのデータなどはお持ちですか？」

平賀が言うと、アドルフは満面の笑みを浮かべた。

「平賀神父は話が分かるようだな。よし、後で特別にデータを見せてやろう」

「有り難うございます。ところで、ドナーの提供元は、インドにあるサーハブ研究所ですか？」

平賀はズバリと訊ねた。

「よく知っているね。その通りだよ。インドや中国では新鮮な脳や臓器が安く手に入る。ヨーロッパなどは何かとうるさくてやりにくい」

アドルフも気安く笑って答えた。

「レイズを過剰投与するとどうなります？」

「まあ向精神薬の一種だから、当然、不可逆的な脳の変質を引き起こす可能性はあるね」

「そうですよね。ただ、事故等による脳機能の低下によっても、実際には人格荒廃や意識レベルの低下は起こりえる訳ですから、どちらが悪いとも言えませんしね」

「そういう事だよ、平賀神父」

まるでマッドサイエンティスト同士の会話だ。ロベルトは小さく溜息《ためいき》を吐いた。

「ロベルト神父さんも、皆に会えば納得するだろう。被験者が今、どれほど幸せになっているかがね」

三人はエレベーターで地下に降り、ゴルフカートのような乗り物でラボへ到着した。

ずらりと並ぶ扉の一つを開けると、そこは清潔に保たれたプレイルームであった。十代から三十代までの男女が五人ばかりくつろいだ様子でいる。

ある者は細かなジグソーパズルをしていたり、あるいは本を読んでいたり、知恵の輪に興じていたり、絵を描いていたりした。

「彼らの前半生はとても幸せとはいえないものだった。

例えばあの男性。彼は交通事故の脳損傷で全身麻痺《まひ》だったのが回復した例だ。それにあの女性は精神科の病棟に放り込まれ、拘束衣で過ごしていたんだ。そっちの方がよほど問題じゃないのかな？」

アドルフは二十代の青年と、落ち着いた表情で絵を描いている女性を指さし、誇らしい顔で言った。

「それは素晴らしいことですね。でも、あの彼などはまだ子供ですよ。教育で伸ばす方法もあったのでは？」

平賀が十代の少年を指さした。

「オリビエか。彼のＩＱは三六だったんだよ。しかも無学な両親は、彼を鞭打《むちう》つことで教育しようとした。近所の人々が警察に通報した後も、施設を盥回《たらいまわ》しにされていた」

アドルフはそう言うと、少年に声を掛けた。

「オリビエ、君は今、手術をして幸せかい？」

すると少年は、こくりと頷《うなず》いた。

「はい。毎日、色んなことが学べて、色んなことが分かって、とても有意義に過ごしています」

オリビエはハキハキと答えた。

「どうだね？」

アドルフは平賀とロベルトを振り返った。

「我々は治療が必要かどうか見極めているんだよ。被験者の保護者や後見人の承諾も得ているし、不適合による拒否反応が出ないかどうかも調べた上で実験している。皆、もう少し学習の機会を与えれば、職業を得ることもできるだろう」

「被験者の方々に素晴らしい結果が出たことは認めますが、ドナーのことが気になりますね。一体、ドナーはこのような目的で自分の脳が利用されることを望んでいたんでしょうか？　ドナーのご家族にはこういうこともお知らせですか？」

ロベルトが訊ねると、アドルフは肩を竦《すく》めた。

「実際、ドナーの多くは自主的にサーハブ研究所と契約してるんだよ。優れた学者や文化人の脳は保管されるべき人類の財産さ。だから僕達は生前から彼らに話をもちかけたりもする。そうすると、実験に是非参加したいと言い出す人達も多くいるんだ。僕も既に死後の契約書を書いている。ま、中には一部、そうじゃない人間もいるがね」

「ラース・ヨハンセン氏は何処にいるんです？」

平賀が訊ねた。

「この時間だと、彼は職場だ。遺伝子工学のラボの助手をしているんだ。呼び出すから待っていてくれ」

アドルフが何処かに電話をかけ、暫《しばら》くすると小柄で気の弱そうな赤毛の青年が部屋に入ってきた。

「ラース、君のことをこの方々に紹介したいんだ」

アドルフが言うと、ラースは両手を合わせるというインド風の礼をした。

「初めまして。僕に何かご用ですか？」

それはとても優しげな声であった。

「貴方《あなた》は今、両手を合わせて礼をしましたね。その癖はいつからです？」

ロベルトが訊ねた。

「さあ……よく分かりません。気がつくと自然にしていたんです」

「移植された脳の記憶なのでは？　ラースさん、貴方は脳の移植後に記憶が混乱したり、情緒的に不安定になったりしませんでしたか？」

「いえ……。特別に混乱とかはしてなかったように思います」

ラースは困ったような表情で答えた。

「貴方はケヴィン・エヴァンス氏をご存じですか？　先日、氷漬けの部屋で変死した男性です。貴方と同じ手術を受けていたのですが」

ロベルトはラースの反応を窺《うかが》いながら尋ねた。

動揺、警戒心、焦燥感、ラースが犯人ならば必ずそういうものが顔に出るはずだ。

しかしラースは特に動じている様子はなく、コクリと頷いた。

「その人の事は新聞で見ました。死因のことは僕には分かりませんし、手術に関しては悪いものとは思っていません」

「実験結果は素晴らしかったと？」

「少なくとも僕は自分の人生が変わったと感じています」

ラースは言葉を濁さず答えた。

「以前より良いものになったと？」

「そう思います」

「失礼ですが、少し貴方のことを調べさせて貰《もら》いました。本当にあの薬や手術が良い結果をもたらすものかどうか確かめたかったのです。それで確認したいことがあります」

「何でしょう？」

「手術後、レイズを飲むようになってから、不思議なものが見えたとか、記憶の混乱や、感情の抑制が利かなくなったことはありますか？」

ラースは奇妙な顔をして首を振った。

「いいえ。ケヴィンさんはそんな風だったのですか？」

「ええ」

「そうですか。でも、僕には特別な問題はありません」

「夢遊病や、どこかに外出した記憶がない、というようなことは？」

ロベルトは鎌をかけた。

「ありませんね……。敢《あ》えて言えば寝る時間が人より長いようです。夜八時になると眠くなってしまうのです。生まれて初めて脳を使っているからでしょうか」

ラースは大真面目な顔で答えた。

「ところで、貴方にはモネ・ヨハンセンという妹がいらっしゃいましたね？」

ラースは驚いた顔をした。だが、不味《まず》い秘密を知られたという風情ではなく、単にいきなりの話に驚いたようだった。

「どうしてそのことを？」

「オーモットのお年寄りの方から聞いたのです。昔、アウン城の首吊《くびつ》りの森で少年少女達がハティに出会い、モネという少女が凍死体で見つかった事件があったと」

「あれを覚えていた人がいたなんて。僕ですら忘れているぐらいなのに……」

「忘れていた？」

その言葉に、今度はロベルトが驚いた。

「ええ、実をいうと施術前の記憶というのは、感情や思考を伴わない断片的な映像のようなのです。モネの笑顔や僕を呼ぶ声は覚えています。森で狼を見たことも、モネが死んでしまったことも……。でも全ては靄《もや》の中のような出来事で、臨場感がないんです。まるで他人の人生を覗《のぞ》き見ているような感じというのでしょうか」

「妙な話ですね。モネさんと貴方は、とても仲が良かったという噂だったのに？」

「えっ、そうなんですか？　どんな風だったのです？」

ラースは知りたがっていた。

巧みな芝居なのか、本気なのかロベルトにも判断がつきかねた。

「彼女はとても兄の貴方を慕っていて、よく貴方の面倒を見ていたといいます」

「本当ですか？　なんて残念なことなんだ。僕にはそんな妹がいたのに、よく分かっていなかったなんて……」

「貴方とモネさんは、友人達と首吊りの森へ行った。友人が悪戯《いたずら》で仕掛けた狼の姿に驚いた貴方は山へ逃げ、モネさんは貴方の後を追いかけて遭難し、凍死体となって発見された。こう言っても思い出せないですか？」

ラースは驚愕《きょうがく》の表情で暫く固まっていた。

そしてわなわなと拳《こぶし》を震わせた。

「そういうことでしたか……。僕の断片的な記憶にあるのは、狼が自分に挑みかかってくる姿、そこから走って逃げたこと。それから父に手を引かれ、モネの死体を見たんです。でもそれらの意味は分かっていませんでした」

「施術を受けて思考力が向上した後も、その時のことを考えなかった？」

「ええ、一度も。新しいことが次々と理解できるようになったので、そのことで興奮してばかりでした。昔のことを振り返ることはありませんでした」

ラースは力なく首を振った。

「ルーカス・ズワルト、キルステン・ニゴール、クラウス・フリーデンという名前に覚えは？」

「誰のことです？」

「貴方と一緒に魔獣を見たと証言した少年達の名です。恐らく貴方に悪戯をしかけた少年達ですよ」

ラースは大きな溜息《ためいき》を吐いた。

「記憶にありません。当時の僕は、父母と妹の名前を覚えるだけで手一杯でした。他の人のことは全て知らない誰かだったんです」

「シュールストレミングは好きですか？」

ラースの眉《まゆ》がぴくりと動いた。

「あの魚の発酵品のことですか？」

「ええ、そうです」

「僕がこの世で一番嫌いな食べ物だということは確かです」

「何故です？」

「何故って……。臭いからですよ」

ラースは顔を大きく顰《しか》めた。

「しかしノルウェーの方は、あの臭さが良い香りと感じるそうですが」

「年寄りはそう言うらしいですね。けど、若い世代には苦手な者も多いんです。何故、いきなりそんな話を？」

「いえ、先日、シュールストレミングをご馳走《ちそう》されたのですが、どうにも食べられませんでね。どこがいいのか聞きたかっただけです」

「僕に聞いても無駄でしょう。なにしろ大嫌いですから」

激しい拒絶感、怒っているのを必死に抑えようとしている表情。

過去の記憶が定かではないというラースの他の証言は本当だとしても、シュールストレミングという彼の渾名《あだな》だったものには明らかに反応している。

「マッカリ・サーナンダという人物に覚えはありますか？」

「知っています。僕のドナーですね」

ラースは即答した。

「では、アジメール・チャンドラ・シンという名に覚えは？」

するとラースは大きく目を見開いた。

「何故でしょう。知らない人物の筈《はず》なのに、凄《すご》く不思議な気持ちです。胸が苦しくなるような……目の奥が痛むような……。アドルフ先生、少し休んでもいいでしょうか？」

ラースがアドルフに訴えるとアドルフは眉を顰《ひそ》めた。

「それはいけない。すぐに医務室で休みなさい」

「すみません。失礼します」

ラースは足早に部屋を出て行った。

「困るね、患者を無駄に疲れさせては」

アドルフはロベルトを睨《にら》んで言った。

「申し訳ありません。しかし、ラース氏の理性的な受け答えには、正直感動を覚えました。僕は施設時代の彼のことも少し調べたのですが、確かに今とは全く違います」

するとアドルフはパッと顔を輝かせた。

「そうだろう？　彼は素晴らしい成功例なんだ」

「ええ、そのようです。一つ訊《たず》ねてもいいですか？」

「何だね」

「ラース氏の住所はサンティ・ナントラボ内となっていました。研究所内に寝起きしているなら、彼の行動記録などが詳しく残っているのでは？」

「何故そんな事を知りたがるんだ？」

「ケヴィン・エヴァンス氏には夢遊病の気があったので、ラース氏も同じかと思ったのです。それを確認したくて」

ロベルトは嘘を吐いた。

「いや、夢遊病の記録は特にないな。ラースは術後三年間はナントラボ社内に住んでいたが、症状が安定した今は一人暮らしをしている。ナントラボ社が買い上げた敷地内にある一軒家でね。まだ使える家が沢山あるから、研究員の寮代わりに使っているんだ」

「成る程……。では、今では彼の行動を逐一監視もしていないと？」

「そうだね。我々は彼を知性ある一人の人間として、極めて人道的に扱っている。無論、定期的な検査は欠かさないし、異変があれば注意しているよ」

アドルフは胸を張って答えた。

「では、彼の勤務表を見せて貰《もら》えませんか？　彼が真面目に勤務していることを確かめたいので……」

ロベルトはラースのアリバイを確認する為に言った。

「そこまで疑うのかい？　なら、見るといい」

アドルフはパソコンを操作し、ラースの記録を表示させた。

勤務記録は五年前から始まり、当初は一、二時間の勤務だったものが、次第に勤務時間が長くなっていく様が見て取れた。一年も経つと、毎朝八時に出勤し、夜七時に退社するという、極めて規則正しい記録となっている。

だが、去年の三月下旬から、時々、記録に『L』という小さな但し書きが現れるのをロベルトは発見した。四月二十八日、六月三十日、七月十九日、八月七日、一月十六日そして三月二十三日と、事件のあった日には必ず記録に『L』が付いている。

「この『L』というのは？」

ロベルトはさり気なく訊ねた。

「ああ、それはナントラボ社の姉妹企業、ラールダール・テクノロジー社に彼が出向した日だね。あちらの職員の助手として、たまに出向するよう要請があるんだ。ラースはあっちのラボでも高い評価を得ている」

「彼はラールダール社で何の研究を？」

「IT関係だろう。詳しくは僕も知らないね」

アドルフは興味がなさそうに答えた。

（去年の三月下旬からか……）

ロベルトが考え込んでいると、背後から平賀の声が聞こえた。

「アドルフ博士、ラース氏の脳のデータを詳しく見せて下さい」

「おっ、そうだったね。よしよし、待ち給え」

アドルフは満面の笑みで平賀に駆け寄っていく。

CT画像の前で語り合う二人は、すっかり意気投合している様子である。

ロベルトはここは平賀に任せようと考えた。

「博士、平賀。僕はこの辺で失礼させて頂きます。

アドルフ博士、僕はラース・ヨハンセンの自宅にカメラを設置し、夢遊病の記録を取ることを強くお勧めします。もし異変があれば、平賀か僕に知らせて貰えないでしょうか？」

ロベルトが言った。

「ふむ……。考えておくよ」

アドルフは答えた。

第六章　闇の中の閃き

1

夕刻、まだ研究所にいた平賀と、図書館で調べ物をしていたロベルトに、ビルから連絡があった。平賀の望む実験の準備が整ったというのだ。

四人はオーモット大学の研究室で合流し、平賀による実験が開始された。

ケヴィン・エヴァンス邸と広場の簡易模型を配置した後、平賀は工場でもらってきた壁の資材で塀に見立てたものを作った。

そして電力会社から借りてきた配電図をもとに、広場とエヴァンス邸に電線を敷いた。

そのとき街にあったイルミネーションの代わりに、広場には豆電球が沢山取り付けられている。

そうして次に、小さな発電機から電力を引くコードの先に変圧器と金属の棒を取り付けた。

平賀がスイッチを押すと、金属の先からは、バリバリと青い稲妻のような光が飛び散った。

「用心して下さいね。三百万ボルトは超えていますので。これでも想定されるものよりずっと弱くしたんですが、事件を再現するにはこのぐらいは必要なんです。皆さん下がって下さい」

そう言われ、ロベルトとビルとミシェルは模型から離れて立った。

「溶解したシュールストレミング缶が見つかった場所がここです。この広場一帯には、街の主要な建物、行政機関、警察本部、学校、それから高級住宅地などが集まっていますので、電力会社から太い主電線が通り、この地点で分岐回路が設けられ、ここを中心に同心円を描くようにして街に電線が敷かれています。そしてここには遮断器も設けられているんです」

「遮断器とは？」

ビルが尋ねた。

「簡単に言えば、落雷などがあり、電線に規定量以上の電流が流れた場合、回路が故障しないよう自動的に電力をオフにしてしまう制御装置のことです。ですからここに大量の電気をこのように流します」

そう言うと平賀は、持っていた金属棒を、制御装置に見立てた場所のすぐ上に移動すると、スイッチを押した。

青白い火花が散って、遮断器と電気回路の分岐点に落ちたかと思うと、豆電球が一斉に消えた。と同時に、エヴァンス邸の塀が粉々になって弾《はじ》け飛んだ。

一瞬のことであったが、弾け飛んだ粉は火花を上げ、金属棒の周りを渦巻いたように見えた。

そして後には黒い煤《すす》のような痕《あと》が、エヴァンス邸と広場に渦を描いた状態で広がっていた。

「こういう事だったんです」

平賀がスイッチを切って微笑んだ。

「……どういう事なんです？」

残りの三人は呆然《ぼうぜん》と訊《たず》ねた。

「犯人は遮断器上に設置したシュールストレミング缶に対し、落雷のような強い電流を地表の近くから流し込んだんです。それを受けて遮断器が働き、大停電が起こった。エヴァンス邸の壁が吹き飛んだのは、地下を通っていた電線を一瞬だけ伝った強い電流のせいです。

元々、邸《やしき》の塀の材料は粉砕された粒子状の金属物質です。それをプレスしてコーティングしただけなので、コーティング剤を溶かすほどの強い熱と衝撃が加われば、一気に粒子状になります。金属粒子に対して一定方向の強い電気を流すと、それは磁石化します。そして電流に対して右回転の磁界の力で渦を巻くんです」

「右回転の力？」

「はい。ジュニアハイスクールで習いませんでしたか？　電流が上から下に流れると右回転の磁界の力が生まれると。いわゆる『右ねじの法則』というものです」

「ああ……そういえばあったね。確かフレミングの法則と一緒に習った気がする」

ロベルトがどこか疲れたような顔で呟《つぶや》いた。

「ええ……確かこんな奴ですよね」

ミシェルは親指と人差し指と中指で、有名なフレミングの法則の形を作った。

「はい。それは磁界によって受ける力の方向と、磁界の方向、そして電流の方向の関連性を示したものですね。『右ねじの法則』も電流と磁界の力の法則です」

平賀は元気よく答えた。

「ああ……ようやく思い出しました。電流や磁界の向きに手を回す度に指が吊《つ》って、どの指がどちらを向いているのか判然としなくなる奴ですね」

ビルも指でフレミングの法則の形を作りながら呟いた。

「分かります、課長。指の角度を九十度に保つのが難しいというか、腱《けん》が吊るというか」

「うむ。私はあれから科学がどうも苦手になったんだ」

三人が指をあちこちに向けたり捻《ひね》ったりしているのを見て、平賀は首を傾げた。

「あの、どうして手を動かすんですか？」

「だって教師がそうすると分かりやすいと教えるだろう？　僕は手が痛いのが嫌で、頭の中で立方体を回して考えてたな……」

ロベルトは遠い目をした。平賀は頷《うなず》いた。

「手なんて動かさなくても、三つの力の方向の関係性は同じなのですから、一つの力が逆を向くだけなら、他の二つは逆に向きますし、二つの力が逆を向けば、残りの一つは逆の逆で元の向きの力です」

「あっ、そう言われてみれば」

「初めからそう教えてくれれば良かったんです」

ビルとミシェルは口々に言った。

「えっと、次にサスキンス捜査官や広場の人々が見た火花の正体ですが、小さな粒子となった金属には酸化金属も多く含まれていたんです。電線を伝って高熱と衝撃が加わった時、その酸化金属と、塀の材料に吸湿材として含まれていた炭素系物質が大気中で燃え、還元反応を起こしたのでしょう。そして燃えた後は酸化鉄だったものが鉄に、酸化アルミニウムだったものはただのアルミニウムに変わります。現場から検出されたのはそうした物質でした。ケヴィン・エヴァンス邸の壁の材質と一致します」

「成る程……」

「次は月が消えた現象の説明です。これを見て下さい。月が消えた日の人々の証言を地図上に書き込んだものです」

そう言うと、平賀は大きな地図を広げた。

そこには人々が証言した天気と、月が消えた或《あ》いは見えたという位置が克明に記され、月が消えた範囲が大きく枠で囲まれていた。

それは一つの点を中心に、ほぼ扇状に広がっていた。

「ここを注目して下さい」

平賀は扇状の起点となる場所の反対側に記されている天気図を指さした。

「曇っていて、月が見えなかったとあります。つまり月が消えたと証言している人々は背後には、月が見えないほど曇っていたとされる人々の証言があるんです」

「どういうことなんだい？」

ロベルトが訊ねた。

「実験で確かめれば分かってもらえると思います」

そう言うと、平賀は部屋の奥へ歩いて行ってドアを開けた。

そこには小さな豆電球と、その後ろに、ドライアイスを入れて密封され、白い煙で満たされた水槽が置かれていた。

ロベルトとビルとミシェルはその前に並べられている椅子に座った。

「今、みなさんの目の前にある豆電球が月です」

平賀がそう言いながら、部屋の電気を落とすと、豆電球の光だけが暗闇で輝いていた。

「月はこんなに小さくないでしょう？　皿ぐらいの大きさはあるはずだ。満月なんか特に大きい」

ビルが言う。

「いえ、目視での月はこの大きさなんです。直径約二十二ミリ以下ですね」

「本当に？　満月の時はもっと大きいのでは？」

ミシェルも不思議そうに尋ねる。

「いいえ、月はどんな状態でも大きさは目視でわずか一割程度しか変化しません」

平賀がキッパリと答えた。

「この状態では月の後ろの雲に見立てたドライアイスの煙は見えませんよね」

平賀の声が響く。

「そうだね、分からない」

ロベルトは答えた。

「では、こうすればどうでしょうか？」

そう平賀が言った時だった。

月の左右から、もやっとした赤い色が広がったかと思うと、たちまち豆電球の光が呑《の》み込まれてしまったのだ。

「いま何をしたんです？」

ミシェルの裏返った声が聞こえた。

「ドライアイスの中で放電したんです」

「放電？」

「ええ、自然界にもある『幕電』という現象です。遠雷が起こることによって、夜空の一部が明るく見える現象なのですが、雲の中で放電が起こると、雲全体が光って見えるのです。つまり月の光度を上回る幕電での光が背後でスクリーンのように月の周辺にひろがれば、月自体がその光に呑み込まれて消えたように見えるわけです」

「赤い色になった理由は？」

「光という物は、自分と同じぐらいの大きさの粒子がある場合、一番散乱されてしまいます。光が見ている人に届くためには、散乱されないということが重要です。光を拡散する物質としては、大気に含まれる塵《ちり》の状態が非常に重要です。塵の成分に四百ナノメートルぐらいの大きさのものが多いと、光源に含まれている青色の光が散乱されて目視できなくなり、赤色の光だけが認識されるようになります。また、その塵に青い光を吸収する物質が多く含まれていれば、赤い光だけが見えることになります。トマトなんかもそうですよ。青い光を吸収するリコピン酸のせいで赤く見えるんです。もともと地球の大気にはそうした物質が多く含まれています。赤い月とか夕日が赤く見えるというのもそういう原理なんです」

「だけど、月が見えないほど空が明るくなったのなら、皆そこに気づくはずじゃないのかな？」

「それは大停電という事態によって、人間の目に起きた錯覚で明るさに気づかなかったんです」

「錯覚？」

「ええ、例えば明るい場所から暗闇に、暗い場所からいきなり明るい場所に出ると、目が慣れるのに時間がかかりますでしょう？」

「その理屈なら私にも分かります」

　ビルが頷いた。

「人の目は、虹彩《こうさい》と呼ばれるカメラの絞りのような役目をする部位が、目に入ってくる光の調整を行いますが、この動きが光の変化においつかないと、正確な明るさが把握できなくなります。今回のように、大停電で真っ暗になった途端、空が光った状態に放り込まれたら、暗いのか明るいのか認知が混乱をきたすわけです。ですから誰も空が明るいことに気付かなかったんです」

「ですが、カメラなどから撮られた映像もあるでしょう？」

「ええ。でも街灯《あか》りなども消えて真っ暗になっている状態では、空の明るさを比較するものがないでしょう？　最近のカメラは自動的に光度調整を行いますから、分かりにくいかと思います」

「成る程……。しかし、月の背後にある一部の雲が光ったせいなら、空全体が真っ赤になったというのは無理があるのでは？」

　ロベルトが疑問を呈した。

「それこそ心理的なものでしょう。月が皿ぐらい大きなものだとサスキンス捜査官すら仰《おつしや》ったぐらいです。人々はそう思っている月に視線を集中していた。当然、その月を覆い隠す真っ赤な色は、空全体に感じられて当然だと思いますよ。カメラなどは月に焦点を合わして撮影していますから、その画像に入る部分はそれほど広くないと思います。実際に人間が夕焼け空が美しいと感じる時には、天空の十分の一すら赤くないのです。空が紅に燃えたように映っても不思議ではありません」

「成る程ね」

ロベルトは頷いた。

「しかし、そもそもあの日は晴れていました。落雷など起こるような気象ではなかったと思うのですが」

ビルの言葉に、ミシェルも深く頷いた。

「ええ、落雷ではありません。任意の強い電流を地表付近、恐らく人の背丈の辺りから地下に向けて流した人間が存在するんです」

「ラース・ヨハンセンですか？」

ビルの問いに、平賀は静かに首を振った。

「犯人はシュールストレミング缶一点を狙って、落雷のような電気を落としました。どうしてそんな事が出来たのかは、ここから推測できます。あの金属の成分の分析結果です。通常のシュールストレミングの缶では検出されない成分が表示されているんです」

平賀は鞄《かばん》の中から分析表を取り出し、ある部分を指さした。

「ほら、少量のレアメタルとチタン酸バリウムを原料として作られたと思われるセラミックの成分です」

「レアメタルとセラミック？　どういう意味なんだい？」

三人が不可解な顔で尋ねた。

「これらの成分とその分量から私が推測する物は一つです。現場にあったシュールストレミングの缶には、携帯電話などに用いられている小さなGPSが仕込まれていた。それが犯行位置の特定に使われたのです」

「GPSを使って遠隔殺人を行ったというのか？　それではまるで……」

ロベルトは言葉を詰まらせた。

「デンバーの時と同じだ……」

ビルは青ざめた。

「ええ、そうです。デンバーの事件と起きた現象は違っても、犯行の手口は同一なんです。犯人は、あの時私達が取り逃がしたハリソン・オンサーガ。それ以外に考えようがありません。

ヨートゥンハイム山脈の何処か……というより、サンティ・ナントラボ社が買い取ったオーモットの山岳地帯に、これと同じ物が建設されている筈《はず》です」

平賀は科学者ニコラ・テスラが作った無線通信塔、ウォーデンクリフ・タワーの写真を鞄から取りだした。

「デンバーで行われていた世界システムの研究が、ここで続けられていると？」

ビルの問いに平賀は「はい」と頷《うなず》いた。

「ジュリア司祭とそっくりなアシル・ドゥ・ゴール氏の存在は、彼がジュリア司祭の人工的なクローンであることと、二人の背後にガルドウネの関与があることを窺《うかが》わせるに充分です。そこにハリソン・オンサーガが潜んでいてもおかしくありません」

「ふむ……。だとすると、ラールダール・テクノロジー社だろう。ラース・ヨハンセンの勤務記録には、彼が去年の三月下旬から時折、ラールダール社に出向していたことが記されていました。ラース氏はそこでハリソン・オンサーガに出会ってしまったんだ」

ロベルトが言った。

「ええ。そしてガルドウネが以前からクローン実験を行っていたこと、オーモットで優秀な科学者の脳移植実験を行っていたこと、さらに遺伝子科学や脳科学などのラボをここに構えていることから総合的に判断するに、彼らの目的は、優秀な人材を人工的に大量に生み出すところにあるのかも知れませんね」

平賀は身の毛もよだつことを淡々と言い切った。

「なんて事だ、まさに悪魔の所業だ」

ビルは震える声で呟《つぶや》いた。

「もし世界システムが全国に作られ、それを操る人間が複数存在することにでもなれば、何が起こるか想像もつきません」

平賀の言葉に、ミシェルも頷いた。

「皆さんの言っていることは半分以上理解できませんが、物凄《ものすご》く大変な事態になっていることだけは分かります。

ところで平賀神父、そのハリソンとかいう人物が操るシステムの力で、ケヴィン・エヴァンス氏の書斎を凍らせたんでしょうか？」

ミシェルの問いに、平賀は首を振った。

「いえ、こうした力で部屋や人を凍らせるのは無理だと思います」

「そこは依然として謎というわけか……」

ロベルトの言葉に、平賀はすまなさそうに頷いた。

「はい。そちらはシン博士の返答を待つしかありません」

2

ロベルトは暫《しばら》く考え込んでいたが、顔をあげて皆を見回した。

「一寸《ちょっと》聞いて欲しいことがあります。僕はラース・ヨハンセンに会い、彼の記憶がかなりの部分欠落していることを知りました。首吊《くびつ》りの森で起こった真実も、妹が死んでしまったことの意味も、彼は理解出来ていなかったと証言しました」

「ラース・ヨハンセンに記憶がないですって？」

ビルは驚いたように言った。

「そうなんです。妹の名前には反応しましたが、ルーカス・ズワルト、キルステン・ニゴール、クラウス・フリーデンという名前にも、全く反応はありませんでした。偽証などではなく、本当に何も知らない様子だったんです。なのに、シュールストレミングという言葉には強い拒絶感を表していた……」

「事実が理解出来ていないというのは本当であったかもしれませんね。しかし記憶に無いというのはかなり不思議なことです。人間の記憶というのは、色んな種類に分かれていますが、自身の過去の記憶はエピソード記憶という分類になります。自分が体験した過去の時間や場所、そのときの感情が含まれる類《たぐ》いの記憶です。こうした記憶は通常、強い感情とともに結びつくと、それがたとえ理解できない現象であったとしても海馬に刻み込まれると言われています。

下等生物が過去に危険にさらされた場所に近づくことをしないという行動もそうした脳の最低限の機能のお陰なんです。いわば生命として存続していくために必要な記憶装置です。ラース・ヨハンセンが少なくともその出来事で恐怖や悲しみや、ショックを受けていたのは施設での記録からも明らかです。知的に障害があったとしても、それは前頭葉の発達の問題で、学習記憶などには弊害がもたらされるでしょうが、エピソード記憶を全く喪失するということはないと思います。それは快不快の感情を失ったというのに等しいのです。でも、もしそうならラース・ヨハンセンがシュールストレミングにあらわな嫌悪感を示すはずはないです。彼の海馬が損傷をうけているというケースも考えられますが、それならそれこそ深刻な健忘症になっているはずです」

平賀が言った。

「そうなんだ。ラース・ヨハンセンが嘘を吐いていず、健忘症でもないとすると、残る可能性は限られる。しかも、ラース氏は夜八時になると眠ってしまう……すなわち、意識を失くすと証言していました。

このことから、僕は彼が記憶なき殺人者、すなわち多重人格者ではないかと推測し、いくつかの文献を図書館で調べていたのです」

「多重人格者ですか……」

「彼は脳移植を受けたのですから、そういう事があってもおかしくないのかも知れませんね」

ビルとミシェルは口々に呟いた。

「ええ。それに、ラース・ヨハンセンの生い立ちからしても、解離性同一性障害を抱える条件は充分に満たされています」

「成る程。人格の解離の原因となるものは、大きな精神的苦痛です。特に幼少期などの心の耐性が低い時期に、自己の限界を超える苦痛や感情を与えられると、体外離脱体験とか記憶喪失という形で、記憶を切り離し、子供は自分の心の崩壊を防ごうとします。

特にストレスとなる状況が慢性的で日常的であると、何かのきっかけで自己統制力を失い、解離性同一性障害が引き起こされます。心が受け付けずに、切り離した感情や記憶が意識の内面で成長し、あたかもそれ自身が一つの人格のようになってしまうのです」

横から平賀が言った。ロベルトはゆっくり頷いた。

「元来、僕達は皆、様々なペルソナを持っている。一人の人間が、ある時は親の顔、子の顔、上司の顔、部下の顔といったものをTPOに合わせて使い分けている。なのにどの場面でもその人の同一性を保っていられるのは、『自分はこういう人間だ』というアイデンティティ、つまり全ての記憶や意識を纏《まと》める司令塔のような部位が、僕達の内部に存在し、常に自覚されているからだ。そうして初めて人は一貫性のある行動とか、責任ある言動というものを取ることができる。

一説によると、多重人格者というのは、複数の人格を持っているというより、たった一つの自我を確立できない障害といわれる。彼らはアイデンティティを持たない。記憶、意識の統合に失敗しているんだ。故に多重人格者の持つ複数の人格は、常にそれほど主体的で能動的ではない。意志も意外なほど希薄だ。その弱さ故に二次的、三次的な精神疾患を抱えやすい。問題行動はそれによって引き起こされるという。

そして、僕達がアイデンティティや自我と呼んでいる働き、すなわち記憶を統合し、司令塔となる働きをするものこそ、脳の前頭葉といわれるんだ。

ラース・ヨハンセンは不幸なことに、幼い頃の病気によって前頭葉に障害を負った。彼の記憶はまばらで、『感情や思考を伴わない断片的な映像のよう』にしか覚えていられなかったと証言している。それらを纏め上げ、意味づけし、時系列に並べるという機能が損なわれていたんだろう。

そして彼は手術を受け、優れた前頭葉を手に入れた。それはどんな体験だったかは想像するしかないが、喩《たと》えていうなら、三流会社にやり手のＣＥＯが入ってきたとか、弱小アメフトチームに最高の監督とマネージャーが入ってきたぐらいの衝撃はあったろう。ドナーの前頭葉が定着して働くようになると、高性能なその前頭葉はラースの中に眠っていた記憶をたちどころに解析し、理解し、意味づけしただろう。ラースはその時点で全ての出来事を理解できていた筈《はず》だ。

だが、ラースの虚弱な自我は真実を直視することを拒んだ。不都合な過去から目を背け、新生活に適応することを望んだ。けれど、処理しきれないイメージや記憶の断片は、無意識下でも統合を望んだ筈だ。それが脳の自然な働きだからだ。恐らくラースは夜毎、悪夢を見ていただろう。全てのイメージを解析するため、彼の脳は長い睡眠を必要としたんだ。

少年時代に『シュールストレミング』といじめられていたこと、魔獣と遭遇した恐怖の体験、妹を失った喪失感、その後、親からの暴力が続いた生活、家族と切り離されて施設に閉じ込められたこと、そうした全てが断片的な恐怖の場面記憶から、意味のある物語へ変化した。そして彼は『他人の悪意』というものを初めて知ったのだろう。彼と彼の妹を傷つけた者達へ『復讐《ふくしゅう》』を考え始めてもおかしくはない、

だがそれらは彼の表層意識へは出て来なかった。受け入れられない負の記憶と感情は、ラースという人格から切り離され、第二の人格として眠りについていたんだ。

そしてラースの中にはもう一つ、受け入れられない記憶と感情があった筈だ。それはド

ナーであるマッカリ・サーナンダ博士の記憶だ。

人の記憶はタイプによって脳の様々な場所に保管されるが、前頭葉には繰り返しによる経験や学問といった、意識的に学んだ記憶が保持されるという。そして、マッカリ博士の中に最も強く刻まれていた学習記録は『無限大の方程式』だ。恐らく脳移植後のラース・ヨハンセンの中には、どういうわけだか『無限大の方程式』がその意味も分からぬまま渦巻いたに違いない。何をしていても、何処にいても、そこから考えが抜け出せない。そうした困った状況を処理するために、意志薄弱な彼の自我は、この問題も第二の人格に押しつけた。ラースは夢の中で『無限大の方程式』を考え続けたに違いない。

僕は何故、ラースの第二人格が目覚めたのかを不思議に思っていた。だが、ハリソン・オンサーガとの出会いこそが、そのきっかけだったんだ。多重人格者というのは不思議なもので、隠された人格と共鳴し合う相手や理解し合える相手に出会った時、その人物の前に限って、隠された人格がよく姿を現すんだ」

「そういえば、ラース氏とハリソンの生い立ちはよく似ています。それに、マッカリ博士とハリソンの、異能の数学者としての才能とセンスも恐らく同等だった……。ラース氏の第二人格は、ハリソンを自分の理解者だと感じたんでしょう」

平賀が言った。

「そうだね。異能の二人がどんな会話をしたかなんて、僕には想像できない。恐らく最初は数字を通して理解し合い、やがて感情的にも二人は共鳴していったんだろう。あまりに強い感情や特殊な精神病的反応は、似通った精神構造の人間に対し、精神的に伝染するという現象を引き起こす。いわゆる『感応精神病』や『二人精神病』と呼ばれる現象に近いものが、二人の間に起こったんだ。ラースの復讐心は、ハリソンという特殊な理解者を得て、大きく成長してしまった。

ラースの第二人格を構成している主な要素は、魔獣の恐怖、妹を死に追いやった仇《かたき》への復讐、そして無限大の方程式だ。ラースの第二人格は妹の仇に対し、魔獣の恐怖と死を与えることを望んだし、復讐を成し遂げる手段はハリソンが持っていた。

最初の被害者三人は復讐の相手だった。本来、事件はここで終わる筈だった。だが、起こりえない偶然がここで起こってしまった。三人の国民番号がたまたま無限大の方程式に合致してしまったんだ。無限大の方程式は未完成だ。二人はそれを完成させる為に、方程式を解くために、同様の事件を次々に引き起こしていったんだ」

「そんな理由で他の連続殺人を？」

訝《いぶか》しげに言ったビルを、平賀が振り向いて言った。

「私には分かる気がします。無限大の方程式を完成させるとは、自然界の事象から法則を導き出すことと同様なのです。その手段として、実際に方程式が応用されるような事例を見つけ出し、次に起こる事象変化を方程式によって推測し、実験によって確認するという手続きを取ること自体は、極めて科学的です。

実験を行うことにより、方程式が正しいかどうかが分かります。もしその方程式が正しく完成していれば、事象はその法則に従って起こりますが、事象がその法則通りに起こらず、異常事態や突然変異数が現れれば、方程式は正しくない、もしくはまだ式に足りない部分がある証拠だと考えます。公式の正しさを証明するためには、数千回の実験が繰り返されてもおかしくありません」

「つまり彼らは方程式の正しさを確かめる為に、こんなやり方で人を殺し続ける気でいるということですか?」

ビルは驚愕《きょうがく》した。

「だから『無限大の方程式』通りの国民番号を持つ人達を殺害していったとは、とんでもない変態野郎ですね。まだまだ実験とやらは続くんでしょうか?」

ミシェルは顔を顰《しか》めた。

「自らの欲の為に息子を次々に殺し続けたという、伝説のアウン王のようだな。アウン王の所業は家来によって阻止されたが、僕達にそれを止められるのかどうか……」

ロベルトが呟《つぶや》いた。

「止める方法はあります」

そう言った平賀を、全員が振り向いた。

「どうやって?」

ロベルトが訊《たず》ねた。

「彼らは一つの事象として始まった連続殺人を、突然変異数が現れるまで数千回引き起こすつもりなのでしょう。彼らを止めるには、方程式が完成していないと早く分からせるしかありません。ですから、私達が突然変異数になればいいのです」

　平賀はあっさり答えた。

「突然変異数になる？」

「ええ。方程式の次なる殺害の対象者が、同じ犯罪の条件の下で生きていたとしたら、これは突然変異数になると思います」

「そんな事より、ラース・ヨハンセンの身柄を拘束してはどうですか？」

　ビルが意気込んで言った。

「駄目です。それではハリソンが一人で実験を続けてしまいます」

　平賀の言葉に、ビルは押し黙った。

「確かに……」

「ただ事件を防いだだけでは駄目です。それでは実験自体が行われなかったことになり、次の実験がやり直されるだけです。同じ事件を起こし、同じ経過を辿《たど》り、それでいて被害者が生き残ることが絶対条件です。

　今、バチカンのシン博士が無限大の方程式に取り組んでいます。彼ならきっと次の実験対象となる国民番号を突き止めてくれるでしょう。それを信じましょう」

　平賀がそう言った時、彼のパソコンがメール受信の音を立てた。

「シン博士かも知れません」

平賀は慌ててノートパソコンを開いた。

画像の解析が終わりましたので、動画を添付します
他の現場写真も参考にし、矛盾のない計算を行いました　　チャンドラ・シン

メールに添付されていたのはケヴィン・エヴァンス邸の書斎を3D画像化した二本の動画だった。よく似たサムネイルが二つ並んでいるが、一方は何も無い部屋、もう一方は巨大な氷柱《つらら》が部屋中を覆っている。

平賀は何も無い部屋の動画を選んでスタートボタンを押した。

再生が始まった。

画面の中に迫力のある吹雪の嵐が吹き荒れ、むくむくと氷柱が生まれ、生き物のように成長していく。そして見る間に部屋中が氷で覆われ、最後には、ケヴィン氏の死体が発見された状況と同じになった。

平賀は次の動画を再生した。

今度は、一本目の最後の場面から逆再生が始まった。一本目と違うのは、カメラの視点が少し低いことだ。

部屋中を覆った氷が捩《ねじ》れるような回転をしながら、小さくしぼんでいく。

そして最後に、天井の一点に吸い込まれるように消えていった。

その一点を四人は凝視した。

丸い形の突起物がある。

それは、よくある火災報知器に見えた。

「この突起物が何なのか調べに行きましょう」

食い入るように見ていた平賀が言った。

＊　＊　＊

四人はエヴァンス邸を訪ね、グスタフの案内で書斎に入った。

平賀が天井にある半径七センチほどの物体を指さし、「あれは何ですか？」と訊ねる。

「火災報知器と消火スプリンクラーですよ」

グスタフは少したじろぎながら答えた。

「消火スプリンクラーですって？」

平賀の瞳《ひとみ》が輝いた。

「ええ。ノルウェーでは防災条例が敷かれていて、三年ほど前から一定の条件の建築物には消火スプリンクラーの設置が義務づけられているんです」

平賀は書斎のテーブルによじ登り、スプリンクラーを穴の開くほど眺めていたが、

「これを分解する工具を貸して下さい。それから、ケヴィン氏の事件前に、スプリンクラ

ーの点検業者が来なかったか、邸《やしき》の方々に訊ねてもらえませんか？」

と言った。

グスタフが「ええ」と頷《うなず》いて部屋を出て行く。

暫《しばら》くすると、邸のメイドが工具を持って入ってきた。

平賀は手袋をはめてドライバーを持ち、早速スプリンクラーを解体し始めたが、間もなく手を止めた。

「あった。これですよ」

「それは何だい？」

「作動用の探知機と連結されていますから、リモートコントロールする為のものかと思われます」

「リモートコントロールだって？」

「こんな小さな消火スプリンクラーが犯罪に使われた道具なんですか？」

「確かに消火スプリンクラーなら水を噴射することは出来るでしょうけど、それをあんな風に凍らせるなんて……」

口々に呟いた三人を平賀は振り返った。

「これ、見かけほど小さな装置じゃないんです。私達が見ているのは噴射口だけですが、このスプリンクラーの一つ一つが天井や壁に埋め込まれたパイプで繋《つな》がっていて、建物の地下にはポンプモーターや、水を勢いよく噴射させるための加圧タンク、呼水槽があります。さらにこれらのポンプモーターは、ほとんどの場合、都市の地下に設けられている消火用の貯水槽に連結されているんです」

平賀が答えた時、グスタフが一人のメイドと共に、部屋へ戻ってきた。

「スプリンクラーの定期メンテナンスなら、事件の三日ほど前にあったそうです」

グスタフが言うと、メイドは頷いた。

「はい。私が立ち会いました」

「点検に来たのは、どんな人物でした？」

平賀が訊ねる。

「さあ……顔はよく覚えていません。黄色い作業着を着て、消防署からの書類を持っていたので、特に怪しい人物とは思いませんでした。ただ……酷《ひど》く無口な人だとは思った記憶があります」

「黄色い作業着を着て、無口だったんですね？　その人は大柄で、少し変わった癖を持っていませんでしたか？」

メイドは暫く首を傾げていたが、思いだしたように目を瞬《しばた》いた。

「ああ、そう言えば大柄な人で、首をこう、痙攣《けいれん》させるような、手を回すような、不思議な動きをしていました」

「ハリソン・オンサーガです。間違いありません」

ビルは確信して言った。

「この邸のスプリンクラーの設備を見せて頂けますか？」

平賀はグスタフに向かって言った。

一同は地下への階段を降りた。グスタフが金属製の大きなドアを鍵《かぎ》で開くと、中央には地下から水をくみ上げるためのモーターがあり、その水を一時的に貯えておく呼水槽があった。そして制御器らしきものがあって、メーターがいくつか取り付けられていた。

その後ろには加圧タンクがある。そうした全てが一つのパイプで繋がっていた。

平賀は呼水槽の側面を観察している。

「容量が書かれていますね。一度にここに貯水槽からポンプでくみ上げられる水の量は五トンとなっています」

「それをどうやって凍らせたんです？」

ビルが訊ねた。

「この呼水槽の中に適量の液体窒素を入れてスプリンクラーの回転を利用し、水しぶきに混入させて攪拌《かくはん》したんですよ。消火スプリンクラーというのは、意外なくらいパワフルな装置なんです。攪拌機としても優秀です。ガーデニングに使うスプリンクラーとは性能が別格なんです。プロペラ翼とドラフトチューブから発生する強力な加圧によってジェット吐出流並みの噴射流速で火災源を一掃させるように作られているのですから。この機械の場合だと……」

平賀は計測器を観察し始めた。

「一秒間の流量が十五リットル、散水半径が二十三メートル、水圧が一平方メートル当たり三・〇キログラム……。あの現場状況を作るのに十分な条件を満たしています。一秒で十五リットルの水が噴出するなら、一分で九百リットル、つまり一分間で一トン近い氷が作れるでしょう」

平賀は納得したという表情で深く頷いた。

「停電している時でも、スプリンクラーは動くんですか？」

ビルの問いに、横からグスタフが答えた。

「火災時に電気系統が焼け切れていては意味がありませんから、消火スプリンクラーは自家発電で動いているんです」

「成る程……」

ビルが頷く。

「そういえば、ドナーであるマッカリ博士は人工冬眠の企業で働いていたそうです。そういう所では液体窒素も使われているんじゃないのかな」

ロベルトが言った。

「ええ、そうです。ですから、マッカリ博士の脳は、このトリックをすぐに思い付くことが出来た筈《はず》です。

ラース・ヨハンセンとハリソンは、ここと地下の貯水槽とに繋がっているパイプに工作し、液体窒素を大量に流し込んだんです。液体窒素は比較的入手しやすく、通販ですら買えますし、サンティ・ナントラボ社にも大量に置いてある筈です。それを犯行日時に合わせて混入し、被害者の部屋の消火スプリンクラーに取り付けたリモコンを操作したんです」

「しかしですね、液体窒素というと、バナナを瞬間で凍らせたりするやつでしょう？　水と混ぜると、すぐに水が凍ってしまいませんか？」

ミシェルが訊《たず》ねた。

「確かに液体窒素は、マイナス百九十五・八度という低温物質です。でもただ水に混ぜただけでは徐々にしか反応は起こらず、せいぜい薄い氷が少しずつぷかぷかと浮く程度なんです。大切なのは、よく攪拌することなんです。

攪拌して水と液体窒素が反応すると、シャーベット状の氷になります。そして窒素は気化してガスとなります。三・五トンの水とそれを凍らせる量の液体窒素を、急激に攪拌して部屋に散布するのは、消火スプリンクラー以外には方法がないというくらい適切なやり方です。

しかも窒素は、無味無臭なのに密室空間に充満すると酸素欠乏症を引き起こし、人を知らない間に窒息死させるんです。本人は肺を動かして呼吸しているつもりなので、くらくらすると感じだしたときには酸欠で窒息死します。しかも一旦《いったん》、外からドアを開けるなりして通風口を作れば、すぐに酸素と混じって普通の大気と変わらなくなります。大気中には窒素が沢山存在していますからね」

「だから被害者達は声も立てずに数分間で死亡したのか！」

ロベルトは手を打った。

「ええ。この仮説が正しいかどうか、実験してみれば分かります」

そう言った平賀をグスタフは不思議そうに見た。

「実験、といいますと、まさかまたあの書斎を氷漬けにするおつもりですか？」

「はい。もし許されるなら」

平賀は明るく答えたが、グスタフは両手を大きく振って「駄目だ」と言った。

「それだけは絶対によしてくれ。私がメリッサ夫人に殺されてしまう」

真っ青になったグスタフを見て、平賀は「実験は諦《あきら》めた方がいいようですね」と残念そうに呟《つぶや》いた。

3

夜明け前、シン博士はメールで新たな三つの数列を示してきた。

これが私の打ち出した数字です。今のところこれが限界です

次の被害者はこの国民番号の誰かということになるでしょう

チャンドラ・シン

平賀は早速ビルにそれを伝え、ビルは国民番号の持ち主を照会する為、警察へ出向いた。

候補者は三名。朝一番で現地を確認する為、ビル、ミシェル、ロベルトは手分けをして候補者の住所を訪ねた。

ロベルトが訪ねたのはボードーの町外れに建つ古い住宅だった。頼み込んで部屋の中を見せてもらったが、スプリンクラーが設置されていない。

そのことを平賀に告げると、「恐らく他の場所でしょう」と返答が来た。

ビルが訪ねたのはトロムソという最北の町だった。ショッピングセンターに近い集合住宅の一室を確認したが、やはりスプリンクラーは無かった。

ミシェルはヴォスにあるマンションの十三階を訪ねた。ホテルと市庁舎に挟まれた一角に建ち、比較的設備が新しい。部屋にはスプリンクラーも設置されていた。

国民番号の持ち主は若い女性でテア・ハーメルといった。話をよく聞くと、二日前、スプリンクラーの点検に訪れた無口な男性がいたという。

ミシェルはマンションの管理会社に監視ビデオの映像を見せてもらった。確かにテアの言った日時にマンションの玄関を通った大柄な男性の後ろ姿が確認できる。

ミシェルはビデオ画面を携帯で撮り、それを平賀に送った。

『間違いありません。彼がハリソンです』

平賀は一目見てそう言った。

『もう時間がありません。ミシェルさん、すぐに酸素ボンベと、テア・ハーメルさん用の耐寒服を用意して下さい。病院か消防へ行けばあると思います。私達もすぐにそちらへ向かいます』

「分かりました。警察へ通報はした方がいいでしょうか？」

『いえ、犯人はどこから見ているか分かりません。遠隔操作ですから、こちらが不審な動きをすれば、犯人はターゲットを次の人物に変えてしまうでしょう』

「そうですね……。テアさんには何と説明すればいいでしょう？」

『とにかく私達が行くまで部屋にいてもらって下さい。事件が起こるとすれば、気象条件が整った日の夜です。その時だけはミシェルさんが彼女を外へ連れ出して下さい』

「分かりました」

ミシェルは手配の為に動き出した。

平賀、ロベルト、ビルはそれぞれヴォスを目指して移動を始める。

翌日の昼過ぎ、平賀とロベルトはヴォスに到着した。ビルは航空便の関係で、到着は夜になるということだ。

平賀とロベルトとミシェルは、酸素ボンベと耐寒服が用意された病院の一室で落ち合った。

「これらを怪しまれないように、テアさんの部屋へ運ばねばなりません」

ミシェルが言った。

「私も事件の証拠をとるため、カメラを何台か運び込みたいです」

平賀が続ける。

「それだけの荷物となると、大型家具並みだね。配送業者でも装ってみるかい？」

ロベルトの意見に二人は同意し、早速ミシェルが配送業者の制服と段ボール箱を調達してきた。

その間、平賀は天気予想図を詳細に観察していた。

「月が消えるという演出が欠かせないところから考えて、この一帯が晴れていて、かつ付近に厚い雲があるという状況が必要かと思います。もしかすると決行は今晩……あるいは明日かも知れません」

平賀が呟く。

「準備を急ごう」

ロベルトはソファの絵が印刷された三つの段ボール箱に必要機材を詰めると、神父服を脱ぎ、白に赤のストライプが入った配送業者の制服に着替えた。平賀も同じ制服に着替える。

ミシェルは背広姿のまま、マンションの管理室で待機。異変があれば警察へ知らせる役目と話は決まった。

運送会社の使っている実際のトラックを手配してもらい、平賀とロベルトがそこに乗り込む。運転はそのまま運送会社の者に頼むことになった。

夜七時。ロベルト達はテア・ハーメルの部屋へ段ボールを運び込んだ。

「あの、大丈夫でしょうか……」

事情をミシェルから聞かされていたテアは、酷《ひど》く不安そうな顔をして言った。

「大丈夫です。万全の用意をしてありますから」

ロベルトは彼女を落ち着かせる為に笑顔で答えた。

二人は段ボールを開けると、テアがいつも過ごしているリビングにカメラなどを設置していった。

午後八時、チャイムが鳴った。

「テアさん、ごく自然に玄関へ出て下さい」

ロベルトは玄関から死角になる戸棚の脇に隠れて言った。

テアが頷《うなず》き、玄関ドアを開くと、ニコニコと笑ったミシェルが立っている。

「どうしたんだ。急に訪ねて来たら怪しまれるだろう？」

ロベルトが小声で咎《とが》めると、ミシェルはビニール袋に入ったサンドイッチと缶コーヒーを差し出した。

「差し入れです。近くの店のこれが美味《おい》しかったので。気をつけて下さいね」

それだけを言うと、ミシェルは去って行った。

「あの人、本当にＦＢＩなんですか？　いえ、身分証はきちんと見たんですけど、それらしくないですよね」

テアはそう言って、少し笑ったようだった。

緊張がほぐれるのは良いことだ、とロベルトは思った。

ロベルト、平賀、テアの三人はリビングに集まり、ロベルトがこれから起こることの説明を始めた。まずはテアに耐寒服を着てもらい、酸素ボンベの使い方を教える。

「天気図から推測するに午後九時頃、停電が起きます。そして天井のスプリンクラーから、吹雪の嵐が放射されます。それを吸い込まないように、酸素ボンベを使って下さい」

ロベルトが言った。

「あの……本当にそんな事が起こるんですか？」

テアは半信半疑といった様子だ。

「理論的には起こり得るんですよ」

横から平賀が言った。

「スプリンクラーから射出される小さな水気粒と液体窒素で出来た粒が何度もぶつかり合うことによって、どんどんシャーベット状のものから氷の粒へと変化していく筈です。テアさんは、何故、マンモスが死んだか知っていますか？」

平賀の問いに、テアは首を傾げた。

「分かりません。氷漬けのマンモスがいるぐらいですから、凍死ですか？」

「いいえ。死因は窒息死ではないかという仮説が最近、支持されているんですよ。マンモスは、マイナス百度以下の超寒気を肺に吸い込み、何呼吸かする暇もなく、最初の一呼吸直後に絶命したというのです。結露と氷結がほとんど同時に発生するような凄《すさ》まじい寒波によって、最初の一呼吸で超寒気が肺内部に吸い込まれ、無数の微小な肺胞を一瞬にして全て凍結させ、呼吸が不可能になって窒息死したそうです」

平賀の言葉を聞いたテアは真っ青になり、震え出した。

「たった一呼吸で……ですか……」

ロベルトは大きく咳《せき》払いをした。

「テアさん、酸素ボンベを使っていればそれを防ぐことができます。大丈夫ですよ」

するとテアは「ええ……」と、小さく頷いた。

「ミシェル氏が管理人室から状況を見ています。空の月が隠れた時が事件開始の合図です。その時、この携帯に連絡が来ます」

ロベルトは用意した携帯をテアに手渡した。

「携帯が鳴ったら、貴方《あなた》は机の下に隠れて酸素ボンベを使って下さい。十分もすると、この部屋は凍りつきます。

そして暫《しばら》くすると、僕達が呼んだ救急車が来ます。それに乗っているのは事情を知っている救急隊員です。貴方は耐寒服を脱ぎ、私服になって、担架で運ばれて下さい。生死不明とニュースを流しますので、あまり動かないで」

ロベルトの言葉に、テアは一つ一つ頷いた。

「僕達二人は隣の空き部屋で待機しています。異変があれば、壁を叩《たた》いて知らせて下さい。

必ず貴方を助けに来ます」

「分かりました。貴方を信じます」

テアは十字を切って呟《つぶや》いた。

この様子なら大丈夫だろう、とロベルトは判断した。

「平賀、そろそろ僕達は部屋を出よう」

そう言って平賀を振り返ると、平賀は差し入れのサンドイッチを齧《かじ》っているところだった。

普段はあれほど何も食べないのに、よりにもよってこんな時によく食欲があるものだ。

ロベルトは呆《あき》れて溜息《ためいき》を吐き、平賀の手からサンドイッチの袋を奪い取った。

「さあ平賀、もう行かないと」

その時だ。

携帯が合図を鳴らした。

カーテンの隙間からちらりと外を見た平賀の目に、夜空の月が紅に染まり、その姿が消えていくのが映る。

「ロベルト！　もう始まっています」

「何だって？」

ロベルトは、ぞっとした。念入りに準備したはずなのに、こんな不意うちを食らうとは……。

死の呪いのせいなのか……。

「予想より少し早く雲が移動したんでしょう。テアさん、酸素ボンベをすぐ着けて、机の下に入って下さい」

平賀の言葉にテアが動き出した時、全ての電気がふっと消えた。

そして天井でカチリと小さな音がした。

「いけない、ロベルトはベッドの下へ潜って下さい。窒素ガスが充満しても、酸素が本当になくなるわけじゃありません。酸素は窒素より重いので下方にいくはずです。ベッドの下は一番安全です」

必死の平賀の声を聞き、ロベルトは反射的に平賀をベッドの下へ押し込んだ。

「ロベルト、貴方も早く!」

ベッドの下から平賀が叫ぶが、狭いシングルベッドの下に二人が入るスペースはなかった。

(平賀だけでも守らないと……)

ロベルトはベッドの脇に横たわり、平賀の隠れた場所に吹雪が入り込まないよう、自分の身体で隙間を防ぐようにした。

スプリンクラーがもの凄《すご》い勢いで回転しながら液体を噴霧し始める。それはみるみる氷の粒となって、雹《ひょう》の竜巻が室内に吹き荒れた。

真っ暗な部屋にみぞれが降るようなバラバラとした音が響いている。

平賀の目にはロベルトの背中が見えるだけだった。

その頃、ビルはヴォス駅からタクシーで現場のマンションへ向かっていた。

予定の九時にはテア・ハーメルのマンションに着きそうだと安堵《あんど》した時、空が血のような赤に染まり始めた。

「馬鹿な、まだ時間があるはずなのに……!」

ビルは運転手に道を急がせた。

その間にも、夜空の月が次第に消えていく。

オーモットの時と同じだ。

そして町中の明かりが消えた。

ビルはミシェルに電話をかけたが、話し中のままだ。

ロベルトの携帯にかけても誰も出ない。

(どうした、何が起こっているんだ? 皆、無事でいてくれ!)

ビルはマンションの前でタクシーを降りると、停電中のマンションの玄関ドアをこじ開け、十三階のテアの部屋を目指して真っ暗な階段を駆け上った。

「誰か、助けて下さいー」

九階を過ぎた所で、何処からかミシェルの声が聞こえた。

「ミシェルか? どうしたんだ!」

「サスキンス課長！　僕です。予定より時間が早まったので心配になって、テアさんの部屋へ行こうとしたんですが、エレベーターに閉じ込められました」

情けない声でミシェルが言った。

「馬鹿野郎！　これから停電が起こるって時にエレベーターに乗る奴がいるか！」

ビルは九階と十階の間で停止したエレベーターの半開きになったドアから、ミシェルを引きずり出した。

「有り難うございます」

「それより神父様方は？」

「それが、テアさんの隣室で待機している予定なのに、いくら電話で呼び出しても返事がないんです。まさか、防寒着も酸素ボンベも持たずに、テアさんの部屋に残っているんじゃないでしょうか……」

「何だって⁈　行くぞ！」

二人はさらに階段をかけ上り、十三階に辿《たど》り着いた。

テア・ハーメルの部屋の扉を叩くが、中から反応はない。

時計を確認すると、停電から十分以上経っている。

室内は既に凍りついているだろう。

ビルは部屋の扉に体当たりを繰り返した。

木の扉がミシミシと音を立て、中に開く。

冷気と窒素が部屋から流れ出してきた。

ビルとミシェルは懐中電灯を翳《かざ》し、室内に飛び込んだ。

部屋の至る所には巨大な氷柱《つらら》が、墓標のようにそそり立っている。

「テア・ハーメルさん、ご無事ですか！」

「平賀神父、ロベルト神父！」

二人の声に最初に反応したのは平賀だった。

「こっちへ来て下さい！　ロベルトの反応がないんです！」

悲壮な声だが、その姿は見えない。

懐中電灯で声のした方を照らすと、リビングの続き間に置かれたベッドの脇に倒れているロベルトの姿があった。

「ロベルト神父！」

ビルがロベルトを抱え起こすと、ベッドの下から平賀が這《は》い出てきた。

ロベルトはぐったりとして反応がない。その全身は霜に覆われ、髪にも顔も氷が張り付いていた。唇は青く血の気がない。

「ロベルト！　すぐに救急車を呼びますから、死なないで下さい！」

平賀がそう言いながら携帯を手にした時、ロベルトの手が動いてそれを止めた。

「大丈夫……生きてるよ」

目を開け、身体を起こしたロベルトを見て、平賀はほうっと溜息を吐いた。

「ご無事で良かった」

ビルも安堵の笑みを浮かべた。

「心配しましたよ。お二人とも防寒着も酸素もお持ちでなかったので……」

ミシェルは涙目になって言った。

「有り難う、ミシェル捜査官。これのお陰で助かったんだ」

ロベルトは左手に持っていたサンドイッチ入りのビニール袋を掲げて言った。

「サンドイッチがどうかしたんですか？」

ミシェルが訊《たず》ねる。

「スプリンクラーが動き出してすぐ、このビニールの中で息をすることが出来たんだ。なんとか十分間、小さく息をして持ちこたえたよ。まあ、最後は少し酸欠になって、気が遠くなったけどね」

ロベルトの言葉に平賀は「成る程」と手を叩いた。

「確かに、あの状況で貴方《あなた》が助かる方法は、それしかありませんでした。貴方がそれに気付いて本当に良かった。私が先に気付くべきでしたのに……」

すみません、と詫《わ》びる平賀に、ロベルトは皮膚が凍傷を所々起こしている痛々しい顔で微笑んだ。

「いや、君があの状況でサンドイッチをつまみ食いしていなかったら、僕は助からなかった。お礼を言うよ。有り難う」

その時、部屋の明かりが灯《とも》り、テア・ハーメルがリビングからやって来た。

「皆さん、ご無事で良かった。何が起こったのか、私には全然分かりませんでしたが、とにかくこれで終わったんですよね」

テアの言葉に平賀は「はい」と答えた。

「平賀神父、問題の突然変異数も成功したのでしょうか？」

ビルが平賀に訊ねた。

「ええ、大丈夫だと思いますよ。予定より派手な騒ぎになってしまいましたが、全員無事に助かりましたから」

平賀はにこりと微笑んだ。

4

ロベルトはテア・ハーメルの為に手配していた救急車に同乗し、総合病院へ運ばれた。

そこで二日間の入院を命じられた翌朝、地方新聞を見たロベルトは目を疑った。

てっきりヴォスの町の大停電とテア・ハーメルの生還がトップニュースを飾ると思っていたのに、そこに載っていたのは、ジュリアにそっくりな男の写真と、次のようなニュースであった。

『サンティ・ナントラボ社で変死事件、アシル・ドゥ・ゴール社長も重体。

ノルウェーが誇る研究都市、オーモットで昨夜、ナントラボ社のアシル・ドゥ・ゴール社長が襲われ重体となった。社長室の防犯カメラの映像から、犯人は同社員のラース・ヨハンセンと判明。ヨハンセンは社長室に立てこもり、アシル社長に銃を突きつけたうえ、スプリンクラーに何らかの仕掛けを施して、無理心中を計った模様。異変を察した警備員が社長室に駆けつけた時、ヨハンセンは死亡し、室内は氷漬けになっていたという。オーモットでは去る三月二十三日にも同様の事件が起こっており、警察は事件との関連を捜査している』

ロベルトが唸《うな》っていると、病室に平賀とビル達が入ってきた。

「新聞を見ましたか、ロベルト」

第一声で平賀が言った。ロベルトが頷《うなず》く。

「おかしいですね。昨夜、ハリソン・オンサーガはこのヴォスの町に居た筈《はず》です」

ビルが言った。

「そうですよ。それにもっとおかしいのは、オーモットでは停電が起こっていず、月も消えていないという事です」

ミシェルは首を捻《ひね》った。

「テレビでは、監視カメラの映像の一部も流れていますよ」

平賀が病室のテレビを点《つ》け、ワールドニュースにチャンネルを合わせた。

経済界に名を轟《とどろき》かすアシル・ドゥ・ゴールのニュースは、世界のトップニュースとして流れている。

そしてテレビでは、ラース・ヨハンセンが社長室へ入り、アシル氏に銃を向けるだけの短い映像が、繰り返し放映されていた。

「アシル・ドゥ・ゴール氏はいつもボディガードを連れていた筈だ。何故、彼らが社長室にいないんだ？」

ロベルトが呟《つぶや》いた時、テレビに速報が流れた。

『たった今、病院から入ったニュースです。アシル・ドゥ・ゴール氏の無事が確認されました。アシル氏の生命に別条はないということです。アシル氏は無事です』

キャスターが大声で繰り返している。

『生還したアシル氏の証言から、ラース・ヨハンセンの犯行動機も明らかになったようです。ヨハンセンは、サンティ・ナントラボ社が彼に施した最新の外科手術により命を助けられたにもかかわらず、それが気に入らなかったと、アシル氏を脅迫し、無理心中を迫ったとのことです』

『ということは、ヨハンセンの逆恨みですか』

『それにしても、アシル氏が無事で良かったですね』

『先日、オーモットでは類似の手口によって、フレデリック・メディカルサイエンス社の社員が一人、変死していますね。フレデリック社もナントラボ社の関連企業ですから、こちらも逆恨みの線でしょう』

『ケヴィン・エヴァンス氏ですね。その事件の時には、町中が停電になるという騒ぎも同時に起こったとか。不思議ですね』

『いえ、オーモット市長の声明では、停電は地下ケーブルの接続不良による単純事故だということですよ』

『それはいけませんね』

『とにかくヨハンセンはナントラボ社を逆恨みした異常者。これで決まりですな』

『スプリンクラーに仕掛けをして殺人とは、異常者以外の何者でもないだろう』

コメンテーター達が口々に言っている。

ものの十分も経たないうちに、事件はラース・ヨハンセンの単独犯行と決めつけられ、停電事件や消えた月、ハリソン・オンサーガの存在には一切触れられないまま、ニュースは終わってしまった。

翌日の新聞発表によれば、アシル・ドゥ・ゴール氏はこの事件を深く憂い、サンティ・ナントラボ社と関連企業を二年間、自粛という形で閉鎖するという。

一方、ナントラボ社がラース・ヨハンセンに施した『最新の外科治療』の内容については一切、公表されることはなく、ハリソンの行方も杳《よう》として知れぬままとなった。

5

退院したロベルトと共に、平賀はオーモットへ戻ってきた。

静かだった町の至る所にはテレビ局が彷徨《うろつ》いている。

サンティ・ナントラボ社の一時閉鎖を受けて、町から出て行く者達の引っ越しトラックが忙《せわ》しなく往来していた。

一足先に町へ戻っていたビル達とホテルで合流する。

ビルの話によると、アシル氏の殺人未遂事件によってケヴィン・エヴァンス事件も殺人だったと認められ、メリッサ夫人は保険金を手にしたそうだ。

ラース・ヨハンセンの単独犯行を疑う声は、特にあがっていないという。

「僕達に出来ることって、ここまでなんですかねえ。折角、事件の真相を暴いたっていうのに……」

ミシェルは不満そうに唇を尖《とが》らせた。

「FBIから帰還命令が出ました。明日中にはオーモットを発《た》たねばなりません。アシル氏は厳重警備付きで入院していて近寄れませんし、ナントラボ社の上層部も一斉にオーモットを発ちました。ラース氏は死亡、ハリソンには逃げられる。散々な結果です」

ビルはがっくりと肩を落とした。

「良いこともありますよ」

平賀が言った。

「何ですか、平賀神父」

「少なくともあと二年間、オーモットの世界システムは稼働しないでしょう。私達は出来る限りのことをしたんです」

平賀は微笑んだ。

「それに、まだ事件の謎は残っていますよ」

ロベルトが言った。

「何ですか？」

「アウン城に棲《す》むという伝説の狼です。一寸《ちょっと》、見てみたいと思いませんか？ ナントラボ社の警備もなくなったでしょうし、今なら潜り込めるでしょう？」

ロベルトが明るく言うと、ビルとミシェルがハッと顔を上げた。

「氷狼《ひょうろう》ハティですね。そういえば、ずっと気になっていたんです。行きましょう」

ミシェルは嬉《うれ》しそうに言った。

「ですがロベルト神父、お身体は大丈夫なんですか？」

顔にいくつも絆創膏《ばんそうこう》を貼ったロベルトを見て、ビルが心配げに言った。

「平気ですよ。幸いなことに深い凍傷もないそうです。では、日が落ちたら行動に移りましょう」

四人はそれぞれ暗視ゴーグルを着け、赤外線ライトを手にアウン城へ乗り込んだ。

城の入り口は封鎖されていたが、明かり取りの窓から中へ入る。

内部には至る所に蜘蛛《くも》の巣が張り、不気味ではあったが、致命的な損傷は感じられない。

柱は太く、その上には巧妙に張り巡らされた天井を支える梁《はり》がある。豪華な装飾はないが、素朴で堅牢《けんろう》な造りだ。長い年月を持ちこたえてきた古城の風格を漂わせている。

広間のような場所には、素焼きの大きな水瓶《みずがめ》が幾つも並んでいた。

暗視ゴーグルのせいで色目は分からないが、その水瓶には蛸《たこ》やウミヘビ、あるいは魚、竜骨船などといったヴァイキング特有の船や水生生物が描かれていた。

また、留め金のある大きな木箱が積み上げられている。恐らく戦いの時、兵糧や水を貯えておく為に使われていたのだろう。

壁にも装飾はない。時折、狼の剥製《はくせい》や、大きな鹿の角、サメの歯といったものが飾られている。

そこから続く長い廊下の両脇には、家具も何も無い部屋がいくつも並んでいた。

暫《しばら》く進むと、竈《かまど》が並んだ部屋があった。台所だろう。

その先は大広間であった。部屋の中央に三十人がけの長テーブルが四つ置かれ、天井からガラスの装飾灯が吊《つ》り下がっている。

テーブルの上には、フネフタールと呼ばれる板に穴の開いたゲーム盤が無造作に置かれ、ゲームで使われた駒や得点玉、古銭などが転がっていた。

部屋の隅には水瓶と、角で作られたカップが並べられている。

壁には鉄製の鍬《くわ》や鋤《すき》といった農耕道具が、整然と立てかけられていた。

恐らくは兵士達が酒を酌み交わし、自分達の労働をねぎらって宴会した場所だったのだろう。

「水瓶のモチーフや生活品から推測するに、ここの王は力のあるヴァイキングだったのでしょうね」

ロベルトが言った。

「ヴァイキングというと、海賊ですね？」

ミシェルがはしゃいだ。

「いや、彼らは本来、農業と漁業、牧畜に励む民だったんだ。彼らが海賊として名を馳《は》せたのは八世紀になってからで、農地が開発し尽くされたからだと言われている。

彼らは確かに略奪行為も行ったが、同時に優れた航海者であり、交易者でもあったんだ。宣教師によって書かれた『聖アンスガール伝』によると、ヴァイキングはビルカという交易都市と、そこから網の目のように広がる交易路を持っていた。一説によれば、遠くビザンツ帝国や古代中国まで遠征し、珍しい品々を交易していたという。

ビルカからは二千の墓が出土し、出土品の中には、ラインラントの杯や壺《つぼ》、フランク族の宝飾品、アングロ・アイリッシュの青銅器、高価なブローチやネックレス、装身具、水晶玉などが発見されている。おまけに彼らは交易共同体の為の法典まで発展させていた。野蛮なイメージとは正反対の、民主的な法治国家を作り上げていたんだ」

ロベルトが答えた。

「そうだったんですか。ヴァイキングといえば、角付きの鉄兜《てつかぶと》を被《かぶ》った乱暴者というイメージがありましたが、随分違うんですね」

ミシェルは感心して言った。

「そうさ。実際、彼らが使っていた鉄兜には、鼻当ては付いていたが、角飾りは付いていないんだ。角の兜はヨーロッパ人による想像上の産物だよ。ヴァイキングは動物の角を持ってはいたが、水や酒を入れるコップとして使用していたんだ」

「へえ……」

一行はあれこれと話しながら、大広間を探索した。

広間からは三手の方向に廊下が続いている。

「どちらに行きます？」

ビルが言った。

「近い所から。左でいいでしょう」

ロベルトは答えた。

四人は左の廊下を進んでいった。

暫く進むと、壁に装飾的なレリーフが現れた。

北欧神話の神々や、その物語をテーマにしたものである。

ヴァイキングは多神教だ。その神々はアースガルズという地に住んでいる。

その中でも主に有名なのは、オーディン、トール、フレイの三大神である。

最高神はオーディンで、他の全ての神を支配していたとされている。知恵と戦争の神であり、地上の王たちに、戦いの勝利を与える神だとされてきた。

片目が無く、兜を被り、マントを翻して、手に槍《やり》を持つオーディンが、八本足の駿馬《しゅんめ》スレイプニルにまたがっている図がある。その頭上には、思索のフギンと記憶のムニンという二羽の鴉《からす》が描かれていた。

次に、トールの姿が現れた。オーディンの息子で、その名は雷鳴である。

二頭の雄山羊《やぎ》が引く戦車に乗って、稲妻の象徴である柄の短い棍棒《こんぼう》のような槌《つち》を振りかざしている。

この神は意外にもノルウェーでは、オーディンより人気があり、人間を悪霊や飢え、寒さから守ってくれると言われている。

次に現れたのは、フレイであった。

この神については余り逸話がない。しかし善良で優しい豊饒《ほうじょう》の神だとされている。

その隣には、フレイと手を取り合って寄り添う美しい女神の姿がある。

特徴から見て、伴侶《はんりょ》ではなく、フレイの妹であるフレイヤだろう。

フレイより、人気があるのは、妹のフレイヤのほうだ。

春と美の女神であり、オーディンの許《もと》に集められている女戦士ヴァルキュリャの軍隊を支配する存在である。

こうした神々の壁画の周りを、空気・火・地の精エルフや霊鬼、妖精《ようせい》など、死者の魂が変貌《へんぼう》したさまざまな霊の姿の彫刻が取り巻いている。

(これだけの芸術品が人目にも触れず、残されていたなんて……)

ロベルトが壁の装飾をじっくり眺めていると、平賀が声をかけてきた。

「こっちに面白いものがありますよ、ロベルト」

呼ばれて行ってみると、平賀は木に吊《つる》された死体のレリーフを夢中で見ていた。

死体の周りでは、マントを着けた大柄な王と思《おぼ》しき人物と、その取り巻き達が儀式を行っている。

「これは生贄《いけにえ》の儀式だね。彼らは神に生贄を捧《ささ》げることで、望みを請求する権利を得ると考えていた。中でも最も効果的な生贄とは、自分の息子を捧げることだ。だからアウン王は自らの死を避けるため、息子を生贄に捧げ続けたんだ」

「生贄といっても、思いやりを感じられる絵ですね」

平賀がぽつりと言った、

「何故だい？」

ロベルトが訊《たず》ねると、平賀は絞首用のロープに刷毛《はけ》で何かを塗っている人物を指さした。

「これは、ロープに油のようなものを塗っていると思うのです」

「ロープに油を塗るのが思いやりですか？」

ビルが不可解な顔で訊ねる。

「はい。勿論《もちろん》、生贄自体は残酷な行為でしょうが、人を殺すなら、絞首が一番苦痛を与えない方法なんですよ。縄に首を掛け、本人自身の体重で頸部《けいぶ》を斜めに圧迫しますと、頸部大動脈や気管などが強く締め付けられて窒息状態となり、頸動脈が圧迫されるために、頸動脈洞反射を起こして急激に血圧が低下しますから、痛みも苦しみもなく数秒で意識を喪失するんです。そのまま血液が脳に回らず、中枢機能が停止して絶命に至ります。

しかもこんな風に高い木の上で絞首すると、衝撃で頸椎《けいつい》損傷を起こし、即時に意識を失うでしょうし、頸骨骨折で即死する時もあります。

ただし縄の食い込み方によっては頸動脈洞の圧迫箇所がずれる時があり、その場合は窒息で意識を失うまで苦しむことになるんです。でもこんな風に縄に油を塗って、ロープを滑りやすくしておきますと、そうした間違いを防ぎ、楽に縊死《いし》できる筈《はず》です」

「はあ、成る程……」

ビルは青ざめた顔で頷《うなず》いた。

四人が廊下をさらに進むと、道は不意に行き止まりとなった。

突き当たりの壁には女神のレリーフと、その周囲に木々、動物、魔物、人間の臓器、道具類がびっしり描かれ、それらの一つ一つにルーン文字が刻まれている。

レリーフの手前には、台の上に飾られた人間の頭部の彫像があった。

「道はここまでですね」

ビルが言った。

だが、古城や教会の秘密部屋を見てきたロベルトは、そこが秘密の場所への入り口だということを直感した。

「この首、動きますよ」

平賀の声が聞こえた。

見ると、平賀が台の上に置かれた首を回転させている。

ロベルトが近寄ると、不気味なことにその首には三つの顔がついていた。

一つは、赤ん坊のような顔、次は若い女性の顔、そして残りの一つは殆《ほとん》ど白骨化したような老人の顔だった。

ロベルトはその首を様々に動かしてみたが、特に変化は見られなかった。

北欧神話の神秘数字や、逸話などを思い起こしながら、意味を持たせた回転を何度も試してみたが、動きはない。

「他の道にも行ってみましょう」

一行は一旦《いったん》大広間に戻り、残る二つの廊下を進んでいった。

だが、いずれの道も突き当たりに女神のレリーフがあり、台の上に飾られた人間の頭部の彫像があるだけだ。

「三つの女神のレリーフは、恐らく三人のノルンを表しているんです」

ロベルトが言った、その時だ。

ハァハァハァ……

フッフッフッ……

不意に四人の背後に怪しい息づかいと、舌なめずりの音が聞こえた。

思わず赤外線ライトを手に振り返った四人は、光の輪の中に浮き上がった二匹の異様な狼の姿に息を呑《の》んだ。

金色の目を光らせ、異様に大きな口から長い舌を出している。

首には血管が浮き出た膨らみがある。

二匹は姿勢を低くして四人を観察していたが、やがて一匹が喉《のど》を鳴らしたかと思うと、人語を喋《しゃべ》ったのである。

我が名はハティ……

するともう一匹がそれに応えるかのように言った。

我が名はスコル……

人間ではないものが人語を話す異様な響きに、ぞっと四人の肝が冷えた。

ビルはホルスターから拳銃《けんじゅう》を抜き、狼に向かって構えた。

そしてロベルト達に向かって言った。

「狼から目を逸《そ》らさず、そっと後ろに下がって下さい。私が始末します」

するとやにわに平賀がビルの腕を押さえ込んだ。

「駄目です、生き物をむやみに撃たないで下さい！」

平賀の声に反応した狼達は唸《うな》り声をあげ、牙《きば》を剝《む》いた。

「危険です、下がって！」

ビルが発砲した弾は、大音響をあげて近くの柱にめり込んだ。

二匹の狼は途端に身を翻し、闇の中へと走り去っていった。

「出ました……出ましたよ、ハティとスコルです！」

ミシェルが叫んだ。

ビルは警戒を緩めず、辺りの様子を窺《うかが》っている。

「サスキンス捜査官、もしまたあれらが現れても、撃たないで貰《もら》えませんか？」

平賀は訴えるように言った。

「威嚇射撃で撃退できるなら、それでも構いませんが、こちらに危害を及ぼすなら、話は別です」

ビルが厳しい声で答える。

「あの様子だと、暫《しばら》くは近寄って来ないでしょう。狼達が戻る前に、さっさとアウン城の謎を解くとしましょうか」

ロベルトが事も無げに言ったので、三人は思わずロベルトを振り返った。

「もう秘密が分かったんですか、ロベルト？」

平賀が目を瞬《しばたた》いた。

「多分ね……。ユリエ・ベルグさんの歌を思いだしたんだ。さあ、もう一度、大広間に戻って東の廊下に行きましょう」

歩き出したロベルトの後を三人は追っていった。

「レリーフに刻まれた三人の女神は、ウルズ（運命）、ヴェルザンディ（存在）、スクルド（必然）だ。伝説のノルン達の一人目はウルズ。朝に生まれた。太陽が昇る東の廊下に立つのは彼女の筈だ」

ロベルト達は、東廊下の突き当たりの壁の前に立った。

その前に置かれた台座には、三つの顔がついている。

「最初に生まれたものが一番若い。ユリエさんはそう歌っていた。だから……」

ロベルトは赤ん坊の顔が正面を向くように、彫像をセットした。

「何も変化がありませんね」

ビルが辺りを注意深く懐中電灯で照らしながら呟《つぶや》いた。

「いえ、まだです。この三人の女神はヴァルキュリャと呼ばれる女戦士達を統治していたんです。戦士といっても実際に戦うのではなく、彼女らの使命は機織りをすることで戦いの情勢を決定するという変わったものでした。織物をする機は、人間の頭を錘《おもり》に使い、糸を織り込む梭《ひ》は矢、筬《すい》は剣。そうして織った物を最後に裁断することで、運命が決定すると考えられていたんです。

この壁面にあるウルズ、またの名ヨルズは『計る』という役目を持っている。ですから、おそらくあの頭蓋骨《ずがいこつ》に仕掛けがあるはずです」

ロベルトは左上にある頭蓋骨のレリーフを示した。

「これですか？」

ビルはそのレリーフに手をかけた。

「動きませんか？　押したり回転させてみて下さい」

言われた通り、ビルはレリーフを押してみた。

だが押せなかったので右に捻《ひね》るようにしてみると、レリーフは自然に奥へと凹《へこ》んだ。

どこかで空気が漏れるような微《かす》かな音と水音が聞こえたが、変化はない。

「次に行きましょう」

「これでいいんですか？」

「ええ、多分」

三人は大広間に戻り、今度は南廊下を渡った。

女神の像に突き当たる。

「彼女はヴェルザンディことフレイヤ。昼に生まれた女神です」

ロベルトは乙女の顔が正面を向くように、台座の彫像をセットした。

「彼女は編む者。矢に仕掛けがある筈《はず》です。レリーフのどこかに矢はありませんか？」

ロベルトの言葉に反応し、平賀が女神の頭の上を指さした。

「あそこに矢があります」

ロベルトは少し背伸びして女神の頭上にある矢を触ってみた。

だが、押しても回しても動く様子はない。

「何か他にも編むものがある筈だ……」

ロベルトはレリーフのモチーフをじっくりと眺めた。

その時、彼の脳裏にヴァルキュリャ達の異聞が過《よ》ぎった。一説によれば、ヴァルキュリャ達が編んだのは糸ではなく、人間の腸だったという。

ロベルトはレリーフの中に人間の腸らしきものを見つけ、そちらを触ってみた。

思った通り、それは回転した。

するとまた空気が抜けるような音と、微かな水音が聞こえてきた。

「排水を利用した仕掛けが動いているのかも知れませんね」

平賀は耳を澄ませて呟いた。

一行は最後に、西にある女神像の前に立った。

「彼女はスクルドまたの名をフレッグ。オーディンの妻にして死をもたらす女神です。その顔は老女。彼女の道具は剣の筈だ」

ロベルトは彫像の顔を老女にすると、剣のレリーフに触れてみた。

レリーフそのものは動きそうに無かったが、その部分だけ材質が違うのが分かった。叩《たた》いてみると軽い音がする。

「内部に何かを仕込んであるようです。サスキンス捜査官、これを思いっきり蹴《け》って下さい」

「えっ、いいんですか?」

「ええ。是非とも」

ビルは頷《うなず》き、剣のレリーフを力一杯蹴飛ばした。

レリーフの一角が崩れ落ちた。

「もう一度、蹴って下さい」

ビルが頷き、もう一蹴りすると、レリーフは崩れ落ち、中には複雑な刃の形をした本物の剣が入っていた。

「これは何でしょう?」

ビルが首を傾げる。

ロベルトは剣を壁から引き抜き、暫く考えた。

確か南の部屋の女神の彫像の近くに、古い織物のタペストリーが飾られていた。

スクルドは運命を決定するために、織物を裁つ。

そこが一番怪しいはずだ。

一行は再び南の廊下へと引き返した。

ヴァイキング達の祭の様子が織り込まれたタペストリーを、剣の先で用心深くつついていく。すると剣先に反応する部分があった。

ロベルトは思い切って剣を差し込んだ。

剣は見事にタペストリーに突き刺さり、その途端、大きな水音が周囲に響いた。そして女神のレリーフを刻んだ壁が奥へと動き、人が充分通れる隙間が開いた。

「この奥が隠し部屋なんですね」

ミシェルが嬉《うれ》しそうに言った。

四人はその空間に足を踏み入れた。

そこは倉庫のように広い空間で、中世の高価な毛織物、装飾用の灰色毛皮、リスのコート、ドラゴンや狼、蛇などを象《かたど》った船首像、柄頭《つかがしら》と鍔《つば》に金細工が施された大剣、ブロンズ製の馬具飾り、イェリング様式の高坏《たかつき》や銀のワインカップなどが飾られていた。そうかと思うと、交易用の天秤《てんびん》があり、ラインラント地方のガラス製品、地中海の陶器やワイン、水晶と銀細工で彩られたスラヴ風のネックレスがあった。さらにはコンスタンティノープルやバグダッドとの交易を思わせる銀細工製品や香料入れ、宝石で飾られたグラス。ブロンズの仏像は、恐らくインド北部からもたらされたのだろう。他にも司教杖《つえ》、土地の冶金《やきん》技術を示す鉱宰《こうさい》（スラグ）など、珍しい物品が所狭しと床に並んでいる。

壁際に無造作に積み上げられた箱の中には、黄金の装飾品や金貨が詰め込まれていた。

「まさに宝の山ですよ。一体、どの位の資産価値があるんでしょう？」

ミシェルは目を輝かせている。

「ヴァイキングが交易や海賊によって得た利益でしょうか」

ビルも興奮気味に言った。

「そうでしょうね。歴史的価値からすれば、値段はつけられないと思いますよ」

ロベルトは上の空で答えながら、ある物に目を奪われていた。

贋物《がんぶつ》の機織りである。

宝に埋もれるようにひっそりと壁際に置かれたそれは、ヴァルキュリャが使っていたという機織りを模したもので、錘に頭蓋骨が、糸を織り込む梭に矢が、筬に剣が用いられている。

そして本来なら糸が紡がれているはずの場所には、歯の数が違う黄金の円盤が組み合わさったものがあり、その歯の部分にはルーン文字が刻まれていた。

「まだ何か秘密がありそうですよ」

ロベルトは機織りの歯車をじっくりと観察した。

歯車が組み合わさった円盤の形は、マジョルカ島出身のフランシスコ会士で数学者でもあった、ライムンドゥス・ルルスが案出した『ルルスの円盤』に似ている。

では、この円盤をどう組み合わせればいいのだろうか。

ロベルトの頭脳はフル回転を始めた。

円盤によって示される文字、おそらくそれはアウン王の秘名であろう。

その位置は筬のある場所の一列に違いない。

謎のアウン王の正体とは、一体、誰なのか。

ロベルトは頭のページでアウン王のことを繰った。

スウェーデンの聖地ウプサラでアウンは神々に犠牲を捧《ささ》げる賢王だったとされている。そしてデンマークの王子ハルフダンに敗れ、ハルフダンが死ぬ二十五年もの間、逃亡していた。国に戻った時には六十になっており、彼は息子を犠牲に捧げた。しかし再び戦いに敗れ、二十五年間逃亡しなければならなかった。

そして再び帰国した後には、九人の息子を十年ごとに生贄《いけにえ》として捧げつづけた。王は長生きし、最後は赤ん坊のように牛の角笛で乳を飲んで暮らしたという。

勿論《もちろん》、正史の中にアウン王という名はない。

だが、サガに描かれた神話時代の王に、デーン人と戦ったオークンという人物が登場する。

二つの話に共通するのは、その人物が古い信仰を信じ、首吊《くびつ》りの生贄をしていたこと。デンマークと何度も戦い、逃亡したこと。牛乳しかうけつけなくなるほど老齢まで生きたこと。雹《ひょう》を吹かせたり、炎で敵兵を退散させたこと。そして奴隷に殺されたことだ。

様々な伝承がロベルトの頭の中で絡み合い、一つに収束していった。

「ハーコン・シグルザルソン……」

ロベルトは思わず呟《つぶや》いた。

彼は当時としては長生きとされる六十歳まで生きた王族だ。オーディンの息子の神聖な血統につながる家系とされ、九七五年から九九五年にかけてノルウェー最高の統治者だった。

ハーコン侯は、ノルウェーでハーラル灰衣王と戦って敗れ、デンマークのハーラル青歯王に匿《かくま》われるが、ハーラル灰衣王の死によってノルウェーに戻り、これを統治した。

その後は彼をキリスト教徒にしようとしたハーラル青歯王と反目し、デンマークの攻撃を度々受けることになる。

九八六年の戦いでは、デンマークにノルウェー領土を侵攻され、ハーコン侯は苦戦を強いられる。だが、自分の息子を神に捧げたところ、雹の嵐が起こり、敵兵は撤収して勝利を収めたという逸話がある。

だがやがて農民達の怒りと反感を買い、人々に追われて、最後は農場にある豚小屋の中で、彼の奴隷に殺されたのである。

享年の六十歳という数字は、アウン王の物語でも、「次の六十年を生きる」などとして、何度も強調されている。

ハーコン・シグルザルソン……

この名前にかけてみよう

ロベルトは機織り機の円盤をじっと見つめた。

円盤の歯は複雑にかみ合っている。しかもルーン文字は一見してランダムだ。

組み合わせるのには手順があるはずだ。

ロベルトは、ユリエがルーンで呪文《じゅもん》を作るとき、一定の手順で言葉を作ることを思い出した。彼女は必ずその文字の二個目、次に六個目、次に二個目、そして五個目、二個目の順で繰り返し文字を動かしていく。

恐らくあれが古い呪術の手順なのだ。

ロベルトは確信し、まずは二つ目の歯車を回してルーン文字を確認した。

慎重に手順に従いながら、ハーコン・シグルザルソンの綴《つづ》りが筬のところに現れるまで歯車を回し続けた。

息を呑《の》み、その文字を正しく揃え終えた時、部屋の四隅に置かれていた像の一体が横にスライドして動いた。

「ロベルト、地下への階段がありますよ」

平賀がぽっかりと開いた暗い穴を覗《のぞ》き込んで言った。

ロベルト達は穴の中を下っていった。

細い階段はすぐに終わった。その突き当たりには狭い空間があり、その中央にたった一つの台座と、その上に金色の細長い箱が置かれている。

箱の奥には燭台《しょくだい》があった。平賀はその燭台に火を灯《とも》した。

ロベルトは白い手袋を塡《は》め、そっと金色の箱を開いた。

中にはみすぼらしい槍《やり》と、角で出来た杯が一つ入っている。

その瞬間、ロベルトはぞくぞくとした胸の高揚を覚えた。

「これは何ですか？」

ビルが不思議そうに訊《たず》ねた声が、ロベルトの脳裏をすり抜けていった。

ロベルトは常々不思議に思っていたことがある。

それは聖書に書かれたキリストの死の場面だ。

安息日に遺体を十字架に残しておかない為、兵士達はイエスを含む三人の罪人を一旦《いったん》、十字架から降ろし、二人の男の足を折ったとされる。

これは受刑者が素早く死ぬための処置だ。

古代ローマにおいて十字架にかけられた受刑者は、支柱を両側から両足で挟み込むようにして、踵《かかと》に釘《くぎ》を打たれた。

十字架上の受刑者の身体は、自重で次第に下がっていく。すると喉《のど》の気道が塞《ふさ》がり、息が苦しくなる。そこで受刑者は踵の釘を支点にして脚をピストン状に動かし、身体を持ち上げて気道を確保しようとする。そうして、足の痛みと窒息の苦しみを交互に延々と続けてもがき、やがて体力を消耗して窒息死するのだ。

だから、早く息の根を止めたい時は、脛《すね》の骨を折る。そうすれば、足のピストン運動ができなくなるので、素早く窒息死するのだ。

イエスと共に十字架にかけられた二人の男は、足を折られた。

だが、イエスだけはそうされず、槍で脇腹を突かれた。

それは何故なのか。

聖書によれば、「既に死んでおられたので、その足は折らなかった」とされる。

ところが、槍で突かれたイエスの脇腹からは水と血が流れ出たというのだから、その時、イエスは生きていたことになる。

それでは何故、イエスは槍で突かれなければならなかったのか。

イエスを貫いた槍は、その持ち主から『ロンギヌスの槍』として広く知られているが、他にも『運命の槍』という異名を持っている。

あの槍とは、まさに運命の槍だったのではないだろうか。勝利を占って戦いの最初に投げるという北欧の風習に基づき、イエスもまた、その命運を試されたのだ。

北欧神話においてオーディンが、三姉妹を槍で突いたにも拘《かか》わらず、彼女らが死ななかった為に、彼女らを不死の女神として受け入れたように……。

イエスもまた、槍で突かれて甦《よみがえ》ったことから、不死の神の力を宿す者と見做《みな》され、ゲルマンの騎士達に受け入れられたに違いない。

聖槍《せいそう》の出自については恐らく間違いない。

では、聖槍と対になって語られる聖杯はどうなのだろう。

聖書には聖杯に関する記述は一切ない。

だが、北欧神話にはそれがある。

北欧神話によれば、彼らには知恵を有する価値ある人間同士を、和睦《わぼく》の印として交換する「人質交換」の仕来りがあった。

だが、交換された人質達の末路は悲劇的である。アース神族の知恵の神ミーミルとヴァン神族の知恵の神クヴァシルは二人とも殺され、ミーミルはその首をオーディンが持ち去って相談相手にしたというし、クヴァシルに至っては粉々にされて知恵の蜜酒《みつ》にされたと言われている。

蜜酒の件からは、知恵を有する者の身体を自分の体内に取り込むことによって、その力を自分のものとするという信仰が見て取れる。これは人類が古くから持っていたシャーマニズム的な感性にも合致する。

神の子イエスを槍で突き、それが神聖なものだと証明されれば、その力を自分のものとして宿すためにその血を杯で飲む。そうした行為が当時、価値あることとして、自然に受け入れられていたのではないか。少なくともそういう文化が、イエスの周辺には存在していたのではないだろうか……。

そうした文化を持つ誰かが、本当にイエスの脇腹を刺し、そこから流れる血を杯で受け止めたとするならば……。

ロベルトは目の前にある槍と角杯をじっくりと眺め、深呼吸をした。

「トネリコの木で作られた槍の柄と、『運命』というルーン文字が刻まれた穂。そして、内部に赤黒い沈殿物のある角杯。これこそが本物の聖槍と聖杯でしょう……」

「何ですって！」

ビルは叫んだ。

平賀は注意深く二つの品を観察していた。

「これが主の体を刺し、血を受けた杯ですか？」

「それは鑑定しなければ分からない。もっと古い時代のもののようにも思える。そうだとすれば、聖書の伝承のさらに元となった、原初の聖槍と聖杯なのかも知れない。いずれにしても恐ろしく貴重な聖遺物だ」

緊張と興奮に包まれた小部屋に、その時、高らかな声が響いた。

「ブラーボー！」

ロベルト達の背後の闇の中から、パチ、パチ、パチと拍手を打つ音が聞こえ、燭台の明かりの中に、アシル・ドゥ・ゴールの姿が浮かび上がる。

アシルは銃を構えた数名のボディガードを引き連れ、にっこりと微笑んでいた。

「はい、そこまで。ここは我がサンティ・ナントラボ社の私有地ですから、不法侵入の盗《ぬす》人《びと》は撃ち殺されても仕方ないんですよ」

「アシル・ドゥ・ゴール……。氷漬けの部屋から本当に生還したのか」

ビルは呆然《ぼうぜん》と呟《つぶや》いた。

アシルはそれには答えず、ロベルト達の脇をすり抜けると、箱の中をちらりと見た。

「ほうっ、これが伝説の聖槍と聖杯ですか。意外とつまらないものですね」

軽く言ったアシルの横顔を見ていた平賀が、ハッと気付いたように言った。

「ジュリア司祭。貴方《あなた》、ジュリア司祭ですね」

「何だって？」

ロベルトは思わず声をあげた。

アシルは不敵な笑みを浮かべ、肩を竦《すく》めた。

「鋭いですねえ、流石は平賀神父。ご名答です。そうですよ、私はジュリア・ミカエル・ボルジェです」

「どうして此処《ここ》にいるんだ」

ロベルトはジュリアを睨《にら》み付けた。

「私の組織のトップにいる神秘主義者の方々のご要望ですよ。どうしてもこんなにつまらない物が欲しいのだと、駄々をこねるのです。多少の損害は構わないので、コレクションを優先せよと言うものですから、私も苦労したんですよ。この城に狙いを付けたまでは良かったのですが、謎が手強《てごわ》くて……。そこに丁度、貴方がたがやって来たので、貴方がたから頂戴《ちょうだい》することに決めたんです。

それにしても流石はロベルト神父、暗号解読のエキスパートだけありますね。こうも簡単にこれが手に入るなんて。感謝しますよ」

ジュリアはロベルトに向かってバレエダンサーのようなお辞儀をした。

「ガルドウネはこれを使って、何をするつもりなんだ」

ロベルトが言った。

「おやおや、怖い顔をなさって。貴方、少し怒りっぽいですよ。狙いなんてありません。こんな物がどう役に立つのか、私が聞きたいくらいです」

ジュリアはふっと溜息《ためいき》を吐いた。

「本物のアシル氏はどうなったんです？　ジュリア司祭、貴方はラース・ヨハンセンを利用して、アシル・ドゥ・ゴール氏を殺害させたんですか？」

平賀が詰め寄ると、ジュリアは小首を傾げた。

「さあ……どうでしょう。私はただ、ラース・ヨハンセンに、彼自身が犯した連続殺人事件のあらましと、その元凶がサンティ・ナントラボ社だと教えて差し上げただけです。後のことは全く知りません」

ジュリアは天使の微笑みで悪魔の言葉を口にした。

「貴方という人は……」

平賀が唇を嚙《か》みしめる。

ジュリアは、ふっと笑ってビルを見た。

「拳銃《けんじゅう》、出さないで下さいね。こんな場所で惨劇なんて、みっともないでしょう。貴方の部下を蜂の巣にしたいご趣味があるなら、話は別ですけれど……」

ジュリアに言われて、ようやくビルはミシェルの姿が側にいないのに気付いた。

「ミシェルに何をしたんだ！」

ビルがジュリアに摑《つか》み掛かろうとした瞬間、ボディガード達が素早くビルに膝蹴《ひざげ》りを食らわせた。ビルは蹌踉《よろ》めき、後ずさった。

「貴方の部下なら今、階段のすぐ上で私の部下に囲まれてます。多分、まだ生きてます。さあ、そろそろ取引をしましょうか。貴方がたがお宝を置いて黙ってお城から出て行くというなら、こちらは手出しはしません。願っても無い条件でしょう？」

「分かった。絶対に危害は加えないな？」

「ええ、勿論《もちろん》ですよ。私はね、人を殺す趣味はないんです。どちらかというと、生殺しが好きな質《たち》なのです。さ、私の気が変わらないうちに、どうぞお引き取りを」

ジュリアは出口に向かって手を伸ばし、出て行くようにと合図した。

ボディガードの男達に囲まれて、城の外に追い出された四人は、複雑な思いであった。

「何なんですか、あの人……。一目見ただけで僕、凍りつきましたよ」

ミシェルは半泣きになっている。

「我々はいつから監視されていたんでしょうか」

ビルは悔しげに言った。

「分かりません」

ロベルトは力なく首を振った。

「奴がアシル氏やラースを殺害したことが分かっていて、手も出せないとは！」

ビルは拳《こぶし》を握りしめた。

重い沈黙を破って、平賀が不意に言った。

「あっ、そうだ。皆さん、これからハティとスコルに会いに行きませんか？」

「何だって？」

ロベルト達が驚いた顔で平賀を振り返る。

「あの狼達のことを考えてみたんです。彼らは人の言葉を喋《しゃべ》ったでしょう？」

「ええ。まさに魔物です」

ビルが深く頷《うなず》く。

「サスキンス捜査官、オウムやインコが何故喋れるかご存じですか？」

平賀の問いに、ビルは黙って首を振った。

「嘴《くちばし》の形と舌の分厚さと、気管が強靭《きょうじん》だという身体的条件が要因だと、私は聞いたことがあるんです。

あの狼達のことを思い出して下さい。口が大きく、分厚い舌をしていましたよね。そして、喉《のど》が異様に発達していた。あの形態からすればかなり厚みのある声帯を持っていてもおかしくありません。

私の推測では、彼らはあのような声帯を持つように作られた、試験的な品種だと思うのです。そして、そんな事をしそうな人物を私達は知っていますよね、ロベルト」

「そうか、マッカリ博士か……」

ロベルトはシン博士が語った話を思い出し、呟いた。

「ええ、そうです。ラース・ヨハンセンのドナーです。彼は話せる動物を作りたいと生前、話していたそうですから」

一行はナントラボ社の敷地に立つ一軒家を見て回った。

するとラース・ヨハンセンの表札が出た家の庭に灰色の狼が二頭、月光を浴びて寄り添い眠っている姿があった。

犬小屋らしき木箱や、空の餌皿もその側にある。

「彼らはここで飼われていたんです。月の下でよく見ると、彼らは狼というより、犬の原種を改良したもののように見えますね」

平賀が言った。

「飼い主のラースが亡くなってしまった今、彼らはどうなるんでしょうか」

空の餌皿を見ながら、ミシェルが呟いた。

「何といってもナントラボ社の実験動物ですし、生態も不明です。人に危害を及ぼす可能性も充分にある」

ビルは慎重に言ったが、その目は犬達を哀れむような光を帯びていた。

「大丈夫です。たとえ多少のトラブルがあっても、あの犬達を引き取りたいと言う人を知っていますから」

平賀が自信満々に言った。

ロベルトは苦笑しながら携帯電話を取り出し、シン博士を呼び出した。

かちゃり、と受話器を取る音がし、シン博士の憔悴《しょうすい》した声が聞こえる。

ロベルトは彼に向かって静かに話し始めた。

エピローグ　リベロ（解放）

翌朝早く、ロベルトはユリエ・ベルグの許《もと》を訪れた。

「やって来たね」

ユリエ・ベルグは、ロベルトの到来を予期していたかのように庭に腰掛けていた。

そしてロベルトの顔の凍傷に気付くと、片眉《まゆ》を持ち上げた。

「お前さん、随分といい顔になったじゃないか。何があったんだい？」

「窒息死しかけたんです。僕はやはり貴方《あなた》の歌を聴くのに相応《ふさわ》しくない人間なのかも知れません。死の呪いを受けました」

するとユリエは初めて微笑んだ。

「お前さんの死の呪いなら、もうとっくに解けているよ」

「解けている？」

「ああ。私はそんなに悪質な魔女じゃないよ。お前さんにかけた呪いの言葉はこうさ。『スクルドの名において、秘密を知る価値なき者が知るのならば、そのものの命を奪い給え。しかし価値ありし者ならば、そのものを守り給え』。お前さんは運命の女神の目に適《かな》ったんだ」

ロベルトは首を横に振った。

「いえ、やはり僕は貴方の歌を聴くべきじゃなかった。貴方が秘密の歌を教えて下さったお陰で、僕はアウン城の扉を開き、聖槍《せいそう》と聖杯を見つけたのです。なのに、それを悪い相手に奪われてしまいました。あれらは本来、オーモットの宝だった筈《はず》なのに。本当に申し訳ありません」

ロベルトは深々と頭を下げた。

ユリエからの叱責《しっせき》を覚悟していたロベルトだが、ユリエは特に驚いた様子もなく、ゆったりした仕草でランゲレイクを抱えた。

「私は資格を得たものに歌を伝えた。そしてそれで何かが起こったとすれば、それも運命だよ。ただの古めかしい呪《まじな》い道具が無くなった。それだけのことさ。

持つべき者が持たなければ、道具はただの道具でしかない。

医者が鋏《はさみ》でうまく手術できるとお思いかい？

神も人もそんなことすら分からなくなったんだね。何を焦っているんだろう。

世界の始まりのとき、何もなかったと表現されているけれど、実は全てのものがあって無限だった。ありすぎると、何も変化がなく神々は何も無いと感じた。

そして永遠の命を持つ親ユミルを殺してこの世を造った。そして気づいたんだ、永遠の生が失われてしまったことをね。神々は永遠の生を失ったことを焦ったが、この世に満ちていた全てのものから、たった一つのものを無くしただけだったのに。他のものは全て残ったと喜べばよかった。そうすれば滅びの運命を恐れることもなかったのに。失ったものりる。

ばかりに心を奪われ、ろくでもない所業をくり返した。だから終末の時を迎えたんだ。

それより、お前さんの歌はなかなか良かったよ。友人を讃《たた》え、恩人を讃え、天の恵みを讃えていた。讃えることができる者こそが讃えられる資格を持ち、世界に感謝するものこそが、その恩恵を受けるのに相応しい。満ち足りていると感じられるものだけが、満ち足りる。

最初にお前さんの陰気くさい告白を聞いた時、随分とくよくよした男だと思ったが、ギャラルを飲んで歌ったお前さんの歌は輝いていた。きっとそれがお前さんの本当の姿さ。そうそう。最後に聖歌を歌っていたね。あれはなかなか良い歌だった」

ユリエは励ますように言ったが、ロベルトはまだ顔を上げることができなかった。

それを見て、ユリエは可笑《おか》しそうに笑った。

「そんなに悩むことは無いだろうに、仕方が無い男だ。ひとつ慰めてあげよう……」

ユリエはランゲレイクを奏で始めた。

古い叙事詩ではない。いつも教会で聞くメロディがつま弾かれる。

「自分の本心が分かればすっきりとするさ。聖歌は初めて謳《うた》うから、間違ってても勘弁しておくれよ」

そして老女は、味わい深いゆったりとした声で歌い始めた。

なんという深い恵み、なんと優しき響きであろう

私のような浅ましい者でさえ、主はお救いになられた
一度は見捨てられていたけれど、いま見つけてくださった
私の目は何も見えていなかったが、今は真実が見える

私の心に畏《おそ》れることを教えたのは祈り
そして、私のおそれを解き放ったのも祈り
祈りとはなんと貴重なものと思えたことか
私が初めて主を信じたその瞬間に……

私の人生の中には、多くの危機があった
そして苦しみの時があった
罠《わな》におぼれそうな時もあった
それを通り抜けていま、ここにたどり着いた
ここまで主の恵みが、私を導いて下さった
そして祈りが、きっと私を主の家まで導いてくれる

主は私に約束された
主の御言葉が私の望みになり

主は私の盾となり　私の一部になった
　この命が続く限り

この心と体が朽ちて
限りある命の営みが止むとき
私はベールに包まれて
喜びと安らぎの時を手に入れる

やがて大地が雪のように解け
太陽が輝きを失っても
私を召された主は
永遠に私とともにある

何万年経とうとも
主は太陽のように光り輝き
私は、最初に歌い始めたとき以上に
主の恵みを歌い讃え続けるだろう……

＊　＊　＊

ロドリゲス・デニーロは現在、マスターという謎の人物に仕えていた。

ロドリゲスは冤罪《えんざい》による囚人であった。

身に覚えの無い殺人容疑によって死刑の執行を待っていた時、マスターなる人物から脱獄を手引きされ、監獄を逃げ出したのだ。

マスターからの指示は的確で、驚くほど簡単に脱獄は成功した。

砂漠にほど近い国道で、マスターは灰色のパーカを目深に被《かぶ》り、ロドリゲスを待っていた。

その時ロドリゲスが何より驚いたのは、マスターが年端もいかない青年に見えたことだ。

だが、見事な脱出計画といい、完璧《かんぺき》な逃走路の確保といい、マスターがただ者では無いのは明らかだった。

氏も素性も分からないが、彼といれば安心だと思えた。

「これから私の言う通り、車を乗り継いで走れ」

酷《ひど》く生意気な命令口調で言われたが、ロドリゲスは全身全霊でマスターの命令に従った。

それからというものマスターと共に隠れ家に身を潜め、時々、言われた物の買い出しをする日々だ。

「マスター。言われたものを買ってきましたよ」

ロドリゲスがおずおずとマスターの部屋をノックする。

扉に鍵《かぎ》がかかっていない時は、黙って入れという合図だ。

中に入ると、マスターが無言で机を指さしたので、ロドリゲスはそこに荷物を置いた。

机の上には見たこともない衛星写真のようなものが置かれている。

マスターはペンを取り、山岳地帯にある黒い点の上に赤い印を打った。

それがノルウェーのヨートゥンハイム山脈に建つ無線通信塔、ウォーデンクリフ・タワーの場所であることなど、ロドリゲスには知る由もない。

ロドリゲスは、マスターの部屋中に貼り付けられた事故や事件の記事をぐるりと見回した。完全に異常犯罪者の部屋の様相だ。

だがマスターがマウスを撫《な》でている時の表情を垣間《かいま》見た時などは、無邪気な少年のようにも感じられる。

いずれにせよ、彼はロドリゲスには窺《うかが》い知れない存在である。

ロドリゲスはマスターの口元に薄い笑みが浮かんでいるのを鋭く見て取ると、ずっと気になっていたことを切り出した。

「あの、マスター。立ち入ったことですが、壁に貼ってある記事は何なんですか?」

「ああ、みんな私がやったことだよ」

マスターは淡々と答えた。

ロドリゲスの心臓はドキリと音を立てた。

やはりこの青年は途轍《とてつ》もない犯罪者なのか。脱獄したはいいが、今度はもっと恐ろしい犯罪に巻き込まれるのではないだろうか。

「また何かするつもりでいるんですか？」

息を呑《の》み、小さな声で尋ねると、マスターは小さく笑った。

「今は別に……。何かをしたいわけではないんだ。君は私が君を犯罪に巻き込まないか、心配なんだろう？」

マスターはロドリゲスの心を見透かしたように言った。

「いえ、その、こっちは一度は無くした命を拾ってもらったんですから……」

ロドリゲスがどぎまぎしながら答えると、マスターは腕組みをした。

「安心するんだな。君のような凡人は巻き込まれたくても巻き込まれない話だ。私はただ待っているだけだ」

「待つといいますと、一体、誰を待っているんですか？」

「天使か、悪魔かな……」

マスターの零《こぼ》した言葉に、ロドリゲスはゴクリと唾《つば》を呑んだ。

「どちらが先に私を迎えに来るだろうか。それとも両方同時なのか。私は天才だが、多少は分からないことも存在するんだよ、ロドリゲス君」

「て、天使か、あ、あ、悪魔がやって来るんですか？」

「そんなの考えなくていいよ。どうせ君には理解できないし、今は待っているしか無いのだから」

そう言うと、マスターは淡い糖蜜《とうみつ》色の髪を面倒そうにかきあげ、ガラスボードに向かって理解不能な文字を書き連ね始めた。

全く、何から何まで謎だらけの青年だ。

だが何故だかロドリゲスには、彼が極悪人だとは思えなかった。

本書は文庫書き下ろしです。

バチカン奇跡調査官《きせきちようさかん》　月《つき》を呑《の》む氷狼《ひようろう》
藤木《ふじき》　稟《りん》

角川ホラー文庫　Hふ4-9　18781

平成26年 9 月25日　初版発行

発行者——堀内大示
発行所——株式会社KADOKAWA
東京都千代田区富士見2-13-3
電話(03)3238-8521(営業)
〒102-8177
http://www.kadokawa.co.jp/
編　集——角川書店
東京都千代田区富士見1-8-19
電話(03)3238-8555(編集部)
〒102-8078
印刷所——旭印刷　製本所——BBC
装幀者——田島照久

ISBN978-4-04-101969-6 C0193

角川文庫発刊に際して

角川源義

第二次世界大戦の敗北は、軍事力の敗北であった以上に、私たちの若い文化力の敗退であった。私たちの文化が戦争に対して如何に無力であり、単なるあだ花に過ぎなかったかを、私たちは身を以て体験し痛感した。西洋近代文化の摂取にとって、明治以後八十年の歳月は決して短かすぎたとは言えない。にもかかわらず、近代文化の伝統を確立し、自由な批判と柔軟な良識に富む文化層として自らを形成することに私たちは失敗して来た。そしてこれは、各層への文化の普及滲透を任務とする出版人の責任でもあった。

一九四五年以来、私たちは再び振出しに戻り、第一歩から踏み出すことを余儀なくされた。これは大きな不幸ではあるが、反面、これまでの混沌・未熟・歪曲の中にあった我が国の文化に秩序と確たる基礎を齎らすためには絶好の機会でもある。角川書店は、このような祖国の文化的危機にあたり、微力をも顧みず再建の礎石たるべき抱負と決意とをもって出発したが、ここに創立以来の念願を果すべく角川文庫を発刊する。これまで刊行されたあらゆる全集叢書文庫類の長所と短所とを検討し、古今東西の不朽の典籍を、良心的編集のもとに、廉価に、そして書架にふさわしい美本として、多くのひとびとに提供しようとする。しかし私たちは徒らに百科全書的な知識のジレッタントを作ることを目的とせず、あくまで祖国の文化に秩序と再建への道を示し、この文庫を角川書店の栄ある事業として、今後永久に継続発展せしめ、学芸と教養との殿堂として大成せんことを期したい。多くの読書子の愛情ある忠言と支持とによって、この希望と抱負とを完遂せしめられんことを願う。

一九四九年五月三日